La première femme de Yuan

Éditions J'ai Lu

PEARL BUCK | *ŒUVRES*

L'ANGE COMBATTANT
D'ICI ET D'AILLEURS
L'ENFANT QUI NE DEVAIT JAMAIS GRANDIR
L'ÉPOUSE EN COLÈRE
ES-TU LE MAÎTRE DE L'AUBE
L'EXILÉE
LA FLEUR CACHÉE
HISTOIRE D'UN MARIAGE
JE N'OUBLIERAI JAMAIS
LA LETTRE DE PÉKIN
LIENS DE SANG
LA MÈRE
LE PAIN DES HOMMES
LE PATRIOTE
PAVILLON DE FEMMES
PIVOINE
LA PREMIÈRE FEMME DE YUAN — *J'ai Lu*
UN CŒUR FIER
UNE CERTAINE ETOILE
TERRE CORÉENNE
VENT D'EST, VENT D'OUEST
VIENS, MON BIEN-AIMÉ
LES MONDES QUE J'AI CONNUS
IMPÉRATRICE DE CHINE
LE ROI FANTÔME
LES ENFANTS ABANDONNÉS
CONTES D'ORIENT
LA VIE N'ATTEND PAS — *J'ai Lu*
PEUPLE DU JAPON
POUR UN CIEL PLUS BLEU
L'HISTOIRE DE KIM CHRISTOPHER
LES GRANDS AMIS
UN LONG AMOUR
UNE GRANDE AVENTURE
LES VOIX DANS LA MAISON
UNE HISTOIRE DE CHINE — *J'ai Lu*
A MES FILLES
LE SARI VERT — *J'ai Lu*
LES TROIS FILLES DE MADAME LIANG
LES FEMMES KENNEDY
MANDALA
LA CHINE COMME JE LA VOIS
SOUS LE MÊME CIEL
NOËLS
LE DRAGON MAGIQUE
L'AMOUR DEMEURE
PROMESSE — *J'ai Lu*
FILS DE DRAGON — *J'ai Lu*

En vente dans les meilleures librairies

PEARL BUCK

La première femme de Yuan

Traduit de l'américain
par Germaine DELAMAIN

Cet ouvrage a paru sous le titre original :
THE FIRST WIFE AND OTHER STORIES

1

JEUNES ET VIEUX

LA PREMIÈRE FEMME DE YUAN

Le marchand de thé attendait ce jour-là son fils unique revenu de l'étranger. Le jeune homme avait été absent sept années, et tous, chez lui, étaient sur le qui-vive : son père, sa mère, sa femme, son fils et sa fille. Ils ne l'avaient pas revu depuis ces sept années et chacun à sa manière aspirait à l'heure de son retour qu'on ne connaissait pas exactement, car la ville ne se trouvait ni sur la côte ni près d'aucune voie de chemin de fer. C'était une petite cité tranquille au milieu d'une large plaine où des fermes, très proches l'une de l'autre, bordaient une rivière lente et peu profonde. De chaque côté de cette plaine s'étendait une chaîne de montagnes. Elles s'élevaient, doucement au début, par mamelons étagés, puis montaient en pente abrupte jusqu'aux sommets des hautes crêtes brumeuses. La région était célèbre par ces milliers de buissons de thé, qui poussaient sur les premiers contreforts.

En hiver, la rivière était si basse, qu'à part les voyageurs qui venaient à cheval ou en brouette sur les mauvaises routes de campagne. on se trouvait isolé du reste du monde. Mais cette fin d'été, et à la suite d'abondantes pluies, l'eau montait assez pour permettre aux petites jonques de s'avancer jusque-là, à cent milles de la côte. L'une d'elles amènerait le fils du marchand à une heure qui restait problématique, car tout dépendait des vents et de la marée qui remplirait les étendues basses de l'embouchure. Sans doute arriverait-il ce même jour, tard dans l'après-midi, ou dans la soirée. Cependant au cas où le voyage serait plus rapide qu'on ne pensait, grâce à un bon vent, les membres de la famille s'étaient habillés très tôt et attendaient depuis longtemps.

Le père, doux vieillard, habitant de la ville, avait hérité de ses ancêtres une grande partie du terrain vallonné, au sud, qui donnait le meilleur thé. Il conservait cependant le magasin où, depuis des siècles, les mêmes grandes boîtes carrées, en étain, demeuraient sur leurs étagères, remplies chacune de son thé particulier. C'était un homme respecté, écouté de ses semblables. Il restait assis sur son siège habituel, à droite de la table placée au milieu du mur intérieur de la pièce, au centre de la maison. Aujourd'hui, en l'honneur de son fils unique, il avait revêtu sa plus belle robe de satin prune foncé, et une veste à manches en satin noir, ornée d'une broderie ancienne aux lignes courbes. Il était maigre et pâle, de la pâleur que donne l'opium, car il en fumait depuis sa jeunesse, sans forcer la dose et sans avidité, mais un peu chaque jour, aux mêmes heures; toujours la même quantité savamment mélangée, qu'il ne se permettait d'augmenter que lorsqu'il souffrait. En sorte que l'opium, sans l'émacier ni le flétrir, avait simplement creusé ses tempes et ses joues, enlevé de ses os toute chair superflue et donné à sa peau une délicate teinte d'un jaune uni.

En face de lui se tenait sa femme, la mère de son fils unique. Elle avait eu quatre enfants dont il ne restait que celui-ci, le plus jeune, qu'ils aimaient d'un amour indicible. Il ne serait jamais venu à l'idée de la vieille dame de rien lui refuser. Ce n'eût pas été convenable et elle n'aurait pu commettre une incorrection. Cependant elle avait du caractère, cela se voyait à ses yeux très noirs et perçants, et si elle cédait à son mari ou à son fils, ce n'était pas toujours sans lutte. Toutefois, en ce moment, assise sur un fauteuil exactement semblable à celui de son mari, mais à sa place inférieure, elle gardait le silence qu'il est décent à une femme d'observer vis-à-vis de son époux, car elle ne doit pas prendre la parole la première. Une vieille servante, presque aussi âgée que sa maîtresse, restait à ses côtés, avec un narghile de cuivre; dès que la vieille dame levait la main, la servante soufflait sur une allumette en papier brun et communiquait le feu à une boulette de tabac qu'elle avait déjà roulée et enfoncée dans le fourneau de métal de la pipe. Elle la tendait ensuite à sa maîtresse qui en tirait chaque fois deux bouffées puis la lui rendait. La servante recommençait à la préparer de la même manière, sans bruit ni signe de lassitude. Lorsqu'un peu de cendre tombait sur la veste de satin gris de la vieille dame, elle l'époussetait aussitôt d'un doigt desséché.

Sur un siège moins élevé, assise en contrebas, se trouvait la belle-fille du couple, la femme de leur fils unique. Elle avait moins de trente ans, n'était ni jolie ni laide, avec de petits traits réguliers bien dessinés; entre ses mains excessivement belles, elle tenait un morceau de satin rose pâle qu'elle brodait minutieusement de fleurs écarlates et d'un petit oiseau sur une branche. A tout instant elle se penchait pour exhorter à voix basse une fillette d'environ dix ans, installée sur un tabouret à côté d'elle et qui brodait aussi, mais lentement, avec de grands efforts, sur une étoffe de coton. L'enfant jetait de fréquents regards d'envie vers la cour où un robuste garçon de sept ans jouait avec un petit chevreau; sa longue robe brillante de soie bleu paon était relevée sous la ceinture écarlate, pour permettre plus de liberté aux mouvements. Il taquinait le chevreau, riait et lui tendait une poignée d'herbes; quand le chevreau, encore maladroit sur ses hautes pattes, titubait vers lui, le gamin sautait en arrière et éclatait de rire devant l'air idiot et ébahi de l'animal. A chaque éclat de rire la petite fille levait la tête et souriait d'un air de regret, et sa mère lui répétait à l'oreille : « Ma fille, sois attentive à ce que tu fais. » Les pieds de la mère et de la grand-mère étaient bandés dans de minuscules pantoufles de satin fleuri, mais ceux de la fillette demeuraient libres, son père ayant écrit qu'il devait en être ainsi.

Dans la pièce tranquille, si calme en apparence cet après-midi-là, il n'y avait aucune paix, mais seulement l'intensité de l'attente, car le père et la mère désiraient ardemment revoir ce fils qu'ils avaient perdu de vue depuis tant d'années, et la femme son mari. Chacun prenait patience à sa manière. Le père, assis, gardait les yeux fixés sur son petit-fils en train de jouer, mais l'immobilité de ses traits prouvait combien ses pensées étaient éloignées de l'enfant. La vieille dame se tourna vers la servante et lui demanda :

– Avez-vous dit au domestique d'acheter un canard pour le repas de ce soir?

La jeune femme leva vivement les yeux et dit d'une voix douce et égale :

– Je m'en suis occupée, ma mère; il y aura tout ce qu'il aime le mieux.

Puis, voyant que le bol de thé de la vieille dame était vide, elle se leva, tâta la théière de porcelaine, sur la table, pour en éprouver la chaleur, versa le thé, et le présenta à deux mains à sa belle-mère; elle jeta aussi le liquide refroidi de la tasse du vieillard et l'emplit de thé chaud, après quoi elle reprit sa place et son ouvrage.

Personne n'eût deviné que, malgré l'assurance de ses belles mains et le pli serein de ses lèvres, elle pût éprouver aucune agitation. Eclairée par la lumière de l'après-midi qui tombait de la porte ouverte, elle semblait tranquille et par trop immobile, le visage paisible et terne. Le bleu de sa veste de satin lui-même, à force d'être pâle, tournait au gris. Mais les sourcils étaient admirablement marqués sur sa peau mate, comme deux étroites feuilles de saule tracées en noir au-dessus de ses yeux noirs, et ses cheveux, noirs également, étaient huilés, parfaitement lisses et ramenés en arrière, roulés et tressés en un chignon rond maintenu par une simple épingle d'or; des boucles assorties, minuscules, pendaient à ses petites oreilles, bien plaquées contre sa tête. De temps à autre, du bout de la langue, la jeune femme humectait un peu ses lèvres, délicatement.

L'enfant glissa et tomba dans la cour, puis attendit, le visage défiguré par les larmes, qu'on vînt le ramasser; elle sortit rapidement, l'aida à se relever et épousseta ses vêtements. On aurait pu voir alors se modifier légèrement son expression. Elle tint le petit serré contre elle et lui dit de sa voix mesurée :

– Ne pleure pas, ton père peut arriver d'un instant à l'autre. Songe donc, s'il entrait et te voyait pleurer, quelle histoire! Tu n'avais qu'un mois à son départ et tu pleurais aussi. Il s'imaginerait que tu as crié pendant les sept années de son absence.

L'enfant se mit à rire au milieu de ses larmes et passa sa manche sur ses yeux; sa mère les lui essuya avec un mouchoir qu'elle tira de son sein, le ramena dans la pièce où les autres se trouvaient et lui fit boire du thé.

Le vieillard eut un léger sourire, caressa sa barbe rare, et regarda le gamin avec sa douceur habituelle :

– Mon fils sera content de vous, ma fille, pour ce fils que vous lui donnez, et soyez certaine que nous lui dirons ce que vous avez été pour nous : la fille la meilleure, la plus attentionnée, ainsi que la plus soigneuse des mères et, dans la maison, une belle-fille parfaite. Ce furent d'heureux jours pour nous que ceux où nous vous avons fiancée et mariée à notre fils; pourtant nous ignorions alors le degré de notre bonheur.

— Mais nous savions qu'elle appartenait à une famille distinguée de campagne, observa vivement la vieille dame. J'ai toujours déclaré que je désirais trouver pour lui une jeune fille de bonne souche terrienne, et pas une de ces femmes des villages, si fières et capricieuses. Non, je sors moi-même d'un gros bourg, et d'une excellente famille de propriétaires. Ce sont les meilleures, et celles qui instruisent le mieux leurs filles.

— Je m'en rends bien compte, fit en souriant le vieillard, depuis plus de trente-cinq ans que nous sommes mariés. Ton seul défaut est de n'avoir pas conservé tous tes enfants. Je ne t'en blâme pas cependant car il y a un terme, tôt ou tard, à chaque existence, et nous n'y pouvons rien lorsque surgit pour chacun l'heure fixée par le destin.

La vieille dame soupira et répondit :

— Mais le dernier-né était le meilleur de tous et il a vécu, il a obtenu des distinctions qui lui auraient valu autrement une place de gouverneur. Je ne comprends vraiment rien à l'époque actuelle.

— Mon fils Yuan n'a aucune crainte à avoir, reprit le vieillard avec orgueil et confiance. Grâce à ses études, il peut être tranquille. Est et Ouest, il possède tout!

A peine eut-il prononcé ces mots qu'ils entendirent une voix à la grille, et le bruit d'hommes chargés de caisses et de paquets. La voix était celle du vieux domestique envoyé à l'avance de Yuan. Puis une autre leur parvint, au timbre si connu; ils l'attendaient, mais elle leur parut plus grave que celle dont ils se souvenaient et, en quelque sorte, étrange.

— Oh! me voici chez moi!

Le vieillard se leva à ces mots, puis se souvenant de la bienséance, il se rassit pour attendre. La vieille dame serra fortement ses mains sur ses genoux. La jeune femme appela vite sa fille et prit la place qu'elle devait occuper derrière sa belle-mère; le garçon, soudain effrayé, accourut et se cramponna à la main de sa mère, et la petite tenant encore son ouvrage fixa des yeux brillants et grands ouverts sur la grille. Mais la jeune femme ne leva pas la tête; immobile, elle s'obstinait à regarder une fente entre les carreaux du sol.

Brusquement la grille s'ouvrit. Elle entendit approcher le voyageur, des pas durs et fermes. Il portait une sorte de souliers de cuir qui résonnaient sur les dalles de la cour. Il entrait, il était au seuil même de la porte. Il venait à son père. Du coin des yeux, la jeune femme vit le vieillard se lever et elle entendit le jeune homme, son mari, s'écrier :

– Mon père, mon père!

– Après sept années... répondit le vieillard, et sa voix se brisa et il se mit à pleurer.

– Asseyez-vous mon père, dit le jeune homme. (Et, avec un rire mal assuré il lui versa une tasse de thé.) Je suis chez moi, après avoir traversé les mers, votre fils, sain et sauf! Ma mère, me voici!

La vieille dame se leva en tremblant; émerveillée, elle posa la main sur le bras de son fils :

– Mais Yuan, mon garçon, tu sembles avoir grandi, dit-elle. Tu me parais singulier, tellement plus âgé.

– Sept années vous modifient, répondit Yuan de son ton net et vif.

Puis il versa aussi du thé à sa mère.

Maintenant venait le tour de celle qui était sa femme. Il se tint devant elle et elle ne leva pas les yeux. Bien élevée, distinguée, elle savait se tenir correctement. Mais il restait debout, à l'endroit qu'elle avait fixé avec tant d'obstination, et elle vit les souliers de cuir et l'épaisse étoffe foncée des pantalons, taillés dans un tissu étranger, inconnu d'elle, rude et sans éclat.

– Ah! fit-il d'une voix lointaine et respectueuse, la mère de mon fils se porte bien, j'espère.

– La meilleure des belles-filles pour nous, Yuan, déclara le vieillard, soudain volubile; elle n'oublie jamais ses devoirs vis-à-vis de nous ni de ses enfants, elle est soigneuse dans la maison, juste envers les serviteurs.

– Ah! dit Yuan, et où est mon fils?

– Je suis là! répondit bien fort l'enfant, et il regarda son père avec des yeux écarquillés, ronds comme des dollars.

Yuan rit et le souleva. Il s'écria joyeusement :

– Alors voilà ce que tu as fait en sept ans! D'un criard d'un mois, rouge comme un radis, tu t'es transformé en un homme grand et bon à voir.

Pendant qu'il se détournait, absorbé par son fils, elle put lancer un coup d'œil rapide de son côté. Oui, il était autre, plus mûr. Elle pouvait constater le changement. A son départ, à vingt-quatre ans, en dépit de son intelligence et de son grand savoir, il paraissait jeune et mince. Elle le trouvait épaissi, quelque peu grandi, et son expression n'était plus la même. Sept années en terre étrangère l'avaient changé. Il s'était toujours montré plein de confiance en lui-même, très assuré et prêt à rire, à parler, mais jeune et volontaire. Il revenait homme, et son maître. Elle fut soudain très confuse et sentit un peu de rose, une chaleur, s'insinuer sous ses oreilles. Toujours sans mot dire elle poussa sa fille en avant, puis elle murmura :

– Parle à ton père, mon enfant.

Mais la fillette pencha la tête en souriant, jusqu'à ce que son frère s'écriât :

– Voilà aussi ma sœur!

Alors Yuan se retourna et se montra gentil pour sa fille, il s'empara de la petite main piquée d'aiguilles et demanda :

– Et que fais-tu donc, ma Siu-lan, des pantoufles pour toi, un coussin, ou quoi donc?

– Elle a dix ans maintenant, répondit la vieille dame, et elle est assez grande pour commencer à broder son trousseau de mariage. Sa mère connaît toutes les bonnes et décentes coutumes anciennes, pour l'instruction d'une jeune fille. Aussi Siu-lan apprend-elle les points de sa jupe de mariage.

La fillette écouta ces mots avec un peu de muette impatience. Elle fit la moue, baissa les yeux, et sembla vouloir parler, mais sa mère posa vivement une main ferme sur son épaule, ce qui la retint.

Quant au jeune père il ne répondit pas à sa mère. Il ouvrit la bouche, puis la referma, et après un silence étrange – comme si chacun écoutait, attendant la voix des autres – il dit pour chasser la gêne momentanée :

– Ah! c'est bon de se retrouver chez soi! Il faut que j'aille dans ma chambre me laver et me rafraîchir après ces trois jours sur l'eau. Cela paraît lent en comparaison des modes de transport de l'Ouest; cent milles en trois jours! (Et il sortit en riant.)

Le vieillard regardait dans le vague :

– Trois jours, ce n'est pas long, dit-il à sa femme. Des vents propices ont soufflé. S'ils avaient été contraires et si les hommes avaient dû tirer le bateau, cinq ou six n'eussent pas suffi.

– Je suis allée au temple chaque jour, répondit la vieille dame. J'ai prié et demandé que les vents lui soient favorables, et j'ai dépensé deux pièces d'argent pour l'encens et le thé des prêtres. C'eût été mauvais si après cela nous n'avions pas obtenu satisfaction.

Le vieillard considéra sa femme d'un œil tolérant. Lui-même ne fréquentait pas les temples et ne croyait pas à leurs dieux. Disciple de Confucius, il les abandonnait aux femmes et aux enfants.

– Nous sommes à la saison des vents, observa-t-il avec douceur.

A ces mots la vieille dame leva la tête et s'écria avec une certaine vivacité :

– Ah! tu refuses de croire, mais j'ai essayé maintes et maintes fois; je t'assure que les dieux entendent. Si je n'avais pas fréquenté régulièrement le temple, qui sait quel malheur serait arrivé à notre fils sur ces grandes mers, et dans ces pays étrangers?

– C'est bon, c'est bon, fit le vieillard d'un air apaisant, comme s'il s'agissait d'une vieille discussion entre eux. Adore tes dieux, et si tu t'arranges pour demander des choses en leur saison, je suis certain que tu les obtiendras.

Ce soir-là, lorsque le repas fut terminé et que le jeune homme eut sorti les cadeaux qu'il avait apportés pour chacun, sa femme entra dans la chambre qu'elle partagerait avec lui. Depuis son départ, elle n'y avait pas couché, s'y sentant trop seule la nuit. Le jour elle la tenait en ordre, sans un grain de poussière, et la nuit elle dormait avec ses deux enfants dans une pièce à côté, plus petite. Parfois elle s'installait avec sa broderie dans la chambre vide, demeurée inoccupée. Maintenant elle revenait s'y asseoir et attendre son retour.

Il rentrerait tard; ses amis avaient appris son arrivée, et ils étaient là-bas, dans la pièce extérieure, à se réjouir avec lui. Le vieux père avait ordonné de faire chauffer du vin, le faible vin de riz fait dans la région, et elle écouta les jeunes gens s'interpeller, boire à la santé de Yuan, et s'écrier :

– Vidons la coupe, cette fois-ci, faisons coupe nette, tous! Buvons à Yuan, à sa nomination dans la nouvelle capitale, buvons à son fils, à ses nombreux fils à venir!

Un gros rire éclata à ce dernier toast, et seule, dans la chambre obscure, elle sourit un peu douloureusement et sentit de nouveau cette chaleur du sang sous ses oreilles. Puis elle comprit qu'on passait les viandes et les mets que les hommes prennent avec le vin; des cris d'adieux retentirent ensuite; des vœux joyeux de réunions futures volèrent à travers les cours, dominés par le rire de Yuan.

Enfin dans le calme soudain de la maison, elle l'entendit revenir de la grille. Il disait amusé :

– Avec tout ce vin, j'aurai mal à la tête demain; je n'ai pas bu autant depuis mon départ.

– Ils n'ont donc pas de vin à l'étranger? demandait le vieillard surpris.

— Oh si! répondit Yuan négligemment, mais il est épais et je n'en buvais pas. Il fallait conserver ma tête claire et quant à cela il le faut encore, puisque j'ai un poste important dans la nouvelle capitale. J'en reparlerai demain. Il est l'heure de dormir.

— Mais tu ne te rendras pas tout de suite à ton poste, mon fils? demanda le vieillard. Tu es resté si longtemps absent. Je sais que ce travail dans la capitale est chose honorable et je ne te retiendrai pas, mais après ton éloignement qui a tant duré, nous aimerions à te garder un peu à la maison. Et puis, il y a ta femme, si bonne, et qui a vécu sans toi pendant sept années en pleine jeunesse.

Que répondrait-il? La jeune femme se pencha en avant pour écouter près de la porte ouverte, les deux pièces n'étant séparées que par la draperie de soie. Que dirait-il? Il se taisait, puis, comme un homme qui se souvient tout à coup d'une obligation, il s'écria :

— J'ai une lettre à écrire avant de me coucher. Je l'avais oubliée. Je vous laisse, mon père. Appuyez-vous sur mon bras et permettez-moi de vous conduire à votre chambre.

Elle entendit le bruit de leurs pas. Les pantoufles de velours rendaient un son faible et amorti, et les souliers de cuir frappaient dur et net. La chambre était silencieuse; assise, l'épouse attendait selon le devoir d'une femme, la venue de son mari. Puis, elle prit des allumettes sur la table, alluma la bougie, et s'assit de nouveau, patiente, les yeux à terre. Ses mains étaient froides, elle les serra l'une contre l'autre.

Il entra selon son habitude, brusque, insouciant, et parut surpris de la voir :

— Ah, vous êtes encore là? dit-il; ne restez pas, allez vous coucher, j'ai une lettre pressée à écrire avant de me mettre au lit.

Il s'installa à son bureau, à l'autre bout de la chambre, le bureau devant lequel il avait coutume de s'asseoir pour étudier, des années auparavant, lorsqu'il se préparait à passer les examens qui devaient le conduire à travers les mers. Au cours de ces sept années elle avait souvent cru le voir à cette place. A présent il cherchait à la hâte du papier et un pinceau qu'il effila en le passant d'un geste hâtif sur le bloc mouillé d'encre.

Elle restait assise, immobile. L'instant d'après, il jeta son pinceau, à demi agacé, à demi rieur.

— J'ai oublié la manière de m'en servir, dit-il, j'ai écrit si longtemps avec une plume étrangère! (Il sortit de sa poche une bizarre plume de métal et se remit à écrire. Il leva la tête de nouveau, et vit sa femme :) Mais allez donc vous coucher! s'écria-t-il d'un ton presque fâché. Je n'aime pas sentir que vous êtes là à attendre. (Puis, très vite, il se radoucit :) Excusez-moi, je ne voulais pas me montrer grossier; j'apprécie vos égards. Mais sûrement, aujourd'hui, nous pouvons nous passer de formalisme. Dormez... (Il s'interrompit, incertain.)

Au même moment dans la pièce voisine où il reposait, le petit garçon poussa un cri. Le jeune homme alarmé leva les sourcils.

— Il rêve, dit la jeune femme. Toutes ces années il m'a eue à côté de lui et je lui manque.

La physionomie de l'homme s'éclaira :

— Ah! alors, allez le rejoindre, je me coucherai tard ce soir. J'ai des notes à inscrire dans mon livre. Je ne veux pas déranger vos habitudes — pas ce soir.

Il se leva avec beaucoup de courtoisie. Elle le considéra d'un regard tranquille. Il y eut un instant d'hésitation entre eux, délicat, difficile. Puis, les mains glissées dans ses manches, selon la coutume les femmes, elle s'inclina légèrement, en disant :

— De grâce, asseyez-vous mon seigneur.

Elle circula dans la pièce, douce et silencieuse comme d'habitude, avec des gestes gracieux, et cependant prompts, économisant l'effort. Elle tâta la théière et ranima de son souffle les charbons du petit brasier qui brûlait en dessous, puis elle étendit le couvre-pied sur le lit, le replia, dégagea les rideaux de toile blanche des agrafes qui les maintenaient écartés, et les laissa tomber. La théière réchauffée, elle versa un bol de thé fumant à son mari qui inclina la tête et sourit, absorbé, les yeux fixés sur son papier. Ensuite elle sortit avec son calme parfait.

Elle se dévêtit en silence et ne garda que ses vêtements en lin blanc, lava son visage et ses mains et se rinça la bouche. Avant de s'étendre, elle s'approcha du lit de la fillette, placé dans l'angle opposé de la chambre; un petit lit de bambou entouré de rideaux. Elle les ouvrit, toucha la main de l'enfant qui pendait sur le rebord du lit; elle la trouva chaude sans excès, écouta la respiration égale et calme. Prenant une bougie sur la table, elle examina soigneusement les rideaux avant de bien les refermer. Elle craignait les moustiques, et en trouva un qu'elle écrasa entre ses doigts. Puis elle se dirigea vers le lit où reposait son petit garçon. A cause de la chaleur, il était nu, à l'exception d'un carré d'étoffe rouge plaquée sur le ventre et retenue par une chaîne d'argent autour du cou. Elle repoussa les jambes avec la plus paisible, la plus tendre sollicitude, ramena peu à peu contre les côtes le bras potelé, se fit une petite place et s'y allongea, sans faire plus de bruit qu'une souris. Mais comme l'enfant s'agitait, elle étendit la main, le tapota par menus coups rythmés, et lui, sentant l'habituelle présence, se rendormit.

Mais la jeune femme demeurait éveillée, immobile. Elle prêtait l'oreille à chaque son venu de la chambre, à côté. Pendant longtemps il n'y eut que celui de papiers froissés et de tiroirs refermés. Un bloc à encre tomba à terre et se brisa. Elle entendit une exclamation étrangère qu'elle ne comprit pas. Avant de se coucher, elle avait éteint la bougie de graisse de vache, de crainte qu'elle ne vînt à se consumer dans la nuit et ne répandît une mauvaise odeur. A sa place elle avait allumé une petite lampe d'huile de fève. Depuis le départ de son mari elle ne pouvait pas supporter l'obscurité complète, la nuit. Maintenant, il avait beau être de retour, ce n'était plus comme autrefois. La veilleuse répandait une lumière très faible qui perdit toute signification lorsque l'étrange éclat d'une blanche lune d'automne brilla soudain au-dessus du mur de la cour et se répandit dans la chambre.

« L'aube doit approcher », se dit-elle enfin.

Elle entendit son mari pousser un gros soupir, se lever et marcher vers son lit. Il y eut quelques instants de silence. Elle écoutait, attentive. L'appellerait-il à présent? Mais il s'étendait sur le lit de bois qu'il faisait craquer. Un grand lit sculpté qui datait de deux générations. Encore ce gros soupir. Puis rien. Il dormait. Quant à elle, elle reposait comme elle le faisait depuis sept ans, son bras replié autour de son petit garçon.

Le lendemain elle se leva, selon son habitude, une heure avant les autres. Elle se glissa doucement hors du lit sans réveiller l'enfant. A la lueur des premiers rayons du soleil, elle défit ses longs cheveux droits, si noirs, et les démêla bien à fond avec un petit peigne blanc, en os. Elle était assise devant une coiffeuse dont le miroir se relevait, à la hauteur de son visage. Selon la coutume du pays, ce genre de table faisait partie des choses personnelles qu'une mariée apporte avec soi. Le père de la jeune femme n'avait pas été un homme pauvre et le meuble se trouvait fabriqué en bon bois, les tiroirs ornés de poignées de cuivre. Comme tout ce qu'elle possédait, il était soigné et bien frotté. Lorsqu'elle eut lissé et fait reluire ses cheveux, elle les divisa, en attacha une partie avec un cordon, tandis qu'elle tordait l'autre, puis elle les réunit et les enroula, autour de son épingle d'or, en un chignon ovale très régulier. De ses mains expertes, elle glissa par-dessus un filet de mince soie noire, puis elle prit un pinceau dans un pot rempli d'une huile de bois spéciale, et le passa sur ses cheveux, lustrant leur surface déjà unie et impeccable.

On toussait à la porte; elle souleva le rideau. Une servante lui présenta une aiguière d'eau chaude; elle la prit et la déposa sur un guéridon à cet usage. L'eau était bouillante; elle en sortit une serviette qu'elle pressa et passa sur sa figure, ses bras et ses belles mains. Avec un soupçon de poudre à ses joues et à son front, elle se trouva prête. Elle avait attaché méticuleusement chaque bouton de sa veste en légère soie grise, et noué ses larges pantalons à l'aide d'une bande de soie blanche, autour de sa taille fine et ronde. Elle portait des souliers noirs, unis, car elle n'était pas femme à s'orner de tissus fleuris; là où une autre eût choisi des pierreries serties d'or, elle prenait le métal pur, le bijou le plus simple. Malgré ces choses ordinaires, elle paraissait encore très jeune; l'ossature délicate, petite de taille, et bien faite. Il était difficile de croire qu'elle avait porté des enfants, avec son corps si droit, ses seins menus. Cependant, elle n'était pas belle. Elle manquait de vivacité, semblait trop tranquille, trop égale à elle-même.

Ainsi vêtue pour la journée, elle se rendit aux cuisines, afin de veiller à ce que les servantes aient allumé les feux et voir si le riz du repas matinal mijotait dans les chaudrons.

— Nous aurons du poulet salé, dit-elle à la femme âgée qui dirigeait les deux filles de campagne — l'une employée à alimenter le fourneau de brique avec des herbes, l'autre à laver les viandes, les légumes, le riz, toutes les deux devant être prêtes à rendre service en cas de besoin.

— Je le découperai en tranches, répondit la femme; y a-t-il quelque autre friandise qui plairait au jeune maître?

— Il préfère les haricots rouges aux blancs, en purée; la purée caillée, assaisonnée de poivre rouge. Servez-en aujourd'hui avec le meilleur thé.

La vieille servante qui s'était tenue la veille à côté de sa maîtresse s'approcha à ce moment-là. Elle portait deux serviettes propres, un morceau de savon rouge et une coupe de cuivre, remplie d'eau très chaude. Une des filles de cuisine la suivait, tenant une théière de thé frais :

– Venez-vous maintenant, jeune maîtresse? demanda la servante.

– Oui, Wang Ma, et elle précéda les deux bonnes jusqu'à la porte de sa belle-mère.

Là, elle s'arrêta et toussa légèrement.

– Entrez, cria la vieille dame, et elles pénétrèrent dans la chambre.

– Ma mère, j'espère que vous avez bien dormi, dit la belle-fille de sa voix soumise.

Ensuite elle prit la théière des mains de la domestique, la posa sur la table, en remplit un bol et se tint devant les courtines fermées. Une main grêle et jaune en sortit et prit le bol de thé; la jeune femme en remplit un second qui fut reçu de la même manière; après quoi, debout près de la table où se trouvaient différents récipients et une pipe, elle mélangea un peu d'opium, alluma une petite lampe et fit chauffer le fourneau de la pipe que la main parcheminée ramena également derrière les rideaux.

La jeune femme et la fille de cuisine se retirèrent, la vieille servante resta pour attendre le bon plaisir de sa maîtresse.

Chaque matin ces rites se répétaient dans le même ordre, puis la jeune femme revenait dans sa chambre et aidait les enfants à s'habiller. Mais à présent, il y avait une autre personne vers qui elle devait aller. Autrefois, il lui paraissait naturel de servir ainsi le thé à son mari. Aujourd'hui cela lui semblait un peu difficile. Il était tellement transformé qu'elle croyait aller dans la chambre d'un étranger. Cependant son devoir n'avait pas varié. Elle donna ses ordres à la fille de service :

– Apportez-moi une autre coupe de cuivre et une

autre théière d'étain, la plus belle, avec du thé frais, le thé vert nouveau.

Elle attendit la servante, puis elle souleva le couvercle de la théière et renifla délicatement l'infusion. Ensuite elle se dirigea vers la chambre et toussa; la servante se tenait derrière elle. Il n'y eut aucune réponse. Elle écouta, l'oreille contre la portière de soie, puis elle glissa ses doigts derrière l'étoffe. Il avait fermé le panneau de bois. Elle le heurta légèrement du plat de la main.

– Qui est là? cria tout à coup son mari.

Elle fut épouvantée de ce ton si brusque. Elle avait oublié l'impression que donne la présence d'un homme jeune et vigoureux dans la maison. Sept années sont une longue période qu'elle avait passée complètement seule entre les deux vieillards et les enfants. Depuis la mort de son père et de sa mère elle n'était jamais retournée dans son ancienne demeure. Elle ne savait plus à quel point un homme peut crier fort.

La porte s'ouvrit soudain, et Yuan se tenait sur le seuil, les yeux lourds de sommeil, ses cheveux noirs et raides en désordre.

– Qu'est-ce qu'il y a? demanda-t-il d'un ton assez maussade.

– Votre thé, balbutia sa femme.

– Du thé? s'écria-t-il. (Puis il sourit, frotta sa main sur ses cheveux hérissés et bâilla.) Ah bon, apportez-le. J'avais oublié le thé. Je n'en ai pas pris d'aussi bonne heure depuis sept ans. (Ses yeux tombèrent sur la coupe de cuivre.) J'aurai besoin de plus d'eau que cela, dit-il d'un ton décidé. J'ai l'habitude de me baigner chaque matin.

Sa femme regarda la bonne avec consternation.

– Cela demanderait beaucoup d'eau. Les hommes vont en général aux bains publics quand ils veulent se laver tout entiers, dit rudement la servante. (Elle arrivait de la campagne, et sans vouloir offenser, manquait de savoir-vivre.)

Mais la jeune maîtresse se sentit froissée par ce ton et elle répondit avec dignité :

– Certes, le jeune maître peut avoir ce qu'il désire chez lui. (Et elle se tourna vers Yuan :) L'eau sera bientôt prête.

– Ah? si cela donne de la peine... commença Yuan avec insouciance.

– Comment cela gênerait-il, quand vous avez été absent sept années? fit-elle simplement.

Il détourna la tête et se versa un second bol de thé. Lorsqu'elle vit qu'il n'avait plus rien à dire, elle sortit pour veiller au chauffage de l'eau.

Il semblait pourtant à la jeune femme que cette première journée du retour de son mari devrait se distinguer des sept tranquilles années de son absence. Le plus grand événement pendant ces centaines de jours avait été l'arrivée des lettres. Le vieillard les lisait à haute voix à tous : aux deux dames assises à leur place, et aux enfants installés sur leurs tabourets. Cependant ces lettres de Yuan n'étaient guère variées. Il y parlait de ses études, parfois d'un spectacle étranger qu'il avait vu, ou bien il donnait un ordre. Ainsi il écrivit : « Les pieds de ma fille ne doivent pas être bandés. » Ou bien encore : « Mon fils devra être envoyé à l'école moderne du gouvernement; il n'étudiera pas les Quatre Livres comme je l'ai fait; c'est inutile à notre époque. »

Ces deux injonctions avaient produit du désarroi, à la lecture de la lettre. Le vieillard s'était arrêté, et pardessus ses grandes lunettes de métal, il avait regardé les deux dames qui écoutaient.

– Si on ne bande pas les pieds de cette enfant, comment trouvera-t-elle un bon mari? remarqua la vieille dame stupéfaite.

Elle croisait ses pieds à elle, petits et pointus, sur une chaufferette en cuivre, garnie de charbon, car cette lettre leur était parvenue en hiver.

On n'accepta pas cet ordre aussitôt; le vieux père

écrivit à son fils, faisant observer les difficultés d'exécution. La réponse fut rapide, elle ne mit guère plus de deux mois, et elle était aussi formelle que jamais : « Je veux être obéi sur ce point, sinon je serai très mécontent. »

Le vieillard, froissé, roulait les yeux dans une douce colère et passait vivement une main tremblante le long de sa barbe.

– J'espère que mon fils n'oublie pas que, tant que je suis vivant, c'est moi qui commande en dernier ressort dans ma famille; je pense qu'il y songe.

En fin de compte, ce fut la femme de Yuan qui prononça avec sa tranquille fermeté :

– Je ferais mieux d'écouter mon mari; obéissons à ce qu'il nous dit.

Et les pieds de la fillette restèrent libres, malgré le chagrin de sa mère de les voir s'allonger sans remède; elle dut se contenter de lui commander des souliers aussi étroits et fermes que possible.

Mais lorsque, tout récemment, se posa la question des études du fils, encore bien petit, le grand-père s'en montra le plus affecté, et il répétait, navré :

– Ne pas apprendre les Quatre Livres! Ne pas connaître les paroles de Confucius le Maître! Mais que saura-t-il donc?

Car le vieillard avait étudié tous les livres de Confucius, persuadé qu'on ne rencontre nulle part ailleurs la rectitude du jugement. Lui-même faisait son possible pour se conformer à la conduite que Confucius offre en exemple à l'homme supérieur. Aussi le vieillard ne tombait-il jamais dans aucun excès, et observait-il toujours le juste milieu. Il était donc de première importance à ses yeux que son fils et le fils de son fils connussent la Voie. Chez une femme, cela lui semblait superflu. Elles sont simples et leurs esprits obtus. On peut leur permettre d'adorer des dieux visibles, car elles sont ainsi faites : il leur faut des choses faciles à constater de leurs yeux.

– Mon petit-fils grandira sans vertu, dit-il solennellement.

Mais il était trop tard pour qu'une lettre atteignît Yuan et ils patientèrent.

Ce furent là les plus graves questions agitées en l'absence de Yuan, tant ces années s'écoulèrent uniformes. Quant à la jeune femme, son père était mort de dysenterie un été; l'hiver suivant sa mère s'éteignait d'une maladie bizarre, inconnue de tous, et le domaine était divisé entre ses quatre frères; la vieille maison s'étendit, les quatre familles grandissantes se la partagèrent, et la jeune femme n'eut plus aucun désir d'y aller, ne s'y sentant pas chez elle. Au lieu de cela, elle avait enfoui son existence avec un dévouement encore plus profond, au sein de cette demeure où elle s'était mariée, aimant les deux vieux qui lui témoignaient de la bonté.

Elle ne saurait jamais se montrer assez reconnaissante envers les dieux qui lui avaient donné une si bonne belle-mère. Lorsqu'elle allait avec la vieille dame au peuple des Trois Bouddhas, elle rendait grâce au dieu qui fait les mariages et qui lie de son fil de soie écarlate deux vies avant qu'elles ne naissent au monde. Elle savait bien, comme toutes les femmes, qu'il existe des belles-mères cruelles, jalouses de leurs belles-filles, et qui leur rendent la vie impossible. Mais la sienne était une véritable mère. Elles s'accordaient bien toutes les deux, cette jeune femme tranquille et cette vieille dame douce et peu mondaine qui vivait en étroit contact avec les dieux, et croyait si profondément à la nécessité d'une universelle bienveillance envers toutes les créatures vivantes, que depuis des années elle refusait de toucher à aucune viande – pas même à un œuf, car il aurait pu donner la vie. Lorsqu'une phalène entrait en voltigeant par la fenêtre, elle empêchait qu'on ne la tuât. Elle demandait à la servante de la prendre délicatement et de la relâcher dans la nuit, et même s'il faisait une soirée chaude, sans air, elle gardait les treillis de papier fermés, de crainte qu'un papillon ne vînt se brûler les ailes à la flamme des bougies.

Vraiment ces deux vieillards étaient dignes d'être aimés et servis par la jeune femme. Son beau-père la traitait comme sa fille. Chaque matin il allait à son magasin, surveillait les commis et vérifiait les stocks. Lorsqu'il rentrait, les vêtements imprégnés d'un léger parfum de thé, sa belle-fille lui apportait aussitôt la théière, et son éventail en été, en hiver, sa chaufferette. Elle apprit à mélanger l'opium comme il le préférait; elle essuyait les livres du bureau, tenait en ordre la collection des éventails anciens qu'il affectionnait, trop vieux et fragiles pour qu'on les confiât à des serviteurs. Et, à la différence de certains beaux-pères qui acceptent comme une chose due les services des femmes de leurs fils, il remarquait la moindre attention de sa belle-fille; la remerciait et la complimentait avec tant de courtoisie qu'elle ne trouvait rien au monde de plus doux que ses louanges. Ainsi, elle s'intégra dans cette demeure et se sentit fière du soin qu'elle en prenait.

La maison était moins grande que beaucoup d'autres, car elle aussi avait été partagée au cours de la précédente génération, mais elle contenait trois cours : la cour des pivoines, celle des bambous, et celle des chrysanthèmes. Le vieillard aimait les fleurs; des pivoines s'épanouissaient, des lis fleurissaient sous les bambous, et en automne des chrysanthèmes. Le plus beau jour du printemps était celui où l'on voyait, pour la première fois, sortir de la terre noire de la terrasse les pousses des pivoines. Tous allaient les contempler. Une seule fois la jeune femme vit son beau-père dominé par la colère : ce fut quand son petit-fils tendit la main, et brisa pour s'amuser une pointe rosée. Sans mot dire le vieillard se pencha et frappa de ses doigts osseux le cou potelé de l'enfant. Quatre empreintes rouges, cuisantes, étaient marquées sur la peau dorée du petit dont le visage restait figé de surprise; puis l'enfant poussa un cri de terreur, strident.

Le vieillard pâlit.

— Je me suis oublié, marmotta-t-il, et il alla tout de suite se réfugier dans sa chambre où il demeura longtemps en méditation.

Le soir, la jeune femme prit son fils par la main et le conduisit à son grand-père, elle le fit agenouiller et se frapper le front devant le vieillard, en signe de contrition. Elle-même offrit ses excuses.

— J'ignore pourquoi mon fils manque de manières à ce point, mon père. J'en suis honteuse et peinée. Je vous demande pardon de n'avoir pas su mieux l'élever.

Le vieillard souleva tendrement le petit et l'entoura de son bras.

— Il est vrai qu'il ne devait pas toucher à la pivoine et faucher sa vie. Il ne pourra plus y avoir de beau bouton, ni de feuilles en forme de fougère, ni de fleur épanouie. Cette pousse a été tranchée comme une jeune existence. Mais mon petit-fils n'est qu'un enfant, tandis que moi qui suis vieux, et qui depuis si longtemps marche dans les traces de mon Maître, je croyais connaître la Voie, et me trouver à l'abri de la colère, et de toute fureur vulgaire. Je suis moins avancé que je ne pensais.

Il soupira, et sa belle-fille ne pouvant supporter de le voir si triste, lui dit doucement :

— Vous êtes l'homme le plus parfait que j'aie jamais rencontré; le meilleur des pères, pour moi et pour tous.

Il sourit à ces paroles qui le consolèrent un peu, bien qu'il n'en laissât rien paraître. Il se remit à sa lecture et la jeune femme emmena l'enfant.

De menus faits semblables formaient les gros événements de la maison — car en l'absence de Yuan, les jours de fête eux-mêmes étaient à peine indiqués — en sorte que ces sept années passèrent comme des rêves. L'été s'alanguissait et se changeait en automne; les chrysanthèmes avaient leur moment d'éclat dans les cours, puis venait l'hiver, et les baies écarlates du bambou de l'Inde brillaient contre la neige, peu profonde entre les murs; ensuite le printemps renaissait dans les petits lis pâles et les fleurs des pruniers, contre les branches noires, sans feuilles, et cela continuait ainsi, année après année.

Dans la vie de la jeune femme, seuls deux incidents, après la naissance de son fils, marquèrent profondément. Le premier fut son sevrage, complété seulement lorsqu'il eut quatre ans, et le second sa courte maladie, en été, deux ans auparavant, qui causa à sa mère la plus vive frayeur de son existence. Le matin, l'enfant était bien portant et gai, et le soir à demi mort, saisi de tels vomissements et de diarrhée accompagnés de fièvre, qu'en quelques heures son corps avait fondu, s'était desséché sur son ossature. Ils furent tous hors d'eux-mêmes; la vieille dame se précipita au pied du temple, elle qui pouvait à peine faire quelques pas dans les cours, et elle promit sa pleine main d'argent si l'enfant vivait. Elle se jeta sur le paillasson devant la déesse mère et frappa sa vieille tête à plusieurs reprises contre les pavés. Elle demeura prosternée, sanglotant et priant si fort qu'elle eût attendri tous les cœurs, jusqu'à ceux d'argile dorée. Les prêtres avides, eux-mêmes dans la crainte qu'elle ne mourût d'angoisse, s'approchèrent d'elle et la relevèrent en disant :

– Madame vous avez prié, la déesse entendra. Rentrez, il va mieux.

Mais lorsqu'elle atteignit la maison, l'enfant, loin de se remettre, avait les lèvres bleues, les ongles noirs, et étouffait.

Alors Wang Ma, la vieille servante qui avait vu mourir sept de ses enfants, à l'époque où elle était d'âge à les porter, s'écria :

– Son esprit s'égare. Vite! il faut le rappeler!

Elle alluma une lanterne de papier et sortit en courant, disant à la jeune mère de la suivre avec la veste du petit. Elles parcoururent les rues pavées de galets, ici et là, partout.

Wang Ma tenait la lanterne haute, et à chaque pas, elle appelait :

– Enfant, reviens – reviens à la maison.

La jeune femme levait en l'air la petite veste rouge, que son fils portait d'habitude, afin que l'esprit errant reconnût son enveloppe et sût se retrouver. Que de fois la mère avait entendu cet appel d'autres gens, d'autres mères, et avec un frisson serré contre elle son enfant! Maintenant c'était son tour! Des passants se lamentaient en les voyant et leur disaient :

– Ah! que l'enfant vive!

Et la jeune mère, qui dans sa retraite décente ne dépassait jamais les grilles de la maison, courait à présent avec ses petits pieds sur les pierres rondes et glissantes, sans remarquer les singuliers spectacles de la cité, obsédée par la pâle vision du petit mourant, le seul fils qu'elle eût donné à son mari.

Mais le résultat était atteint. Lorsqu'elles revinrent exténuées, elles trouvèrent le vieux grand-père près du lit; une bonne debout, à ses côtés, tenait un bol de bouillon chaud, et le vieillard glissait cuillerée par cuillerée dans la bouche de l'enfant. Le petit garçon fermait encore les yeux, cependant il avalait. L'esprit était revenu.

L'enfant se rétablit aussi vite qu'il avait été atteint. Mais les autres furent plus lents à se remettre de l'épouvante de la nuit. Le vieux grand-père en demeura pâle pendant bien des jours, et à chaque instant, il appelait à lui l'enfant, tâtait le petit corps qui de nouveau s'arrondissait, plein de vitalité, et il riait doucement et disait :

– Tu es bien à moi, et en santé de nouveau, mon enfant!

Quant à la vieille dame elle répétait sans cesse :

– Si je n'étais pas allée au temple, et si la déesse n'avait témoigné sa miséricorde en nous le conservant, je me demande ce qui aurait pu le sauver. J'estime cela de l'argent bien placé.

Et la jeune mère s'éveillait parfois la nuit, trempée d'une sueur froide parce qu'elle rêvait qu'elle trébuchait de nouveau dans les rues sombres, tenant la petite veste rouge pour que l'esprit égaré de l'enfant pût la reconnaître.

Ainsi sept ans avaient passé en vie profonde, étroite et paisible, au fond de cette maison. Tous les espoirs étaient concentrés sur le retour de l'absent. Le vieillard voyait son fils élevé à une situation officielle, devenant un homme d'Etat éminent, comme il en existait dans le passé de la famille. Jamais aucun d'eux n'avait tenu un poste militaire à la Cour des Empereurs; mais quelques-uns y avaient joué des rôles beaucoup plus honorables : conseillers, vice-rois; même un Premier ministre. La famille ne comptait pas que des commerçants, bien qu'il en restât toujours un pour surveiller les plantations de thé et fournir l'argent nécessaire au cas où un changement de dynastie eût forcé un homme d'Etat à une retraite provisoire. Le vieillard ne concevait donc rien de plus élevé pour son fils que de le voir servir comme haut fonctionnaire.

Il est vrai que le temps de l'Empire était passé et que les affaires de la nation avaient changé. Mais un gouvernement reste un gouvernement, et lorsque son fils était venu le trouver dans son bureau et l'avait supplié de lui permettre d'aller étudier à l'étranger, le vieillard avait été surtout ébranlé par ces paroles de Yuan :

– Je ne puis espérer obtenir un poste dans les affaires d'Etat, aujourd'hui, sans instruction occidentale. De deux choses l'une, ou bien je renonce à mes études et j'entre avec vous dans le commerce du thé, ou bien je vais à l'étranger.

– Et les Quatre Livres ne comptent-ils plus? répondait le vieillard, s'échauffant un peu; je te les ai bien enseignés, et tu as étudié aussi avec un érudit; tu es allé dans les écoles de la côte, tenues par des étrangers, où l'on reçoit une instruction occidentale.

Mais Yuan avait répondu fermement :

— Les Quatre Livres ne sont plus considérés sinon comme livres anciens et curieux; ils ne vous ouvrent aucune profession.

Le vieillard ne le pouvait croire; cependant il céda.

Mais la mère montra plus d'obstination, et elle refusa son consentement.

— Non, Yuan, pas avant d'avoir un fils, avait-elle dit, d'une voix très douce, mais le regard dur et perçant.

— Comment puis-je faire un fils? répondait-il, cherchant à garder sa bonne humeur, malgré son impatience et la rougeur qui lui montait au visage. Supposez qu'elle n'ait que des filles, comme cela arrive à certaines femmes, dois-je renoncer à tout avancement parce que ma femme n'a pas de fils?

— Il faut en avoir, Yuan, affirmait la vieille dame, en tirant sur sa pipe un peu plus fort que de coutume. Si tu venais à mourir dans ces pays sauvages, nous garderions quand même ta chair et ton sang. (Puis elle ajoutait avec son calme habituel :) Je t'aiderai de mon côté, je prierai deux fois plus que je ne le faisais, afin que tu obtiennes un fils, et j'augmenterai mes offrandes à la déesse des garçons.

— Je vous remercie de céder à ce prix, ma mère, avait répondu le jeune homme avec un rire bref; je voudrais partager votre certitude et savoir que j'aurai un fils.

Sa mère avait ajouté très gravement :

— Mon fils, on nous enseigne que nous recevrons des dieux, selon notre foi en eux.

Yuan s'était tu. Il avait cessé de croire depuis ces jours lointains où, tout enfant, il allait au temple avec sa mère et se cramponnait à sa main, effrayé et intimidé par les visages féroces des dieux guerriers, mais il n'osait le dire, pas plus qu'il n'avouerait à son vieux père qu'il s'était dégagé des principes de Confucius dans lesquels on l'avait élevé.

Ses parents, s'ils avaient pu lire dans le cœur de leur fils, auraient été frappés de stupeur, car Yuan croyait seulement à d'étranges vaisseaux de guerre, qu'ils ignoraient, à des canons formidables, des armées disciplinées, et à tout ce qui représente la force et la puissance. Il rêvait en secret de pouvoir fabriquer un jour ces énormes canons pour son pays, des fusils dont chaque homme se servirait, d'immenses vaisseaux d'acier, chargés de gigantesques pièces d'artillerie, et d'autres bateaux des airs, dont ses parents n'avaient jamais entendu parler, qui portent la mort et la laissent tomber sur les hommes, au-dessous d'eux. C'est à cela qu'il employa ses sept années. Il apprit la fabrication de ces engins, en prévision d'un certain jour dont il s'entretenait souvent avec ses amis. Pendant ce temps, son vieux père lisait ses livres, examinait ses éventails anciens et s'occupait de ses fleurs, tandis que sa mère veillait, empêchant les papillons de se brûler, et que sa jeune femme prenait soin de la maison.

Maintenant, bien qu'après sept années d'absence il fût de nouveau parmi eux, ils sentaient tous un changement. Avant le deuxième jour ils comprirent que Yuan était différent : même lorsqu'il chantait ou riait, on sentait son cœur ailleurs, plein d'une autre vie.

Il était très occupé par des lettres. Trois vinrent le même jour, chacune marquée d'un grand cachet. Il les prit en silence et ne parla à personne de leur contenu. Mais lorsque la troisième arriva, il quitta son bureau et alla trouver son père qui faisait sa sieste à cette heure-là, peu après midi, dans un fauteuil d'osier sous un pin, un large mouchoir étalé sur sa figure, pour l'abriter des mouches.

Yuan toussa, et le vieillard lança un regard inquisiteur par-dessous son mouchoir. Lorsqu'il vit son fils, il se leva avec effort, un peu confus d'avoir dormi.

– Oui... Oui... fit-il.

Yuan aborda tout de suite la question :

– Mon père, je suis appelé d'urgence à la capitale. Je ne peux pas prolonger. Il faut que je parte demain, dès l'aube. Je regrette, car j'avais envisagé de rester un mois entier, ici, avec vous, mais il y a des événements – des événements internationaux... (Yuan hésita.)

– Oui... oui... répétait vaguement le vieillard.

Il s'essuya la figure avec son mouchoir, passa la main sur sa barbe, ouvrit la bouche, sèche après le sommeil, et la referma. Internationaux, il redisait ce mot inconnu, qu'il n'avait jamais entendu prononcer.

– Entre pays étrangers, expliqua Yuan.

– Tu ne veux pas dire que tu retournes à l'étranger! s'écria le vieux père consterné.

Le jeune homme serra les lèvres, désireux de maîtriser son impatience, puis il répondit :

– Non, non, il ne s'agit pas de cela, mais il y a des bruits de guerre avec une nation, au nord de chez nous. On a besoin de moi.

– Ah! fit le vieillard. (Il vacilla légèrement et posa sa main sur le bras de son fils.) Pars si tu dois partir, mais ne te mêle pas des guerres, mon garçon. Les guerres sont mauvaises, et seuls les gens bas et vulgaires s'y engagent.

La bouche de Yuan frémit légèrement, mais il répondit avec la plus grande gravité :

– Non, mon père, et, mesurant son pas sur celui du vieillard, il rentra avec lui dans la maison.

Yuan n'offrit aucune de ces explications à sa jeune femme, car il la jugeait incapable de rien comprendre en dehors des soins ménagers. Cependant il lui dit très gentiment :

– Je regrette ce mois à la maison, sur lequel je comptais. J'ai à peine vu mes enfants et j'ai fait beaucoup de projets à leur sujet. Peut-être qu'au Nouvel An, je pourrai rester davantage.

Yuan passa toute cette journée au-dehors, il n'avait même pas pris chez lui le repas de midi, et le soir, il se rendit à un festin auquel on l'avait convoqué. En partant, il avait recommandé à sa femme :

– Ne m'attendez pas, je vous en prie, je le préfère, je rentrerai très tard et demain je m'en vais à l'aube.

Sa femme ne répondit rien, elle se tint simplement devant lui, prête à lui tendre la bizarre canne recourbée dont il se servait à présent, lorsqu'il sortait. Elle attendrait son mari, c'était son devoir; la question ne se posait même pas à son esprit.

Donc, ce soir-là, ses tâches habituelles terminées, elle s'installa dans la chambre de Yuan. Assise bien droite sur une chaise près de la table, elle travailla longtemps à la broderie destinée à recouvrir les deux oreillers ronds du lit nuptial de sa fille. A la longue, un peu lasse de ce dessin compliqué, elle posa son ouvrage et le plia soigneusement, puis elle demeura tranquille, ses mains croisées l'une sur l'autre; des mains si parfaites de forme, si pâles, que vues de la sorte, au repos, on aurait pu les croire sculptées ou peintes. Elle resta ainsi, sans bouger.

Lorsqu'un bruit de voix lui parvint enfin de la grille, elle se leva, ranima les braises sous la théière et écouta. Des voix d'hommes s'interpellaient, joyeuses : celle de Yuan lançait des plaisanteries et répondait avec des éclats de rire. Puis des pas résonnèrent et on barra la grille.

L'instant d'après Yuan entra dans sa chambre, un sourire satisfait éclairait encore son visage. Autour de ses yeux et sur ses pommettes s'étendait la rougeur que donne le vin, mais il n'était pas ivre, car il savait exactement quand il fallait s'arrêter, et, bien élevé, il ne dépassait jamais la mesure comme le font les gens vulgaires.

Cette rougeur était simplement le signe d'une gaieté plus vive que de coutume, puisqu'il suffit pour s'excuser de dire à un ami : « J'ai assez bu, si je continue, mon visage sera rouge. »

Il eut un sursaut à la vue de sa femme, debout, tranquille comme une ombre, dans la demi-obscurité de la chambre.

– Ah! dit-il brusquement, j'ignorais... Vous n'auriez pas dû rester. (Il se laissa tomber dans un fauteuil, prit son mouchoir, s'essuya la figure et se lissa les cheveux en continuant à sourire :) Quelle soirée! Tous mes camarades s'y trouvaient réunis, même quelques-uns de ceux qui habitent la ville de la côte. Ah! Certains avaient entendu dire que j'ai une belle situation dans la capitale, et ils veulent se montrer bons amis dans l'espoir d'obtenir un bol de riz! Enfin, nous verrons. Je ne rendrai service qu'à ceux qui peuvent m'être utiles. (Il étira ses bras, avec un gros bâillement et ajouta :) Ah! que j'ai sommeil, et je dois me lever avant l'aube! Ne vous attardez pas davantage, je vous en supplie. Il faut que je dorme à présent.

De nouveau, cet instant de silence pesa entre eux, délicat, flottant, et, comme la nuit précédente, elle fut la première à le rompre. Les mains enfouies dans ses manches, elle s'inclina et sortit doucement. Il la regarda fixement s'éloigner puis il lui cria tout à coup :

– Ne vous levez pas demain matin, ce sera trop tôt, et inutile, j'ai donné mes ordres au domestique.

Elle s'arrêta, tenant la portière :

– Je me lèverai, dit-elle de sa voix tranquille et nette, pour veiller à votre repas.

– Non, non, fit-il, un peu impatienté, je vous le défends, je ne peux rien manger d'aussi bonne heure.

Elle hésita, puis répondit :

– Ce sera donc comme vous le désirez.

Cependant lorsqu'il se leva au petit jour, la table était servie; ses baguettes personnelles, les bols remplis de mets salés, le seau de bois poli avec son couvercle fermé et plein de gruau de riz fumant, rien ne laissait à désirer. Il avait prétendu manquer d'appétit, mais l'odeur de la nourriture lui parut bonne et le goût piquant des salaisons était agréable sur une langue vineuse. Il s'attabla et mangea de bon cœur. Derrière un rideau, sa femme l'observait, mais elle se gardait de paraître puisqu'il le lui avait défendu. Elle s'était contentée de dresser le couvert et d'y mettre ce qui pouvait le tenter.

Quand il se prépara à partir, le vieillard vint à la porte, ses robes enroulées autour de lui, et Yuan s'inclina et dit :

– Vous n'auriez pas dû vous lever, mon père; c'est trop pour vos forces. Allez vous reposer, je serai bientôt de retour.

– Aie soin de toi-même, mon garçon, dit le père en posant sa vieille main jaune sur le bras de son fils. Prends garde à ta santé et reviens vite. Dis au gouverneur, à celui dont tu dépends, que tu es le fils unique de ton père, il comprendra. Deux jours seulement, après sept ans!

– Oui mon père, répondit Yuan.

Il était impatient de s'en aller mais attendit respectueusement que le vieillard eût retiré sa main. Il salua de nouveau et sortit.

Une fois la grille refermée derrière lui, la jeune femme vint très doucement enlever les plats sur la table. Le vieillard la considérait attentivement, mais elle semblait absorbée par sa tâche et son visage ne laissait rien paraître. Elle était pâle, mais pas plus que de coutume, et malgré l'heure matinale, elle était vêtue selon son habitude, et ses cheveux luisaient, bien lisses. Brusquement, le vieillard frappa ses mains l'une contre l'autre :

– Nous avons oublié de lui parler des Quatre Livres pour l'enfant, dit-il. Courez ma fille et voyez s'il est hors de portée de la voix.

Obéissante, elle se hâta d'ouvrir la grille et jeta un coup d'œil le long de la rue obscure et silencieuse. Les premières lueurs de l'aube permettaient de discerner les maisons fermées, de chaque côté, mais Yuan était invisible; seule une petite lanterne brillait tout au bout de la rue, celle du serviteur chargé de guider son maître jusqu'au bord de la rivière où se trouvait la jonque. La jeune femme revint.

– C'est trop tard, dit-elle à son beau-père.

Le visage du vieillard s'allongea puis il répondit :

– Cela ne fait rien, il sera vite de retour cette fois-ci, au plus tard pour le Nouvel An. C'est dans six mois à peine, six mois sont peu de chose auprès de sept années.

La jeune femme ébaucha un faible sourire en guise de réponse. Cependant il lui sembla tout à coup que ces six mois seraient plus longs que les sept années.

Les journées redevinrent ce qu'elles avaient été. Seules, les lettres de Yuan cessèrent d'être timbrées d'images bizarres et de contenir le récit de ses études. Au lieu de cela il parlait conférences, rencontres avec de grands hommes, dîners où il les retrouvait, ainsi que de grandes dames.

Au début, le vieillard se tenait assez raide lorsqu'il lisait les passages ayant trait à ces dames, devant la mère et la jeune femme de son fils. Il omit même en entier celui dans lequel Yuan écrivait : « Hier soir j'ai dîné avec Mme Ching. » Ce devait être quelque femme légère, et c'eût été manquer de respect envers les deux dames de sa maison que de mentionner en leur présence le nom d'une de ces créatures.

Une autre fois, Yuan disait : « Ce soir je dîne avec Madame, la femme du Premier ministre. » Le vieux monsieur feignit de ne pouvoir déchiffrer un mot; tandis que sa femme et sa belle-fille attendaient qu'il continuât, il hésitait, consterné. Si les femmes des Premiers ministres prenaient ces façons, que deviendrait le gouvernement? Le vieillard sauta quelques lignes et poursuivit sa lecture, ensuite il se leva et s'enferma dans sa chambre, en tirant le rideau sur la porte pour indiquer qu'il ne voulait pas être dérangé.

Seul chez lui, il s'assit devant le vieux bureau ciré, sous le treillis de la fenêtre, et délaya son encre, avec grand soin, sur le bloc. Lorsqu'il eut obtenu exactement la consistance voulue, il amincit la pointe de son pinceau et peignit sur le papier ces caractères, qui, parmi les commerçants en thé, ses collègues, lui valaient une certaine célébrité. Mais malgré la beauté des lettres, les mots étaient mordants : « Mon fils, prends garde de te laisser circonvenir par des femmes haut placées. Mieux vaut avancer lentement, qu'avec l'aide des femmes. » Puis il signa, cacheta la lettre et l'envoya aussitôt par un messager. Ensuite il alluma une bougie et brûla jusqu'au dernier fragment celle qu'il venait de recevoir.

Yuan, dans sa réponse, parut trouver difficile d'expliquer la situation à son père. Cette lettre était très longue, et, heureusement, le vieillard se trouvait seul quand on la lui remit, car il ne jugea pas à propos, après en avoir pris connaissance, de la lire à haute voix. Elle contenait des choses dont il n'avait jamais entendu parler jusqu'ici. Dans sa chambre, la portière abaissée, il en parcourut les pages trois fois, et les détruisit aussitôt. C'était préférable, bien qu'il fût le seul chez lui à savoir lire. Elles contenaient des phrases comme celles-ci : « A notre époque de progrès, les femmes doivent être les égales de leurs maris. » « En ces jours nouveaux, nous ne pouvons plus nous contenter des anciennes coutumes qui réduisent les femmes à être des servantes-maîtresses... Ne pas avoir une femme instruite est le plus grand obstacle à mon avancement. Je n'ai personne qui soit capable de tenir la maison que j'habite, ni de recevoir ou d'être une compagne pour moi : Dès maintenant je m'inquiète, car mes enfants n'auront pas une éducation convenable. »

Après sa lecture, les feuilles réduites en cendre, le vieillard resta longtemps immobile. Au bout d'un moment il éprouva une faiblesse et frappa ses mains l'une contre l'autre. Sa belle-fille l'entendit; elle arrêta la servante qui accourait et lui dit :

– J'irai moi-même puisque les enfants jouent avec leurs lapins et n'ont pas besoin de moi.

Lorsque son beau-père la vit entrer, il la considéra un instant et ses yeux s'humectèrent :

— Je suis heureux que ce soit vous, lui dit-il, je me sens un peu faible et j'aimerais à avoir ma pipe.

Comme d'habitude, lorsqu'il fumait l'opium, il s'étendit sur le long canapé de bois sculpté, et suivit du regard la silhouette mince de sa belle-fille, dont le petit visage paisible se penchait attentivement sur le mélange qu'elle triturait. Il ne la quitta pas des yeux, tant qu'elle se tint la tête courbée.

Tandis qu'elle lui présentait sa pipe et allumait la lampe sous le fourneau, il lui demanda :

— Mon enfant, quel âge avez-vous?

— J'ai vingt-sept ans, mon père, répondit-elle, très surprise.

— Et vous êtes mariée depuis dix ans? ajouta lentement le vieillard.

— Dix ans.

La voix de la jeune femme semblait un écho de l'autre; mais elle n'était pas triste, seulement patiente et douce.

— Nous sommes dans notre tort, déclara soudain son beau-père. La mère de mon fils a eu tort, et moi aussi. Vous êtes tellement une fille pour nous, que nous avons pris l'habitude de nous appuyer sur vous et d'avoir besoin de votre présence, si bien que nous oublions que c'est priver notre fils de sa femme. Tant qu'il était à l'étranger, vous ne pouviez certainement pas l'y suivre avec les enfants. Mais il est revenu au pays, il demeure chez lui, dans la capitale, et il lui faudrait une maîtresse de maison qui veille à ce que les festins qu'il offre soient bien ordonnés, que les domestiques fassent leur devoir, et qu'il ait ce qu'il aime.

— Vous voulez dire, mon père... demanda la jeune femme, et ses jolis sourcils, qui ressemblaient à des feuilles de saule, frémirent au-dessus de ses yeux.

— Je veux dire qu'il faut que vous alliez retrouver Yuan.

L'opium se réchauffait et son odeur doucereuse s'infiltrait dans la pièce et restait en suspens, lourde et sucrée. Le vieillard ne fumait pas encore, et sa belle-fille écarta la flamme d'un geste de sa main gracieuse, en se courbant. Il en profita pour l'observer de nouveau – car avec l'éducation qu'il avait reçue, un homme qui respecte une femme ne la regarde jamais fixement – et il vit monter la légère rougeur sous les oreilles de la jeune femme.

– Vous aimeriez y aller? fit-il avec bonté.

Elle se tut un instant; elle réfléchissait. Au-dessus de ses yeux, ses sourcils frémirent encore un peu, puis elle dit :

– Je ne partirai pas s'il n'y a personne près de vous, mon père, et de ma mère.

– Nous gardons Wang Ma, nous nous en tirerons. Vous nous manquerez, c'est sûr. Nous n'aurons plus d'âme, et la maison sans les enfants sera très vide. Mais je dois d'abord songer à mon fils. Je n'ai pas bien agi vis-à-vis de lui. J'ai beaucoup réfléchi, vous deviez le suivre à la capitale.

– Il est parti si vite, murmura-t-elle.

– Ah, dit le vieillard, trop vite; je lui écrirai.

Puis il se mit à fumer et la douceur de son visage s'accentua, il prit une expression absorbée, grave et fixe, plus profonde que dans un sommeil ordinaire. Sa belle-fille attendit un instant, puis se sentant inutile, elle se retira.

Comme tous les après-midi, elle vint retrouver sa belle-mère dans la pièce du milieu, et reprit son ouvrage qu'elle avait posé. L'oiseau vert était terminé et elle travaillait au rameau fleuri de prunier, sur lequel il était penché. Dans dix ans, sa fille dormirait, en jeune mariée, sur ces symboles.

A ce moment-là on entendit un cri dans la cour et le petit garçon se précipita, tenant par les oreilles un lapin blanc qui gigotait. Le gamin se lamentait tout haut :

– Ma sœur dit qu'il est à elle, mais c'est le mien. Je sais que c'est le mien.

La mère se leva, et se dirigea vers la porte, avec la main potelée de l'enfant dans la sienne. Il faisait la moue et criait sans arrêt :

– Je veux qu'il soit à moi; il faut qu'il soit à moi.

La petite fille était dans la cour, penchée sur une cage à lapins, dans laquelle elle enfonçait des feuilles de chou, comme si elle n'entendait pas.

– Ma fille, appela la mère.

La fillette se retourna et regarda sa mère bien en face, avec un air rebelle. C'était une jolie enfant qui avait hérité des traits réguliers de sa mère, mais avec une vivacité qui manquait à celle-ci.

– Il est vraiment à moi, dit-elle d'une voix tranquille et parfaitement assurée.

– Mon enfant, répéta la mère, puis elle se tut.

La fillette se redressa, jeta les feuilles de chou qu'elle tenait et se mordit la lèvre, puis elle dit de la même voix dure :

– C'est drôle que je doive toujours lui donner raison.

– Mais, mon enfant, répéta une troisième fois la mère.

Et la petite éclata en sanglots et s'enfuit dans sa chambre à coucher.

– Il est donc à moi, s'écria triomphalement le gamin.

– Oui, mon fils, il est à toi, dit tranquillement sa mère.

Et elle le laissa pour se remettre à sa broderie.

La vieille dame avait tout entendu, elle soupira, puis elle observa :

– Ce sera une bonne chose, ma fille, quand vous aurez un second fils avec lequel celui-ci devra partager ses possessions, même s'il est l'aîné. Je m'aperçois qu'il a une nature très volontaire.

La jeune mère ne répondit pas. Elle écoutait les bruits qui venaient de la pièce intérieure; de gros sanglots étouffés, assourdis par quelque chose que l'enfant devait tenir sur sa bouche. La mère se leva enfin, incapable de supporter cela plus longtemps. Avec l'étrange tranquillité qui la caractérisait, elle entra dans la chambre et s'approcha du lit sur lequel Siu-Lan s'était jetée, enfouie sous le couvre-pied. Sa mère le retira et la fillette se retourna, le visage rouge et mouillé de larmes, les yeux durs. Sans dire un mot, sa mère commença à passer la main sur le front de l'enfant pour en écarter la frange de cheveux noirs. Le geste était des plus doux, uni, et la dureté de l'enfant céda graduellement à ce contact; elle prit une expression plaintive. Dès que la mère s'en aperçut, elle se mit à parler d'une voix basse qui était presque un murmure.

– Mon enfant, je n'ai même pas demandé à qui appartenait le lapin; il faut que j'arrive à t'apprendre la soumission d'une manière ou d'une autre; soumission au père et au frère, ensuite au mari. Si ton frère dit que c'est son désir d'avoir le lapin, tu dois céder.

– Mais pourquoi? fit soudain la fillette en pleurnichant. C'était mon lapin, je le sais parce qu'il a un côté de moustache noire, et il lui tire tellement les oreilles.

– Tu apprends la soumission en te soumettant d'abord à ton père et à ton frère, alors tu pourras te soumettre à ton mari, expliqua patiemment la mère, comme si elle répétait une leçon qu'elle avait entendue et redite bien des fois. Une femme doit apprendre à obéir. Nous ne devons pas demander pourquoi. Nous ne pouvons rien changer à notre naissance. Il nous faut l'accepter et faire ce qui est notre devoir en cette vie.

Mais la main légère, qui d'un geste uniforme ne cessait d'effleurer le front de l'enfant, semblait apporter un calme que ne donnaient pas les paroles. La jeune femme les avait bien souvent prononcées, dans cette lente discipline qu'elle devait transmettre à sa fille comme sa mère la lui avait transmise à elle. Ces mots n'étaient pas nouveaux, mais vieux de plusieurs siècles. La caresse régulière et calmante était le message muet et direct qu'elle communiquait à sa fille; l'enfant le reçut et pour cette fois se sentit réconfortée.

Quelques jours plus tard, pendant qu'ils s'asseyaient tous autour de la table pour le repas du soir, le vieux père regarda sa belle-fille avec un air de tendre gaieté, et tout en caressant sa barbe, toussa un peu. Il avait quelque chose en tête, cela se voyait au léger éclat de son regard. Lorsque la jeune femme eut placé devant lui son bouillon préféré et ses boulettes de porc, et donné à sa belle-mère les plats de légumes préparés exprès pour elle, sans graisse animale d'aucune sorte, le vieillard une main passée dans sa barbe toussa encore une fois puis déclara d'un ton enjoué :

– Ma fille, j'ai écrit aujourd'hui à Yuan pour lui annoncer que vous vous teniez prête à aller le rejoindre avec les enfants. Ce qu'il m'écrit dans une de ses lettres est très juste : Un homme doit avoir chez lui la maîtresse de maison, qui dirige les domestiques. Je lui réponds qu'il serait préférable de venir vous chercher lui-même, s'il peut obtenir quelques jours de congé; au cas contraire, le voyage n'offre aucune difficulté, notre vieux serviteur vous escortera. Il est prêt. Il est âgé et fidèle, et moi je vous accompagnerai ici jusqu'à la jonque. Vous n'aurez que trois jours de mer, et, Yuan, c'est certain, attendra au débarquement. Vous ferez ensemble le trajet de terre qui prend moins d'une journée. Du reste, vous ne risquez rien avec le domestique qui a souvent pris ce chemin du temps où Yuan était jeune et où il le conduisait à l'école. C'est tout simple. Un homme a besoin de sa femme chez lui. Yuan a raison.

La femme de Yuan ne répondit pas; trop de pensées s'agitaient dans son esprit, et elle éprouvait une joie secrète, qui lui réchauffait le cœur, à savoir que son mari la réclamait dans sa maison, qu'elle lui était nécessaire. Cela lui montrait combien elle avait été absurde de croire à un changement d'attitude vis-à-vis d'elle. Il désirait encore sa présence – il l'écrivait. Elle tremblait un peu en cherchant à prendre avec ses baguettes, au milieu du plat de poulet aux champignons, un certain morceau de choix que son fils réclamait à grands cris.

– Là, ma mère – ce blanc. Non... ici!

– C'est celui que mon grand-père préfère, dit la fillette d'un air de blâme.

La jeune mère s'arrêta :

– C'est vrai mon fils, c'est le morceau que ton grand-père aime le mieux.

Le gamin serra bien fort les lèvres, ses yeux s'élargirent et brillèrent comme s'il allait pleurer. Le vieillard se pencha aussitôt, saisit la bouchée désirée avec ses baguettes à lui, et la déposa sur le bol de riz de l'enfant.

– Aujourd'hui, c'est pour toi, mon cher petit, fit-il en souriant, et l'enfant tout à coup se mit à rire aussi.

– Remercie ton grand-père, mon fils, observa la mère d'un ton grave.

Prêt à obéir, après avoir obtenu ce qu'il désirait, l'enfant se leva et s'inclina.

Le grand-père avança la main et caressa la joue dorée. D'une voix douce, pleine de regrets, il commença :

– Ah, si tu vas avec ta mère, mon garçon...

– Est-ce que je m'en vais? s'écria le bambin excité, irons-nous en bateau? (Il se leva brusquement, renversa son riz et sa viande, et poursuivit, sans prendre garde à ce qu'il venait de faire :) Mère, quand partirons-nous? Où allons-nous?

La mère réparait la maladresse de son fils :

– Tais-toi, lui dit-elle, il est trop tôt pour en parler. Attendons ce que décidera ton père.

– Ah! il vous écrira de venir tout de suite, interrompit vivement le vieillard. Comptons les jours. Dans sept jours à partir de demain, nous recevrons sa lettre; mettons un jour ou deux de plus à cause du vent.

– Je ne vois pas comment je m'en tirerai sans ma

belle-fille, dit la vieille dame, qui comprenait enfin de quoi il s'agissait.

Elle venait d'absorber sa soupe aux cœurs de choux, avec une cuiller de porcelaine; il ne lui restait que quelques dents et la soupe était son mets préféré. Elle s'arrêta, posa sa cuiller sur sa petite soucoupe, et regarda autour d'elle :

– Je suis habituée à la femme de mon fils, et il est dur pour une personne de mon âge de se passer de sa belle-fille. Je ne peux pas entreprendre de diriger les domestiques comme au temps où j'étais jeune.

– Il n'y aura guère de direction à exercer, quand nous autres vieux serons seuls ici, répondit-il.

– Mais... reprit-elle pour s'arrêter aussitôt, retenue par l'expression de son mari, qui lui imposait silence d'une manière vraiment terrible chez un homme aussi doux. (Alarmée, elle se remit bien vite à avaler sa soupe à petites gorgées.)

– Oui, il faut qu'elle parte, répéta le vieillard, et toi aussi, mon cher petit.

– Et moi? demanda la fillette qui écoutait, les yeux tout grands.

– Toi aussi, peut-être, répondit son grand-père, à moins que ta grand-mère ne se sente trop seule sans toi.

La grande fille pâlit et cessa de manger, posant ses baguettes.

– Si je ne pars pas, dit-elle d'un ton péremptoire, je mourrai.

La grand-mère leva la tête, très irritée :

– Ne te sers pas de ces mots, mourir et mort, si à la légère, mon enfant, on ne sait jamais quels esprits...

La jeune femme déclara :

– Si ma mère peut se passer de nous et qu'il nous faille partir, je voudrais emmener mes deux enfants, car voici le moment où ma fille doit apprendre bien des choses. Mais naturellement ce n'est pas à moi de décider. Il est certain qu'à son âge, ma mère ne peut plus diriger les servantes. Elles sont raisonnables, si on les surveille, sinon elles se laissent aller, et il y aura du relâchement dans la maison.

– Nous nous en tirerons, dit le vieillard, avec entrain. Wang Ma commandera les servantes, mélangera mon opium, et suivra sa maîtresse au temple. On s'arrangera.

Malgré toute sa tranquillité, la jeune femme, qui ne disait plus rien, avait peine à attendre la fin du repas. Elle veilla cependant, avec ses gestes prompts, à ce que tout le monde fût servi selon son goût, à remplir de thé les bols des deux vieillards, celui de son beau-père du thé rouge qu'il affectionnait, celui de sa belle-mère de thé vert. Elle fit scrupuleusement son travail de chaque soir, sans rien omettre. La table desservie, pendant que les grands-parents buvaient leur thé, elle leur amena les enfants, chacun à leur tour, puis elle lava son fils, tandis que la vieille servante venait en aide à la fillette. Ensemble, elles les mirent au lit.

Alors seulement, la jeune femme se permit une infraction à ses habitudes. Elle vint dans la chambre de Yuan, au lieu de retourner dans la salle où se trouvaient les deux vieux, et en pleine obscurité, assise dans le fauteuil de son mari, elle se mit à réfléchir sérieusement à l'avenir. Elle ne pouvait se figurer son départ de cette maison; elle songea séparément à chacune des choses qu'elle surveillait. Qui obtiendrait que les trois cours fussent tenues en ordre, que l'on protégeât les tiges de bambou laissant pousser les grandes, et coupant les petites pour les manger? Les serviteurs abandonnés à eux-mêmes prétendraient chaque année que les pousses manquaient et n'en apporteraient jamais au vieux couple. Les domestiques sont ainsi. Qui épousseterait les éventails de son beau-père? Ses mains à lui tremblaient trop à présent. Ces menus devoirs et cent autres, qui remplissaient la vie de la jeune femme, lui revinrent à l'esprit et semblèrent l'envelopper d'un invisible réseau qu'elle aurait peine à briser. Quelques-uns d'entre ces devoirs étaient devenus des habitudes, les silencieuses réclamations d'objets inanimés : des bouts de sculpture qu'elle seule essuyait à l'aide d'un pinceau trempé d'huile, l'enroulement des parchemins qui devaient pendre au mur à certaines saisons, puis être remplacés par d'autres; le nettoyage des quatre tablettes ancestrales, dans leur niche d'une des pièces extérieures; au printemps faire ses dévotions, offrir des sacrifices sur le tombeau de famille, les jours prescrits. L'accomplissement de ces tâches, ces rites de la vie familiale, qui donnent à la maison son intégrité, son air soigné, et la remplissent de bien-être, dépendaient d'elle seule, puisque personne ne s'y sentait lié au même degré qu'elle en tant que fille, épouse et mère.

Mais il y avait son mari. Elle lui serait nécessaire dans la demeure qu'il habitait. Il n'y avait pas à espérer qu'il revînt, comme lorsqu'il était enfant, dans cette vieille petite ville où un homme de sa trempe ne trouverait aucune tâche digne de son ambition. Avec tout son savoir et les langues qu'il parlait, il ne pouvait habiter que la capitale, où sans doute on se passerait difficilement de lui. Elle soupira légèrement. L'idée ne lui vint pas qu'il y eût des choses qu'elle faisait ici et qui seraient différentes là-bas, ni qu'elle pût ignorer quoi que ce fût de la tenue d'une maison. Si elle rejoignait son mari, elle trouverait probablement une habitation semblable à celle de ses beaux-parents, mais plus restreinte. Elle surveillerait la cuisine, comme maintenant, confectionnerait elle-même les petits plats qu'il aimait, ou bien ceux d'un grand dîner trop peu important pour réclamer les services des cuisiniers de profession. Elle verrait aux vins, de même qu'ici. Il y aurait les meubles à tenir propres, une cour à faire fleurir, sa fille à instruire ainsi qu'elle avait commencé à le faire, et son fils à nourrir. Non, ses devoirs de femme elle les connaissait tous, sans exception.

Tout à coup, elle entendit son beau-père tousser à la

porte. Elle se leva et sortit. La vieille dame s'était retirée, il se trouvait là, seul :

— J'ai décidé que vous deviez partir, ma fille, lui dit-il. Préparez vos caisses, pour emballer vos affaires et celles de vos enfants, si vous jugez encore à propos de les emmener tous les deux, car vous allez là-bas pour être avec votre mari.

Elle inclina légèrement la tête.

— Je vous obéirai, mon père, répondit-elle, je n'emmène ma fille que parce que voici le moment où elle doit se préparer à la vie; il y a beaucoup à lui apprendre pour l'avenir, et ma mère est trop âgée, cela lui serait dur.

Mais en fin de compte, la jeune femme dut rester. Au moment où elle commençait à songer à son départ, avec une secrète et douce agitation dont elle ne laissait rien paraître au-dehors, une lettre arriva que le vieillard garda pour lui. Il fut tellement troublé en la lisant que les deux dames ne savaient que faire. Sa pipe le calma à peine, et il ne put rien avaler. Il restait assis à regarder la femme de son fils, et on attendait ce qu'il allait dire. Mais il ne prononça pas un mot.

A la longue, la jeune femme n'y tint plus, car elle était effrayée. Avec une hardiesse tout à fait contraire à sa nature, elle entra dans la chambre de son beau-père, sous prétexte de quelque service à lui rendre.

— Mon père, lui demanda-t-elle, si vous le pouvez, fixez-moi le jour de mon départ, car je dois voir à certaines choses dans la maison avant de m'en aller : les vêtements d'hiver et les fourrures à étendre au soleil, afin d'épargner la fatigue de cette surveillance à ma mère.

Le vieillard se mit à tousser. Sa quinte se prolongea plus qu'il n'était nécessaire, comme s'il se sentait embarrassé par la réponse. A la fin, il se décida :

— Mon enfant, dit-il, j'ai reçu de Yuan une étrange lettre dont je ne puis vous répéter le contenu. Il faut que j'aille voir moi-même quel est son genre de vie là-bas. A mon retour vous partirez; tenez-vous prête.

Le vieillard ne s'était pas éloigné de chez lui depuis sa jeunesse et les deux femmes furent consternées lorsqu'elles apprirent sa décision. Ce voyage semblait impossible à sa belle-fille. Comment supporterait-il le trajet? Qui lui préparerait sa pipe, ou les aliments qui lui plaisaient? Sa femme était complètement affolée. Toutes les deux le supplièrent, chacune à sa manière, d'expliquer ce dont il s'agissait. Yuan serait-il tombé malade? Mais le vieillard s'obstinait à ne rien répondre en dehors de ces mêmes paroles :

– Non, il n'est pas malade, mais il faut que j'aille moi-même me rendre compte; il le faut.

Jamais on ne l'avait vu s'entêter de la sorte ni garder un tel silence.

Elles ne purent que veiller à ce qu'il eût tous les vêtements de rechange nécessaires dans ses caisses. La jeune femme elle-même en mit pour chaque saison, car comment savoir quel vent soufflerait là-bas au nord, où vivait Yuan? Elle ajouta une boîte de laque remplie de son thé favori; elle se doutait bien qu'il ne pourrait jamais boire le thé commun que l'on vend en général aux voyageurs. Elle y joignit d'autres boîtes avec des friandises, pour qu'il n'eût pas non plus à dépendre uniquement de la nourriture qu'il trouverait. Elles le firent escorter par deux serviteurs, dont l'un était le vieux domestique qui accompagnait Yuan autrefois. Puis lorsqu'elles eurent installé le vieillard dans sa chaise à porteurs, sain et sauf, les mains tremblantes d'agitation, le regard brillant et dur, et rentrant les lèvres dans sa barbe, il ne resta plus aux deux dames qu'à réintégrer les cours où se passait leur vie et à attendre.

La jeune femme attendit pendant toute la durée de l'absence de son beau-père. Le quarantième jour, il revint. On ignorait la date et l'heure de cette arrivée. Il n'avait rien écrit, étant le seul à savoir lire chez lui, et cela porte malheur de confier à un professionnel une lettre qui contient des détails d'ordre privé. Le vieux monsieur se trouva à la grille sans que personne ne s'en fût douté. Il entra dans la cour en titubant comme s'il se sentait très las; il ne leva pas les yeux et sourit d'un air tellement épuisé, que les deux dames eurent peur. Sa femme le suivit dans sa chambre, et sa belle-fille se hâta de préparer le meilleur bouillon de poule, afin de le réconforter.

Il resta couché trois jours, sans parler. De temps à autre il gémissait ou bien articulait un remerciement, après quelque service rendu. Les femmes patientaient, certaines qu'une impression terrible, impossible à deviner, l'obsédait. Le troisième jour, il revêtit ses habits ordinaires, en se traînant, puis, assis dans son fauteuil près de son bureau, il fit appeler sa femme et sa belle-fille. Il avait une chose pénible à leur annoncer, elles en étaient sûres. La vieille mère redoutait de mauvaises nouvelles de la santé de son fils unique, et la jeune femme songeait à son mari, avec la même inquiétude. Il devait être malade, ou, qui sait, peut-être mort. Ni l'une ni l'autre n'avaient la moindre idée de ce que le vieillard se préparait à leur dire. Il le fit en ces termes :

– Je suis allé dans cette nouvelle capitale, j'y ai vu mon fils et ses amis. J'y ai passé vingt jours entiers et j'ai observé des choses qui m'étaient inconnues; des maisons très hautes, des machines qui courent toutes seules, et beaucoup d'autres merveilles dont je ne parlerai pas maintenant, car elles ne nous concernent pas. J'ai saisi ce que Yuan voulait dire, à propos des femmes de la ville. Elles m'ont paru plus étranges encore que tout le reste. Elles circulent seules; elles ont les cheveux courts, comme les hommes, et sont pareilles à eux. Au début, je me disais : « Ce sont de mauvaises femmes, mon fils est perdu au milieu d'elles. » Puis je me suis rendu compte que je me trompais. J'avais entendu dire que les femmes s'étaient transformées à notre époque et je l'ai bien compris. Je n'y croyais pas, car ici, dans ce coin tranquille, elles sont restées les mêmes.

Le vieillard s'arrêta, il semblait se rappeler un souvenir pénible et regardait fixement le sol.

– Mais transformées de quelle manière et par quoi? demanda la vieille dame qui avait écouté tout cela avec la plus grande attention.

-- Elles ont été élevées dans des écoles semblables à celles que fréquentait notre fils, répondit le vieillard simplement. Elles savent lire et écrire, et ont même séjourné à l'étranger. Yuan les y a vues, sans cela j'aurais refusé de le croire. Je l'ai accompagné chez un de ses amis, qui a une femme comme celles dont je viens de vous parler. Au début, je craignais de la regarder de peur qu'elle ne fût une mauvaise femme. Puis elle parla doucement, avec beaucoup de courtoisie, ses quatre enfants me parurent polis et propres, sa maison était bien tenue quoique bizarre – tout semblait en ordre – et je m'aperçus qu'il n'y avait rien de mauvais en elle. Yuan m'a dit qu'elle apprenait aux enfants à lire et à écrire et beaucoup de choses qu'on trouve dans les livres. Je n'avais jamais rencontré de femme semblable. Cependant elle restait assise à causer et à rire avec les hommes, et eux la respectaient, je m'en apercevais bien.

Les deux dames écoutèrent dans le plus parfait silence. La jeune femme devint très pâle, plus pâle encore que d'habitude, et humecta ses lèvres avec le bout de sa langue.

Le vieillard continua de sa manière hésitante et délicate :

– Yuan habite seul dans une maison qui ne ressemble pas à celle-ci. C'est une maison des plus étranges; il y en a deux empilées l'une sur l'autre et elles sont remplies de fenêtres en verre! (Il s'arrêta de nouveau, puis reprit, de plus en plus agité :) Je lui ai dit : Yuan, ta maison n'a personne pour la diriger, et j'ai dit : Yuan, ta femme viendra quand tu voudras, parce que nous pourrons nous en passer, ta mère et moi, et j'ai dit : Yuan, elle est ta femme.

Les deux dames restaient immobiles à présent, leurs yeux fixés sur le visage penché du vieillard. Sa main jaune, maigre et flétrie, passait sans cesse sur sa barbe, et il croisait et décroisait ses pieds chaussés de velours.

– Qu'a-t-il répondu? demanda la vieille dame, incapable de supporter ce silence.

Son mari toussa, puis répondit brusquement à voix très haute :

– Il a dit : mon père, tu vois par toi-même; comment pourrait-elle diriger une maison comme celle-ci, être la femme qu'il me faut? Elle ne sait ni lire ni écrire; j'aurais honte devant mes amis et leurs femmes!

A ces mots, le visage de l'épouse devint rigide comme de la pierre et elle ne fit aucun mouvement. Ses yeux s'abaissèrent sur ses mains jointes, et elle demeura ainsi, inerte.

Le vieillard la regarda furtivement et poussa un gros soupir, puis il reprit :

– Je voyais ce qu'il voulait dire, je le comprends. Cependant j'ai affirmé et je le répète : où trouver une femme comme vous, ma fille? Vous avez été incomparable chez nous. (Il soupira de nouveau et ajouta d'une voix amère que personne ne lui connaissait jusqu'ici :) Mais vous ne savez ni lire ni écrire! Il paraît qu'aujourd'hui les femmes doivent lire et écrire!

Un grand cri retentit dans la cour, un cri de rage et de déception poussé par le petit garçon. A tout autre moment, sa mère se serait précipitée vers lui. Mais elle ne bougea pas. Elle ne parut même pas l'entendre.

La vieille dame se mit à parler vite et fort :

– Mais qu'est-ce que tout cela signifie? Mais à quoi s'attend-il? Non, je vois d'où partent toutes ces objections; il a trouvé quelqu'un qu'il préfère. C'est cela! Je le sais, j'en suis sûre! J'ai bien dit qu'il ne sortirait que du mal de ce séjour à l'étranger.

Le vieillard leva la main pour lui imposer silence.

— Tu ne comprends pas, Mère de mon fils, s'il existe une personne comme celle dont tu parles, je ne m'en suis pas aperçu. Non, il a même proposé un arrangement. Il a dit : Que ma femme aille à l'école pendant trois ans, dans la ville de la côte; une école étrangère dont je connais la directrice, j'écrirai à son sujet. Ils la recevront à cause de moi, bien qu'elle ne soit pas une élève ordinaire. Là elle pourrait arriver à ressembler un peu aux femmes d'ici. Elle y apprendra non seulement à lire et à écrire, mais aussi à instruire ses enfants comme il convient.

La vieille dame se mit à rire; un rire léger, cassant et amer, mais un peu de rougeur monta aux joues de la jeune femme. Elle leva tout à coup la tête; on put voir son visage rosé, et ses yeux remplis de larmes.

— C'est vrai, je ne sais rien, fit-elle humblement. Yuan a raison. Je ne puis être digne de lui. J'irai à l'école, s'il trouve que je le dois — dès que j'aurai mis au soleil les fourrures d'hiver et préparé les choses pour le prochain froid; j'irai. (Et elle ajouta d'une petite voix essoufflée :) J'irai, s'il me veut pareille aux autres.

Mais comment une mère reviendrait-elle en arrière, à son temps de jeune fille? Elle s'est arrachée à ses enfants en larmes, elle s'est retournée une dernière fois pour les voir se pencher à la grille et l'appeler, les bras tendus; elle s'est mise en route à côté du vieux domestique stupéfait, hostile à cette étrange aventure; elle est entrée à l'école et a pris sa place au dortoir, parmi la rangée de lits, et dans la salle d'étude, au pupitre indiqué. Comment, au milieu de tout cela, pourrait-elle donc oublier qui elle est? Sans doute on se montre bon pour elle, les pâles et bizarres étrangères, dont la blancheur lui répugne, sont gentilles, elles aussi; mais il lui faut demeurer assise dans une pièce, entourée de petites filles, et se pencher avec elles sur des livres à gros caractères. Elle s'y met résolument, décidée à en finir au plus vite. Mais son esprit, lorsqu'elle s'efforce de le fixer sur les lettres de l'alphabet, s'évade de lui-même vers sa maison, et elle ne peut l'en détacher. Elle se demande si, par ce vent glacé, on a bien mis les vestes chaudes aux enfants; elle s'inquiète de ses travaux habituels. Est-ce qu'on les néglige? Et voilà que brusquement l'heure a filé, la leçon n'est pas sue, le professeur s'impatiente et elle se sent honteuse.

Le soir venu, il lui est très pénible de se dévêtir et de s'étendre dans cette chambre au milieu de si nombreuses étrangères. Elle parvient tant bien que mal à se glisser dans l'étroit lit de fer, où elle reste sans fermer l'œil, et son désir l'appelle près de ce fils avec lequel elle a dormi depuis qu'il est au monde. Les trois années qu'elle doit passer dans cette école sont éternelles.

Et ce fut ainsi jour après jour.

Elle n'arrivait jamais à appliquer son attention. Beaucoup la jugeaient stupide. Elle surprit un dialogue entre deux professeurs. L'une d'elles disait sans se savoir écoutée : « Il lui est impossible de rien apprendre, cela choque quand on pense à l'intelligence et à la culture de son mari. C'est de la sottise innée et sans remède. » Et l'autre répétait d'un ton de regret, car la jeune femme leur était sympathique : « Il semble en effet qu'il n'y a rien à faire. »

On réunissait justement l'école pour écouter un homme éminent. Il devait parler de la Révolution, des Trois Principes du Peuple et de l'Ere Nouvelle qui se levait sur le monde. La jeune femme, le cœur serré par la conversation qu'elle venait d'entendre, s'assit parmi les autres. Subitement elle regarda autour d'elle, elle examina les jeunes filles qui écoutaient avec la plus grande attention. Les aînées surtout l'intéressaient, celles qui avaient dépassé l'âge auquel on l'avait mariée, et qui la devançaient de tant d'années. Elle s'aperçut alors que les femmes dont parlait Yuan étaient à côté d'elle. Elles lisaient et écrivaient aussi vite que les hommes. Toutes comprenaient les moindres paroles du célèbre conférencier, bien qu'elle-même n'eût pas la moindre idée de ce qu'il entendait par des mots de ce genre : « système économique », « traités équilatéraux » et tant d'autres phrases qu'elle n'avait jamais entendu prononcer. Elle n'osait pas demander d'explication, consciente de son extrême ignorance.

Alors elle se sentit envahie par la désespérante certitude que ses efforts étaient vains. Elle n'arriverait jamais à ressembler à ces femmes, quand bien même elle y appliquerait tout ce qu'elle avait de vie. Elle savait diriger la vieille maison, soigner ses enfants et les parents de son mari, mais ce qu'on lui demandait ici lui était impossible. Il fallait qu'elle revînt. Et tandis que la voix claire et forte continuait à retentir, la jeune femme réfléchissait, tirait des plans, renonçait — dans le renoncement elle trouva sa voie.

Elle se disait au fond d'elle-même : « Je vais rentrer chez moi, je m'occuperai de mes enfants et des deux vieillards, comme je l'ai toujours fait, et je prierai mon beau-père d'écrire ceci à mon mari : « Je ne puis être deux femmes pour vous, si vous devez en avoir une de ce genre-là, prenez-la, afin qu'elle soit avec vous où vous habitez, bien que cela me brise le cœur. Quant à moi je resterai à la maison, j'aurai soin de vos parents et de vos enfants. » Sa décision prise, elle éprouva une profonde mais paisible tristesse qu'elle supportait mieux que le désespoir précédent, car elle entrevoyait le moyen de revenir chez elle.

Aussitôt la conférence finie, les élèves se dispersèrent; la jeune femme alla trouver la directrice et lui déclara :

— Je crois qu'il faut que je retourne à la maison. C'est vrai, je ne peux rien apprendre ici, car je suis trop absorbée par la pensée de mes enfants.

La directrice, une bienveillante étrangère, avait de trop nombreuses occupations pour s'attarder près d'une seule élève; elle répondit avec une certaine bonté :

– Peut-être avez-vous raison. En effet vous feriez mieux d'aller chez vous. Je le regrette bien.

Elle souriait mais son sourire montrait combien son esprit était distrait et porté sur des questions plus importantes.

La femme de Yuan rassembla ses affaires et personne ne remarqua son absence, après un séjour de deux mois, tant elle s'était tenue à l'écart de la vie des autres. Elle empila ses effets, attacha son paquet, paya ce qu'elle devait, puis franchit le portail et prit son billet de passage à bord d'un bateau qui suivait la rivière jusqu'à la ville qu'elle habitait. Bien qu'elle n'eût jamais voyagé seule, elle agissait avec tant d'assurance et de calme, qu'elle passa inaperçue; elle paraissait si naturelle.

Le quatrième jour elle ouvrit de nouveau la grille de sa maison. Tout le monde se trouvait réuni dans la cour des pivoines, où le vieillard dirigeait la fumure des racines, avant les grands froids. On la regarda un instant sans mot dire, car on avait peine à croire que ce fût elle, et elle se hâta de s'expliquer, de peur qu'on ne lui parlât avant qu'elle n'eût donné ses raisons. D'un ton suppliant mais ferme, elle s'adressa au père de son mari.

– Je dois renoncer à lui. Je consens à ce qu'il prenne une seconde femme du genre qui lui plaît. Seulement laissez-moi rester ici avec vous, ma mère et mes enfants, comme je l'ai toujours fait. Je ne peux rien apprendre dans cette école étrangère. J'ai essayé, mais mon cœur demandait sans cesse à ma tête : ont-ils bien fermé les rideaux autour du lit des enfants? Ils s'enrhument si facilement. Ou bien : mon fils dort-il bien sans sa mère – il se remue tellement dans le sommeil; sa sœur se réveille-t-elle pour le couvrir – elle n'est elle-même qu'une enfant? Non, je suis comme je suis : intelligente et utile seulement dans cette maison, près de vous que j'aime. En dehors de là, je deviens stupide et maladroite, vous ne vous douteriez pas à quel point, si vous ne l'aviez vu. Même les plus petites dans la classe comprenaient mieux que moi. C'est vrai ce qu'a dit Yuan. Je ne conviens qu'ici, auprès de vous et de mes enfants, je ne peux pas, je ne pourrai jamais m'en aller de nouveau.

Elle déversait ces dernières paroles pleurant à demi, d'une voix frémissante qui ne ressemblait pas du tout à sa voix ordinaire, et ses jolis sourcils palpitaient au-dessus de ses yeux effrayés. Les vieux parents se regardaient sans mot dire, mais les deux enfants, qui n'avaient rien saisi aux explications de leur mère, se précipitèrent sur elle, et le petit garçon s'écria :

– Maintenant, nous aurons des gâteaux!

Et la petite fille dit d'un ton câlin :

– Quand vous retournerez à l'école, emmenez-moi aussi, ma mère! J'ai toujours eu envie d'y aller!

Le vieillard qui comprenait parfaitement la jeune femme, finit par lui donner raison. Il passa la main sur sa barbe et répondit avec un soupir :

– Mon enfant, je me rends compte de ce qui s'est passé. Il me reste à écrire à Yuan, je lui raconterai tout, et nous verrons s'il aura pitié!

Sur ces mots, il alla dans sa chambre en continuant à soupirer. La vieille dame se tut, mais elle prit la main de sa belle-fille, la caressa doucement, puis elle se pencha vers elle et murmura pour ne pas être entendue des enfants :

– Cessez de vous affliger; je parlerai moi-même à Yuan quand il viendra.

La jeune femme ne répondit que par un triste sourire. Elle sentait bien que l'esprit volontaire qui s'était développé chez Yuan ne se laisserait pas fléchir, même par les paroles d'une mère.

Mais elle reprit avec une joie ineffable tous les

anciens devoirs familiaux. Parfois, la nuit, une terreur l'éveillait, elle se croyait de nouveau à l'école, au milieu de la rangée de lits exactement pareils. Puis, si le petit garçon s'agitait, ou lui donnait un coup de ses grosses jambes, elle revenait à elle, et, en extase, elle retenait sa respiration par crainte de troubler le sommeil de l'enfant.

Les premiers jours, elle trouva beaucoup de négligences à réparer dans la maison. On brûlait trop de combustible dans les cuisines parce qu'on avait laissé s'accumuler la suie sous les chaudrons et les feux ne se trouvaient plus en contact assez direct avec les aliments; les bougeoirs étaient recouverts du suif qui coulait des chandelles, et il y avait bien d'autres détails de ce genre qui passent inaperçus aux yeux des domestiques, et qui échappaient aussi à ceux de la vieille dame, car elle avait cessé toute surveillance depuis trop longtemps.

La jeune femme se mit journellement à la tâche jusqu'à ce que la maison eût repris l'aspect qui lui plaisait. Il n'était jamais question de Yuan et on ne parlait plus de départ. Si la jeune femme hasardait un mot, ce qui lui arrivait rarement, c'était pour s'adresser aux enfants ou s'enquérir de quelque besoin du ménage. Souvent son beau-père remarquait l'air effrayé qu'elle prenait quand il rompait trop brusquement le silence; et elle ne se tranquillisait qu'après avoir compris de quoi il s'agissait. Le vieillard dit à sa femme :

– Il ne faudra plus jamais laisser partir cette fille que nous avons. Tu vois comme elle nous revient, toute tremblante et si maigre. Elle a tellement souffert!

Il ne fit aucun reproche à sa belle-fille et attendit d'un cœur lourd la réponse de son fils. En réalité il n'avait pas encore avoué à Yuan que sa femme consentait à ce qu'il prît une nouvelle épouse. Il s'était cru certain de réussir à expliquer les choses à son fils. Sa femme, bien qu'elle fût alerte à la besogne, capable, habile à répandre du confort autour d'elle, ne saurait pas, après avoir vécu abritée au sein de la vieille maison, liant sa vie à la leur, s'adapter à l'immense changement qui la conduirait à partager la vie actuelle de son mari. En présence des autres femmes, brillantes et cultivées, elle se replierait sur elle-même, se flétrirait, si bien que personne ne s'apercevrait et ne se soucierait de sa valeur. Yuan devrait se contenter de la laisser dans l'ancienne demeure avec ses parents. Il y reviendrait quand il voudrait et y amènerait ses amis en séjour. La lettre du père se résumait à cela, et il attendit la réponse de son fils.

Elle vint très rapidement, et le ton en était bienveillant. Yuan ne montrait aucune dureté, il s'exprimait ainsi : « Vous vous êtes comportés avec tant de bonté et de compréhension envers la femme que vous m'avez donnée que je vous demande seulement de m'en témoigner autant. Mon père, j'avais dix-huit ans lorsque vous m'avez marié à une jeune fille que je ne connaissais même pas de vue. A cet âge-là j'aurais pris n'importe quelle femme, et je me trouvais assez satisfait de celle que vous m'offriez. Je m'en serais toujours contenté si j'étais resté dans le commerce, avec vous, sans quitter la maison. Dans notre famille les hommes ne sont guère portés à aimer plusieurs femmes. Je n'aurais vécu qu'avec celle-ci, si j'étais resté, de même que ma mère et vous avez passé ensemble toutes ces années dans une joie paisible, qui grandit à mesure que la vieillesse approche. Mais je suis parti, vous y consentiez, vous étiez ambitieux pour moi, et j'ai pénétré dans une autre existence, aussi lointaine que les étoiles de la paisible ville dans laquelle vous êtes tous demeurés. J'ai besoin d'une compagne qui partage cette nouvelle vie, à laquelle je ne peux plus renoncer – quelqu'un à qui parler. Je n'ai rien à dire à celle que vous m'avez choisie, et elle non plus n'a rien à me dire. Nous ne trouvons aucun intérêt commun ni sujet de conversation entre nous. Je ne saurais plus m'en contenter, en voyant à quoi les femmes arrivent aujourd'hui. Une servante que je louerais me rendrait les mêmes services. Je veux une femme d'une éducation semblable à la mienne, et qui fasse, comme moi, partie de notre ère nouvelle. Soyez indulgent pour votre fils, mon père. »

Le vieillard se garda également de lire cette lettre aux deux dames. Il se disait que son fils aurait pu se dispenser de lui recommander la douceur envers lui. Il relut ces pages par trois fois en gémissant tout haut, car il avait beau comprendre, que pouvait-il faire?

Poussé aux extrémités, il écrivit de nouveau : « Elle consent à ce que tu prennes une autre femme selon ton cœur. Elle restera ici, dans cette maison, et aura soin de nous tous comme par le passé. » Il croyait l'affaire terminée, la limite extrême atteinte, et il n'était nullement préparé à la réponse qu'il reçut.

Yuan écrivait : « Il n'est pas légal à notre époque, ni convenable, qu'un homme ait plus d'une femme. La femme nouvelle, du reste, refuse d'être une deuxième épouse. Je dois donc obtenir, en premier lieu, mon divorce d'avec l'ancienne, afin qu'il n'y en ait qu'une. Mais je serai très généreux, je payerai largement celle à qui je renonce. Je ne la laisserai manquer de rien; je ne veux pas qu'elle souffre le moins du monde. »

Le vieux père put à peine se retenir en lisant ces lignes de son fils. Les yeux lui sortaient de la tête et il les relut pour être certain d'avoir vraiment tout compris. Ensuite, dans sa colère, il écrivit encore, sans songer à ce qu'il faisait : « C'est une étrange époque que celle où un homme a le droit de renvoyer sa femme, en sorte qu'elle n'ait plus rien, ni respect, ni place au milieu des hommes, ni abri dans la demeure de son mari. Le temps d'autrefois valait mieux. Une femme ne risquait alors de perdre que les faveurs de son époux; elle conservait tout le reste, et sa vie continuait dans sa maison. Mon fils, ce que tu as écrit est indigne de toi. »

Puis il tira les poils épars de sa barbe et attendit une réponse avec la plus vive impatience. Pendant cette période, il maigrit encore davantage; la mine hagarde, il ne pouvait que se plonger dans la fumée d'opium et il augmenta les doses à un degré qu'il s'était refusé jusqu'ici. Quand la lettre de son fils arriva, il se réfugia dans sa chambre et déchira l'enveloppe, mais lorsqu'il en retira la feuille, il se sentit incapable de la lire, car son agitation lui donnait le vertige et il dut appuyer sa tête sur ses mains pour se remettre. La jeune femme, entrée sans bruit, le trouva ainsi et lui versa une tasse de thé. Elle était extrêmement pâle, mais elle ne posa aucune question à propos de la lettre qui gisait là, et dont elle devinait l'origine. Elle ne demanderait rien, elle se bornerait à attendre ce qui devait arriver.

Cette fois-ci, le message était bref et net : « Mon père vous ne pouvez pas comprendre, je le vois. Il vaut mieux être complètement francs l'un vis-à-vis de l'autre. J'ai préparé mon acte de divorce, et je suis fiancé avec une jeune fille qui se trouvait dans la même école que moi, à l'étranger. Elle aussi était fiancée à un inconnu. Mais, plus courageuse, elle a su briser le lien. Nous sommes faits l'un pour l'autre. Je me montrerai généreux vis-à-vis de l'ancienne, mais je ne nous considère plus comme mari et femme. Ne me blâmez pas. Souvenez-vous : j'ai tenté l'épreuve; je l'ai envoyée à l'école, et je ne suis nullement responsable de son refus de faire l'effort nécessaire pour y rester. Si elle avait tenu à moi elle y serait parvenue. Je ne me reproche rien. Et nombreux sont ceux, qui, à cette époque, agissent ainsi. La femme d'aujourd'hui n'a pas le sort le plus doux. Les hommes qu'elle pourrait épouser, ceux de sa génération, qui ont reçu la même éducation qu'elle, sont comme moi, mariés depuis leur jeune âge. Quelqu'un doit souffrir; mieux vaut pour le pays et les enfants à venir, que les femmes instruites aient le rôle d'épouse et de mère. Je le répète, je serai très généreux envers l'autre. Je lui donnerai tout ce que vous jugerez nécessaire. Seulement il faut qu'elle parte et habite ailleurs car elle n'a plus le droit de vivre chez moi. Cela nous gênerait de la savoir là, quand je viendrai vous voir, ma mère et vous, avec ma femme. »

La jeune belle-fille s'attardait dans la pièce. Elle espérait que son beau-père lui parlerait un peu de la lettre. Mais il lui fit signe de le laisser. Il ne voulait rien dire. Il se sentait la bouche sèche; il était faible et il demeura longtemps assis, tout seul, buvant à petites gorgées le thé que la jeune femme lui avait versé avant de partir.

Puis il prépara soigneusement son encre, attira à lui son pinceau et son papier, et écrivit : « Mon fils, si c'était comme de mon temps, et que nos rapports fussent ceux que j'avais avec mon père lorsque j'étais jeune, j'ordonnerais, et tu obéirais. Mais je ne puis le faire à présent, car tu ne m'écouterais pas. Non, c'est moi qui obéis. A notre époque, aujourd'hui, les fils en font à leur tête, en sorte que les pères n'ont aucun commandement à donner. Je me borne à dire ceci : les choses devant être telles que tu le désires, laisse au moins cette pauvre enfant, que nous considérons depuis des années comme notre fille, vivre avec nous. Elle a beau ne plus être ta femme, elle n'en reste pas moins notre fille. Nous n'avons jamais changé vis-à-vis d'elle. La nouvelle nous est inconnue. Nous nous sentirions mal à l'aise en sa présence. Ces femmes instruites, aux mouvements rapides, que j'ai vues dans la capitale, tes amies et les femmes de tes amis, me faisaient peur. Je ne suis pas habitué à leur genre. Accorde à notre fille d'habiter ici, près de nous, et de prendre soin de tes enfants. Ne lui permets jamais d'apprendre que vous avez divorcé. Je n'en dirai rien, et ici, dans cet endroit tranquille, elle continuera à tout ignorer. »

Une fois cette lettre écrite et envoyée, le vieillard parut un peu soulagé. Cependant il trouva préférable de raconter à sa belle-fille une part de ce qui avait eu lieu. Un soir, pendant que les enfants dormaient et qu'il se tenait avec sa vieille femme dans la pièce centrale, une bougie allumée sur la table, entre eux deux, il la fit appeler. La jeune femme arriva aussitôt, et selon son habitude, commença par veiller à ce que leur thé fût à la chaleur voulue, ensuite elle s'assit à sa place, un peu en dessous de ses beaux-parents.

Le vieillard commença :

– Ma fille, j'ai écrit à mon fils, et nos lettres ont été semblables à ces oiseaux qui volent au Nord et au Sud. En fin de compte, mon fils a accepté votre générosité, il prend une seconde femme, mais vous resterez ici, librement, mon enfant, dans cette maison que vous connaissez, et nous serons comme nous étions, sauf que nous verrons peut-être Yuan moins souvent, puisqu'il fait sa vie ailleurs.

Alors, pour la première fois, la jeune femme fondit en larmes devant les deux vieillards :

– Je me suis mal conduite envers vous, sanglota-t-elle. Je ne réponds pas comme je le devrais à vos bontés! C'est parce que je suis telle que je suis que vous voilà privés de voir votre fils autant que vous le voudriez, et que lui se sentira éloigné de sa demeure!

La vieille dame ouvrit de grands yeux, car elle n'avait jamais vu pleurer sa belle-fille pendant toutes ces années, même lorsque son petit garçon avait été près de mourir. Elle s'écria avec assez de chaleur :

– Je parlerai moi-même à Yuan. Je m'en occuperai. Je verrai si les fils n'écoutent plus leurs parents.

Mais le vieillard secoua la tête, déployant la même patience que vis-à-vis d'un enfant.

– Non, dit-il avec douceur. Personne n'est fautif. Pas vous, ma fille, qui avez toujours agi de votre mieux, ni Yuan qui se montre aussi généreux que par le passé. Non... (Il hésita, et passa sa vieille main pâle sur sa barbe :) Je ne peux blâmer personne, ni m'expliquer ces temps étranges, qui bouleversent tout, si bien qu'une bonne épouse ne suffit plus au bonheur d'un homme.

– Cela vient de ce qu'on méprise les dieux, dit la

vieille dame obstinée. Si on faisait son devoir de croyant...

Le vieillard ferma les yeux. Il attendait la fin d'une tirade qu'il avait entendue bien des fois, puis il poursuivit, comme si sa femme ne l'avait pas interrompu :

– Mais il vous sera permis, ma fille, de rester ici où est votre foyer, et nous vivrons au jour le jour, nous regarderons fleurir les pivoines et les lis, et nous aurons les enfants. Il y a peu de gens aussi heureux que nous!

C'est ainsi qu'il les consolait.

Mais cela ne devait pas se passer de la sorte. Six jours plus tard pendant qu'ils prenaient ensemble le repas du soir, ils entendirent un bruit inusité à la grille, et le domestique s'écria :

– Le jeune maître est arrivé!

Ils levèrent la tête. Yuan se tenait devant eux. Très maigri, couvert de poussière, il semblait las. Il parla à ses parents avec un air de gêne, hâtivement, et sans paraître remarquer personne en dehors d'eux. On eût dit qu'il se voyait forcé d'accomplir, et de mener à bonne fin, une tâche qui lui coûtait. Un domestique apporta un bassin d'eau chaude. Yuan en retira une serviette, il l'étreignit et se la passa rapidement sur la figure et les mains, puis il se mit à table, prit un bol et des baguettes, et commença à manger sans retard. La jeune femme s'empressa, lui apporta du riz et des plats fumants. Il remercia d'une inclinaison de tête, et lorsqu'il eut vidé un seul bol – car il ne mangeait jamais beaucoup – il se retourna vers les siens qui attendaient qu'il eût terminé, et il parla très vite, retenant sa respiration, comme s'il savait ce qu'il avait à dire, mais le redoutait.

Il s'adressa à son père :

– Mon père, il faut que je retourne immédiatement, ce soir même. Il sera donc préférable que je m'explique tout de suite, devant vous tous. Ces allées et venues de lettres sont trop lentes. L'affaire commencée ne doit pas traîner. L'acte de divorce est rédigé, et il faut la signature des deux intéressés. Mon mariage aura lieu le sixième jour du mois prochain. Il vaudra mieux que celle-ci se retire auprès d'une parente, dans quelque bon coin tranquille, sans cela il me serait difficile d'amener ma femme chez vous; je désire tellement que vous la connaissiez, mon père et ma mère! Quand vous la verrez vous comprendrez!

La jeune femme écoutait; on ne l'avait pas prévenue, et elle ignorait qu'il fût question de divorce. Elle tourna vers son mari un étrange visage blême et lui dit :

– Mais je ne sais où aller, je n'ai aucune parente qui consente à me prendre avec mes deux enfants.

Yuan ne la regardait pas; lorsqu'elle mentionna les enfants, il leva brusquement la tête et dit très surpris :

– Bien entendu je ne vous demande pas d'emmener mes enfants. J'en ai la responsabilité, et après mon mariage, je les prendrai chez moi, afin qu'ils profitent de l'instruction de celle que j'épouse. (Puis devant l'expression de sa femme, il s'écria, subitement hostile :) Ne prétendez pas que c'est ma faute, je vous ai offert un moyen que vous avez rejeté!

La jeune femme continuait à le dévisager pendant qu'il parlait, mais elle ne s'en rendait aucun compte et ne l'apercevait même pas. Par deux fois elle essaya de s'exprimer, ses sourcils remuèrent au-dessus de ses yeux, sans qu'aucun son sortît de ses lèvres. Le vieillard regardait à terre et caressait sa barbe, sa figure prenait un teint de cendre. La vieille dame se mit soudain à pleurer tout bas.

Mais Yuan s'occupait de ses enfants et demanda :

– Tu aimerais venir avec moi à la nouvelle capitale, n'est-ce pas, mon garçon?

L'enfant sauta de joie et s'écria ravi :

– J'irai en bateau! J'irai en bateau...

La petite fille interrogea son père, les traits tendus et soucieux :

– Irai-je, moi aussi?

– Mais bien sûr! s'écria Yuan de bon cœur.

La fillette, rouge de plaisir, se tourna vers sa mère :

– Alors, j'irai à l'école, j'ai toujours eu envie d'y aller!

Aucun d'eux ne songeait à observer la jeune femme ni à se demander ce qu'elle éprouvait. S'ils avaient lancé un coup d'œil de son côté, ils n'auraient remarqué qu'une pâleur un peu accentuée, car son silence était trop habituel pour paraître anormal. Personne ne se serait aperçu de son tremblement, si ce n'est son beau-père, mais il avait les yeux à terre et caressait sa barbe, le visage d'un gris de cendre, n'osant regarder sa belle-fille.

Yuan était enchanté de la gaieté de son fils. Il lui expliqua :

– Tu monteras dans le train, puis tu verras des rues très larges, des automobiles, des aéroplanes, et toutes sortes de choses que tu ne connais pas, et qui n'existent pas ici!

L'enfant ne pouvait se contenir, il courait en rond en criant :

– Quand irons-nous? Je veux partir, je veux partir!

Les yeux de la jeune femme allaient de son fils à sa fille. La petite rencontra le regard de sa mère, elle sourit d'un air rêveur et répéta :

– J'ai toujours eu envie d'aller à l'école, maman.

La jeune femme ne put en supporter davantage. Il était inutile de protester. Le teint plombé de son beau-père, les larmes de la vieille mère lui disaient assez que les paroles ne serviraient à rien. Yuan saisit son fils au moment où il courait devant lui; il le serra contre sa poitrine, respira sa chair savoureuse, et l'enfant, charmé par son père, considéra sa mère d'un air arrogant.

Alors Yuan, sa joue collée à celle de l'enfant, dit sérieusement à la jeune femme :

– Bien entendu vous ne manquerez de rien. Je veillerai toujours à ce que vous ayez beaucoup d'argent.

Elle le regarda fièrement, bien en face, mais, absorbé par son fils, il ne s'en aperçut pas. Avec l'habituelle inconstance de leur âge, le petit garçon et la fillette ne songeaient qu'à leur père pour l'instant, et leur mère se glissa, inaperçue, loin d'eux tous.

Elle entra dans la chambre où, pendant toutes ces années, elle avait dormi entre ses deux enfants, et elle s'assit lourdement sur son lit. En une minute révélatrice, elle sentit ce qu'était sa vie, ce qu'elle serait dorénavant. Aussitôt elle comprit ce qu'elle devait faire pour eux tous. Oui, pour Yuan, pour les enfants, il le fallait – pour elle-même aussi.

Elle se leva, ouvrit un tiroir et en retira une ceinture de soie qu'elle portait en général avec ses vêtements de fête. Elle était blanche, souple et très solide. La jeune femme monta sur le lit massif, avec des mains fermes, elle noua l'une des extrémités de la ceinture autour de son cou, puis elle atteignit la poutre qui passait au-dessus de son lit, et y enroula l'autre bout de l'écharpe. Les cris joyeux de son fils lui parvenaient de la pièce centrale : « Je monterai en aéroplane, moi aussi. »

Le vieux père parlait d'une voix douce, triste et suppliante, mais elle ne distinguait pas les paroles, elle n'écoutait plus. Elle attacha solidement la ceinture, puis elle jeta un long regard autour de la chambre aimée, crispa les lèvres et ferma les yeux. Calme et résolue elle avança un pied hors du lit et sauta dans le vide. La ceinture donna une saccade et se resserra. Une seconde la jeune femme se souvint encore d'une chose, d'un dernier devoir à accomplir : empêcher ses mains de se tendre vers un appui. Elle les joignit sur sa poitrine, d'un geste convulsif. Le sang battit à ses oreilles,

les emplit de sa rumeur. La voix de l'enfant lui arriva de très loin, il riait et répétait sans arrêt : « Je monterai en aéroplane! »

Mais ce murmure s'éteignit à son tour. Elle n'entendit plus rien. Ses mains retombèrent.

LA VIEILLE MÈRE

La vieille mère était à table, entourée de son fils, de sa belle-fille et de leurs enfants. La servante la plus âgée leur servait le repas de midi. La vieille mère se tenait très tranquille, les mains croisées sur ses genoux, guettant les plats avec une avidité contenue. Elle les examinait l'un après l'autre à mesure qu'on les apportait. Il y en avait un qu'elle affectionnait particulièrement mais elle se gardait bien de le faire remarquer car il n'était pas préparé à son intention, son fils et sa bru lui ayant déclaré à plusieurs reprises qu'ils ne pouvaient pas manger les mets de campagne qu'elle préférait; ils les trouvaient trop grossiers pour eux. Aussi les piments qu'on servait aujourd'hui avec les haricots étaient-ils là par hasard.

L'eau lui montait à la bouche, en les regardant. Elle avait très faim. Comme c'eût été bon de saisir ses baguettes, de les plonger dans les piments, d'en prendre le plus possible et de les empiler sur le bol de riz que la bonne venait de placer devant elle! Mais on lui avait appris à renoncer à ce plaisir. Pendant les quatre années passées entre son fils et sa belle-fille, elle s'était instruite sur beaucoup de points. Elle attendit donc avec le plus de patience possible le moment où tous les plats seraient servis et où la jeune femme dirait d'un ton compassé :

– Mère, prenez ce que vous désirez.

Mais en lui passant un bol après l'autre, la belle-fille faisait observer à la vieille femme qu'ils portaient chacun leurs baguettes particulières et elle veillait à ce que la mère, par mégarde, ne plongeât pas les siennes dans le plat commun. Cette habitude avait été très longue à disparaître. La vieille mère estimait tout naturel, en sa qualité de fille et femme de fermiers, qu'on se servît d'un mets avec ses baguettes à soi; jamais personne autour d'elle, à part ses enfants, n'avait jugé cela inconvenant. Le jeune couple était revenu de l'étranger où sans doute on vit avec des sauvages répugnants, et le mari et la femme avaient poussé des cris d'horreur, dès le jour de leur arrivée, en voyant leur mère sucer soigneusement et décemment ses baguettes entre ses lèvres avant de les tremper, bien nettes, dans le plat.

La mère, surprise par ces exclamations, avait demandé, tout interloquée et gardant ses baguettes en suspens au-dessus du bol :

– Mais qu'y a-t-il?

Quelque chose d'insolite, songeait-elle, avait dû se trouver dans le plat : un cheveu, un bout de chiffon, un brin de bois comme la meilleure des cuisinières peut en laisser tomber par inadvertance. Mais son fils s'était écrié :

– Sers-toi des autres baguettes, ne trempe pas les tiennes, tu les as mises dans ta bouche.

Elle était très froissée et protesta avec indignation :

– Me crois-tu atteinte d'une mauvaise maladie et as-tu peur de moi?

Lorsqu'ils tentèrent de lui expliquer qu'il existe de petites choses imperceptibles, qui transportent les maux de l'un à l'autre, elle resta très raide, incrédule, et répéta plusieurs fois :

– Je ne crois pas en avoir. Je n'ai jamais vu de vers sur moi.

– Mais c'est si petit que cela reste invisible, répondirent-ils.

— Alors, comment savez-vous que j'en ai, si vous ne les voyez pas! s'écria-t-elle triomphalement.

Elle croyait remporter la victoire. Mais son fils déclara avec autant de gravité que s'il eût été son propre père :

— Inutile de discuter. Je ne veux pas chez moi de ces habitudes négligées. Je ne les supporterai pas.

La vieille mère s'était sentie très froissée. Elle garda le silence, ne mangea que son riz et se priva de viande et de légumes bien qu'elle souffrît cruellement de ce sacrifice; elle avait eu toute sa vie un bel appétit et en vieillissant les repas devenaient sa principale jouissance.

Cependant, elle dut se soumettre. Sa belle-fille, un jour, lui fit un véritable affront. La servante venait d'apporter pour le dîner un bol de soupe de melon fumante. C'était un des plats préférés de la vieille mère, qui ne se tint pas de joie à cette vue. Elle oublia tout le reste, plongea dans la soupe sa cuiller de porcelaine, dégusta le brouet délicieux, puis en reprit aussitôt avec sa même cuiller. Sa belle-fille se leva, saisit la soupière et la vida dans le jardin, par la fenêtre ouverte. La bonne soupe avait disparu.

La vieille mère balbutia stupéfaite :

— Pourquoi... pourquoi donc!

Elle bégayait dans sa surprise, mais sa bru pinça ses lèvres minces et répondit tranquillement :

— Nous n'avons pas envie de boire vos restes.

La vieille mère s'emporta. Elle osait se fâcher au début et elle s'écria résolument :

— Je ne compte pas vous empoisonner.

Après quoi la belle-fille avait observé avec encore plus de calme, mais beaucoup de méchanceté :

— Vous ne vous servez même pas d'une brosse à dents.

La mère se défendit, très digne :

— Je me suis rincé la bouche toute ma vie, comme on me l'avait appris : chaque matin au lever et après les repas. On trouvait que cela suffisait de mon temps.

— Je t'en prie, ne parle pas de ton temps, dit son fils d'un ton méprisant, ce sont les coutumes de ton époque que nous devons modifier si nous ne voulons pas être considérés comme des barbares, et même moins que cela, par les autres nations.

La vieille mère ne comprenait rien aux paroles de son fils; il lui semblait qu'il se servait de grands mots et les répétait sans les comprendre, comme un petit garçon, et elle avait commencé par en rire de son gros rire de paysanne. Mais quand elle s'aperçut de la froide patience, du sérieux avec lesquels il accueillait ses accès de gaieté, et du respect que les visiteurs témoignaient au jeune homme, ne tolérant sa présence à elle que par égard pour lui, elle cessa de rire, instinctivement, car il est difficile d'être seule à se réjouir quand on est entourée de visages graves.

Elle apprit à manger en silence et à attendre qu'on la servît. Cette fois-ci encore, lorsqu'elle eut achevé son bol de riz, elle se leva sans mot dire et se dirigea vers sa chambre, de l'autre côté du couloir. Mais elle s'arrêta devant sa porte. Elle avait encore faim. Les années passées à la ferme l'avaient habituée à une ration d'au moins trois bols de riz, et elle se sentait faible et l'estomac vide, après cet unique bol. A la campagne, au moins, on se servait de grands récipients de faïence bleue et blanche, mais chez son fils on vous donnait les mêmes petites tasses minces qu'on emploie en ville. Non, elle n'était pas rassasiée, mais elle n'osait pas manger à sa faim de crainte d'entendre son fils observer avec son ton de léger mépris :

— Tu manges comme les paysans. Je n'ai jamais vu une dame se nourrir ainsi. Que fais-tu donc pour être aussi affamée que cela?

Il ne lui reprochait pas sa nourriture; c'eût été invraisemblable, car il recevait comme professeur autant d'argent par mois que ses parents en gagnaient autrefois en un an, sur leurs terres, mais elle lui faisait honte, elle en était certaine, car dès qu'ils avaient des invités à dîner, on trouvait une excuse pour la reléguer dans sa chambre. Là, du moins, elle mangeait ce qu'elle voulait.

En ce moment, la faim la tourmentait. Elle revint sur ses pas, se faufila sans bruit le long du couloir, sortit par la porte de derrière, traversa la cour et se dirigea vers la cuisine. Elle entra, sourit aux bonnes d'un air gêné, s'empara d'un bol et le remplit de riz, se servant à même la marmite à moitié pleine. Elle s'approcha ensuite de la table où l'on posait le reste des plats pour les serviteurs. Il y avait encore des piments, mais très peu, et elle n'osa pas y toucher, de crainte de déplaire aux servantes. Elle prit du chou, le plat étant bien garni. Puis, elle revint sur ses pas sans oser regarder les bonnes, très effrayée de rencontrer son fils ou sa bru. Quant aux domestiques, elle savait qu'ils n'aimaient guère partager leur nourriture avec elle, mais ils la plaignaient dans un sens et, tout en la méprisant, ils la toléraient et prenaient son parti contre leur exigeante maîtresse.

Une fois dans sa chambre, la vieille mère ferma doucement sa porte et poussa la targette. Ensuite elle s'assit pour jouir de son repas. Elle mangea goulûment jusqu'au dernier grain de riz, puis elle se leva et rinça le bol et les baguettes dans sa cuvette afin d'éviter un surcroît de peine aux servantes.

Quand elle eut terminé, elle s'approcha d'une table sur laquelle de petites boîtes de métal étaient alignées; elle en ouvrit une, en retira un peu de riz froid économisé de la vieille, et le mâcha lentement. Elle ramassait autant de provisions que possible dans ces boîtes, pour le cas où elle aurait faim entre les repas. Quand elle eut fini elle s'assit et se cura les dents avec l'épingle d'argent de son chignon.

Au bout d'un moment, elle se leva, ouvrit la porte et regarda curieusement au-dehors car elle apercevrait peut-être l'un des deux enfants. Elle craignait de les appeler, parce que la femme de son fils n'aimait pas à les voir entrer chez leur grand-mère. Lorsque la vieille dame s'en plaignait, sa belle-fille répondait :

– Vous n'ouvrez jamais vos fenêtres. C'est malsain. Vous persistez à garder de vieilles défroques qui sentent le moisi et votre chambre est remplie de souris attirées par les restes que vous conservez.

– Ces vêtements appartenaient à ma mère et sont beaucoup trop bons pour être mis au rebut, avait répondu la vieille mère. On ne doit pas jeter ce qui peut servir, pas plus la nourriture que les habits. Si vous aviez mon âge, vous sauriez que la pauvreté vient subitement, au moment où on s'y attend le moins.

La belle-fille s'était contentée de sourire avec son petit air glacial et n'en continua pas moins à rappeler ses enfants quand pour une raison ou l'autre elle les voyait entrer chez leur grand-mère. Celle-ci de son côté avait pris l'habitude de laisser sa porte ouverte et, comme passe-temps, de chercher à attirer les deux petites. Elles étaient adorables, du reste, potelées et fleurant bon. La grand-mère éprouvait une grande jouissance à enfoncer son vieux nez dans les replis de leurs cous et à les faire rire malgré elles. L'arrivée de ces enfants avait été un bonheur pour elle car elle aimait les tout-petits... Autrefois, dans sa jeunesse, elle accueillait avec plaisir chaque enfant qui lui naissait, bien qu'elle eût épousé un pauvre homme qui gagnait péniblement le riz de sa famille. Elle acceptait même les filles, sauf celle que sa belle-mère ordonna de faire disparaître, pendant une mauvaise année. Il est vrai que les récoltes manquaient alors et qu'on craignait de ne pas pouvoir vivre; beaucoup périrent de faim à ce moment-là, et chacun vit la mort de près.

Encore aujourd'hui, la vieille songeait avec peine à cette petite fille qu'elle n'avait vue qu'à l'heure de sa naissance, et elle la comptait parmi les quatre enfants que les dieux lui avaient enlevés.

Des trois qui grandirent, il ne lui restait que ce seul

fils : l'aîné était mort du choléra, en pleine maturité, huit ans auparavant; elle avait perdu de vue sa fille qui habitait un village éloigné de son lieu de naissance et il n'était guère à espérer que son gendre, un homme pauvre, recevrait une belle-mère qui avait un fils comme soutien.

C'est pourquoi elle ne comptait plus que sur ce fils, que son mari et elle avaient toujours considéré supérieur à tous les autres. Dès le premier âge, il montra de l'intelligence et de l'obstination, et ses parents décidèrent très tôt d'en faire un érudit, en sorte que son père le conduisit dans une école étrangère, à la ville la plus proche, et l'y laissa depuis sa dixième jusqu'à sa vingtième année. L'enseignement était bon et ses parents ne redoutaient pas, comme certains, qu'on apprît à leur fils une nouvelle religion en dehors de la sienne, car le prix de la pension était minime et, après un ou deux ans, on cessa de rien réclamer, l'élève se montrant studieux. Les étrangers lui fournissaient tout. Au début, l'enfant rentrait chez lui aux vacances du Nouvel An, et l'été; mais après quelques années il n'eut plus envie d'y revenir, trop bel étudiant pour se plaire dans la ferme, construite en terre. Ces étrangers lui persuadèrent d'aller terminer ses études dans d'autres pays, pour perfectionner son savoir. Ils lui remirent une somme d'argent à cette intention, mais elle était insuffisante. La mère se souvenait encore du jour où son fils avait surgi à l'improviste pendant que son mari et elle plantaient le riz dans les champs marécageux.

– Mère, leur avait-il dit, je vais au loin. Les étrangers me paient une partie de mes dépenses; je viens vous demander à mon père et à vous d'y ajouter tout ce que vous pouvez me donner et dans votre vieillesse, je me chargerai de vous sans me plaindre.

Au début ils jugèrent cela une folie, puis ils en causèrent avec les uns et les autres et beaucoup leur dirent :

– Il paraît que ceux qui vont s'instruire dans d'autres pays en reviennent avec tant de science qu'à leur retour ils gagnent des sommes considérables chaque mois. Si vous le laissez partir, vous n'aurez pas besoin de travailler plus tard.

Ils écoutèrent ces conseils et lui permirent de s'en aller, car à cette époque ils avaient leur bon fils aîné qui tenait une petite boutique à la ville voisine et sa femme et lui se tiraient d'affaire. Les parents n'osèrent pas fiancer leur fils cadet avant son départ, tant il se montrait hautain et volontaire, avec tout son savoir, tandis qu'eux se sentaient ignorants, incapables de lui tenir tête ni de répondre à ses belles phrases.

Il s'était marié à la mode nouvelle, sans demander le consentement de ses parents. Il avait épousé sa femme à l'étranger; elle était chinoise, bien entendu, mais cette créature pâle et méticuleuse aurait parfaitement pu venir d'ailleurs avec ses façons d'étendre des étoffes de laine sur le plancher, de pendre de la toile aux fenêtres et de laver ses enfants, entièrement, chaque jour, comme si ces chers petits avaient pu être sales à ce point!

Deux ans avant le retour de son fils, elle avait perdu son bon vieux mari. Un homme joyeux et vigoureux, qui mourut cependant tout d'un coup par un hiver froid. Il avait une douleur à la poitrine et la fièvre, et il était mort avant qu'elle n'ait prévenu le médecin, pensant qu'il guérirait de lui-même et redoutant la dépense. Il était étendu là et elle devait payer le cercueil et l'enterrement. Elle fut forcée de vendre une partie de ses terres, car tous deux s'étaient beaucoup privés, pour envoyer de l'argent à leur fils.

Mais à présent elle se trouvait seule et incapable de cultiver la propriété entière, aussi en avait-elle cédé un grand morceau, et le vieux put reposer dans un bon cercueil. Elle était satisfaite de lui avoir acheté un habit bleu tout neuf, pour l'ensevelir, plus beau qu'aucun de ceux qu'il avait portés vivant.

Cette même année, en automne, son fils aîné mourut à son tour, et comme il ne laissait pas d'enfants, sa femme retourna dans sa famille à elle, en sorte qu'il ne restait à la vieille mère que ce fils au loin. Et comme elle n'avait que lui, elle vendit ses terres jusqu'au dernier morceau, lorsqu'il lui réclama d'autre argent. Elle remit la somme à un étranger et le pria de la lui faire parvenir. Une vieille voisine lui dit un jour :

– Il vaudrait mieux ne pas tout vendre, car les fils préfèrent une mère qui leur apporte quelque chose.

Mais elle n'avait pas peur; elle répondit :

– C'est un bon fils, mon bien est à lui d'une manière ou de l'autre, et s'il en a besoin, qu'il le prenne. Quant à moi, je ne crains rien. Il m'a promis de prendre soin de moi sans se plaindre et je suis certaine qu'il trouvera une place pour moi dans sa maison.

Elle riait en disant cela, car elle se sentait sûre de lui. A présent, elle soupirait en songeant à cette phrase. Oui, la voilà bien dans la maison de son fils, une très belle maison. Les étrangers s'extasient sur cette merveille de style étranger. Il y a un étage au-dessus de celui-ci, et un escalier y conduit, mais on lui a laissé cette chambre au rez-de-chaussée parce qu'elle ne sait pas monter les marches, ou quand elle y parvient, il faut qu'on la redescende. Lorsqu'ils veulent se débarrasser d'elle, ils prennent les enfants, s'installent en haut et la laissent seule. Oh! elle les connaît bien! Ils ont beau la croire trop vieille pour les comprendre, elle y voit clair.

Tout à coup, les enfants, frais et roses après leur sommeil, entrent dans la pièce de l'autre côté du couloir, en face de sa porte ouverte. Elle les voit s'asseoir et prendre un jouet pour s'amuser. Il y a deux petites filles. Quand la seconde est née, la vieille mère a crié à son fils :

– Celle-ci aurait dû être un mâle!

Mais le fils a répondu vivement :

– Nous sentons d'une manière différente. A notre époque garçons et filles se valent.

La vieille mère a ri sous cape, pleine de mépris à

cette idée. Si chacun donnait naissance à des filles, qui donc remplirait les fonctions de père dans la prochaine génération? Ils sont stupides! On a besoin de mâles et de femelles.

En se retournant, elle voit que la plus jeune la regarde. Elle lui sourit. Quels enfants adorables! Des deux, elle préfère le bébé. Elle a envie soudain de tenir entre ses bras ce petit corps dodu. Il faut absolument qu'elle enfonce sa vieille figure sous le menton du bébé, dans ce doux repli. Tout bas, en se méfiant, elle claque de la langue et l'enfant la fixe des yeux, hésitante. Une idée vient à la vieille mère. Elle se lève et ouvre une de ses nombreuses boîtes de métal. Elle y prend un gâteau sucré à la noix qu'elle y a déposé au moins dix jours plus tôt. Une couche de moisissure le recouvre; après l'avoir essuyé avec sa main elle le tend, sans mot dire, au bébé.

L'enfant la regarde, mais elle vient à peine d'apprendre à marcher; elle se relève avec effort et s'approche en se dandinant, la main tendue vers le gâteau. La grand-mère s'empare du bébé, lui donne la friandise que la petite mange gravement puis, fermant la porte, la vieille femme s'assied sur son lit et serre contre elle le doux petit être, son visage ridé enfoui dans le cou chaud. Ah! petits enfants... petits enfants...

Mais on avait déjà appris aux fillettes à la détester, et l'aînée restée seule était partie se plaindre à sa mère. Tout à coup, la porte s'ouvrit et la jeune femme entra vivement et dit avec douceur, une douceur glaciale et forcée :

– Mère, je vous remercie; seulement il est l'heure que le bébé sorte au jardin. (Puis apercevant des miettes sur les petites lèvres rouges, elle s'écria, oubliant sa gentillesse :) Que lui avez-vous donné à manger?

La vieille femme s'efforça de répondre avec hardiesse, car, après tout, quel mal un gâteau sucré peut-il faire?

— Ce n'est qu'une friandise que j'avais.

Mais la mère saisit l'enfant et lui ouvrit les mâchoires de force.

— Des noix! s'écria-t-elle avec colère.

Puis la bouche pincée elle emporta sa fille qui pleurait, effrayée.

La vieille femme se rassit, très indignée. Elle se disait qu'elle n'avait rien fait de mal, absolument rien. Cependant, elle se sentait vaguement en faute, tant on l'avait opprimée depuis quarante ans. Oui, un minuscule gâteau sec que tous les enfants adorent et on appelle cela un crime! Pauvres gosses, obligées de se nourrir de ces bouillies données par leur mère!

Pendant qu'elle marmottait ainsi, elle entendit du bruit. L'aînée se trouvait à la porte. Sa grand-mère oublia le gâteau et l'ennui qu'il venait de lui causer, elle sourit et tendit la main à l'enfant. Mais la fillette secoua la tête et lui tourna le dos. La main de la vieille femme retomba et elle murmura avec un sourire peiné :

— Ils t'ont fait la leçon, à toi aussi, n'est-ce pas?

Mais l'enfant se contenta de dévisager sa grand-mère avec un peu de crainte, puis elle s'assit par terre et se remit à jouer. Elle se retournait à chaque instant et regardait sa grand-mère à la dérobée.

Cette nuit-là, le bébé tomba malade. Cela pouvait provenir du gâteau aux noix ou de quelque autre cause; le fait n'en demeurait pas moins. La jeune mère soigna la petite toute la nuit et le père ne dormit pas non plus, mais au matin la crise était passée et l'enfant reposa. La grand-mère apprit cela d'une servante qu'elle trouva sur son chemin et elle en fut soulagée, car le remue-ménage de la nuit l'avait fort effrayée. Quand elle entra dans la salle à manger pour le premier repas, son fils seul s'y trouvait et elle lui dit en s'asseyant à table :

— Ah, rien de sérieux alors! Les enfants ont de ces malaises; je me souviens quand tu étais petit...

Mais il l'interrompit. Elle s'aperçut aussitôt qu'il

avait quelque chose à dire; il était pâle et très en colère. Elle posa ses baguettes, l'appétit coupé, et le regarda fixement. Elle s'efforça de se rappeler qu'après tout c'était son fils, et seulement le cadet, qui lui parlait; elle essaya de se le représenter tout petit, en pleurs, venant chercher son sein. Mais c'était impossible, il lui semblait qu'il avait toujours été l'homme fier et plein de savoir qu'elle voyait devant elle, avec ses lunettes d'or sur le nez et revêtu de cet accoutrement étranger : un être impitoyable à l'aspect sévère dont elle avait mortellement peur... Elle souhaita même un instant la présence de sa belle-fille, qui parfois arrêtait son mari lorsqu'il parlait trop durement à sa mère.

Mais ils étaient seuls, mère et fils. Il avait renvoyé les servantes... voulait-il la tuer?... Sa vieille mère?... Il disait :

– Je ne veux pas être injuste, ma mère. Je connais mon devoir et tu as une place dans ma maison. Cependant si tu es ici, tu dois te conformer à ce que je dis. Il ne faut pas que tu gâtes mes enfants. J'en suis responsable. Hier, en dépit de toutes nos instances – car nous t'avions priée de ne rien offir aux enfants, surtout ces vieux restes que tu conserves dans la chambre comme si nous te privions... (Il s'interrompit un instant, pour maîtriser une irritation de longue date, puis il reprit froidement :) Malgré nos désirs, tu as donné à la petite une chose qu'elle n'aurait jamais mangée en temps ordinaire, même très bien portante, et cette nuit elle a été malade.

– C'était un gâteau excellent, et tout petit, murmura la vieille mère, qui restait rebelle.

– Mais nous t'avions priée de ne rien lui offrir, répéta le fils avec fermeté.

Brusquement la vieille dame céda; elle ne pouvait pas en supporter plus long et se mit à pleurer tout haut et à crier au milieu de ses sanglots :

– Je m'en irai! Oh! laisse-moi partir! Je ne me sens pas chez moi ici; il faut que je m'en aille!

Le fils attendit patiemment qu'elle se calmât un peu, puis il lui demanda :

– Comment partirais-tu? Sois raisonnable, mère. Où pourrais-tu donc aller en ce monde?

– J'irai chez ma fille, s'écria la vieille femme avec violence. Oui, j'irai, je me louerai chez mon gendre. Je suis encore solide et je peux cueillir l'herbe sur les collines, ramasser le fumier, surveiller les enfants, balayer et alimenter le feu. Je pourrais gagner le peu que je mange.

Le fils sourit, amer :

– Crois-tu donc que je n'y ai pas songé, dit-il. L'année dernière, j'ai écrit et proposé une certaine somme par mois, pour qu'on te prenne, parce que ma femme trouvait pénible de te garder ici sans que tu veuilles rien apprendre ni te plier à nos habitudes. Ils ont répondu que même dans ces conditions-là, c'était trop pour leurs moyens et que les enfants remplissaient la maison.

Soudain la vieille mère devint muette. Au fond, elle n'avait jamais cru que sa fille et son gendre la prendraient chez eux, mais cette idée lui donnait au moins l'occasion de faire une réflexion. Oui, quand son fils ou sa bru l'irritait, elle marmottait derrière leur dos et en présence des domestiques, ou de quiconque se trouvait là, même si ce n'était qu'un marchand de poisson ou de légumes à la porte de la cuisine :

– J'ai une fille qui a du bien et si je ne me plais pas ici avec mon fils et ma bru, j'irai chez elle.

A présent, c'était fini, elle ne pourrait plus dire cela, elle verrait aussitôt peser sur elle le regard de son fils, qui connaissait l'amère réalité. Il avait offert de l'argent pour faire partir sa mère, et on la refusait à ce prix. Elle courba la tête et écouta tandis qu'il poursuivait :

– Tu comprends mère, ma femme a de l'éducation tandis que toi, tu n'es qu'une paysanne ignorante. Il est bon que mes enfants soient élevés à la mode actuelle.

Je le désire. Ma maison ne ressemble en rien à celle que tu avais. Nous ne voulons pas qu'on crache sur les planchers ni qu'on laisse entrer et sortir les poules, et mes enfants n'ont jamais eu la permission de manger ceci ou cela à la manière des tiens.

A ces mots, une dernière étincelle de révolte s'alluma dans le vieux cœur de la mère, et elle dit faiblement :

– Cependant, tu es un de mes enfants.

Le fils prononça d'une voix nette, avec force :

– Je n'ai pas envie d'en perdre quatre sur sept, comme toi.

Alors la vieille mère se redressa toute tremblante et le regarda encore une fois en s'écriant :

– M'accuses-tu d'avoir tué mes enfants?

Le fils dit bien haut, car on sentait que sa patience était à bout et qu'il ne pouvait plus maîtriser sa voix :

– Je t'accuse simplement d'ignorance et de mauvaise volonté pour apprendre.

Il se leva. Il n'avait rien à dire de plus. Oui, il sortait et la laissait seule sur ces derniers mots cruels. Il fallait absolument qu'elle le retînt et elle lui cria d'une vieille voix chevrotante :

– Eh bien, je peux mourir; en tout cas la mort me reste! Je me pendrai...

Il se retourna promptement et la regarda avec colère. Il découvrit dans ce vieux visage qu'il connaissait si bien, on ne sait quel désespoir et quel courage fatal.

– Tu me dis cela à moi! (Il hurlait, en proie soudain à une rage violente.) Tu oses me dire cela! Tu voudrais me déshonorer et qu'on sache partout que ma mère s'est pendue dans ma maison!

Il pressa sur un bouton de sonnette fixé au mur et une servante parut. Il s'efforça de parler comme à l'ordinaire, avec froideur et fermeté.

– Ma mère a besoin d'une bonne qui s'occupe uniquement d'elle. Je lui trouve des symptômes d'affaiblissement d'esprit. Cherchez quelqu'un qui ne la quitte ni jour ni nuit. Je vous demande d'en prendre la responsabilité.

La servante s'inclina et sortit.

Ce n'était pas la première fois que les domestiques entendaient crier dans la maison, et sans avoir besoin de se pencher aux trous des serrures, ils savaient parfaitement à quoi s'en tenir. La servante était satisfaite de la tournure que prenaient les choses, car elle désirait que la vieille dame eût une bonne, comme celle des enfants, et en songeant à une de ses sœurs qui remplirait cet emploi avec plaisir, elle s'était souvent plainte à ses maîtres de la peine que lui donnait leur mère. La pauvre vieille se tournait vers elle à présent, tout en larmes, et disait en sanglotant :

– Il ne veut pas me laisser mourir! Je n'ai même pas la permission de mourir!

Elle se lamentait et se dirigeait en trébuchant vers la servante, de même qu'un enfant, dans son désespoir, va se faire consoler par la personne qu'il voit devant lui.

Mais la servante, pressée de s'en aller, la conduisit à un siège et lui dit vivement, avec insouciance :

– C'est bon... c'est bon, madame. Vous n'appréciez pas votre fils. Il vous donne l'abri, la nourriture et les vêtements. Vous devriez essayer d'être un peu plus... Oui, c'est un fils excellent, rempli de vertus filiales. Tout le monde le dit!

LA COLLERETTE

Ma chère, si l'on veut venir à bout de ces tailleurs indigènes, il faut employer l'ancien moyen et se montrer ferme.

Mme Lowe, la femme du directeur de la poste, s'installa sur la large véranda de sa maison; elle s'assit avec quelque difficulté dans son fauteuil à bascule en rotin. C'était une grosse femme que l'excès de nourriture et le manque d'exercice avaient rendue très rouge durant les dix années passées dans ce petit port de la côte chinoise. En ce moment, tandis qu'elle s'adressait à sa visiteuse, sa face carrée à la chair ferme se colora encore davantage. Près d'elle, un domestique chinois venait d'annoncer d'une voix douce :

– Le tailleur est là, Missy.

La petite Mme Newman considéra son hôtesse avec une vague admiration.

– Je voudrais bien avoir votre manière de faire, je vous assure, Adeline, murmura-t-elle en s'éventant avec lenteur à l'aide de la feuille de palme qu'elle venait de prendre sur la petite table de rotin à portée de sa main. (Elle continua à se lamenter d'un ton plaintif :) Je finis par ne plus me préoccuper de mes robes neuves, bien qu'elles reviennent très bon marché, surtout si l'on achète des soies du pays. Mais c'est un tel ennui de les faire faire, et ces tailleurs prétendent... ma chère; le mien me promet formellement qu'il me terminera ma robe en trois jours, puis je ne le revois plus d'une semaine ou deux. Robert me trouve horriblement habillée, il dit que ce que j'ai sur le dos n'est même pas digne d'être vendu au fripier, mais je lui réponds que s'il se rendait compte de la peine que donnent ces tailleurs chinois, avec leur manière baroque de couper les manches... Ah! ma pauvre amie!

Sa voix s'éteignit dans un soupir et elle s'éventa un peu plus vite en passant son mouchoir sur sa lèvre supérieure qui transpirait.

– Vous allez voir comment je m'y prends, fit Mme Lowe avec autorité. (Elle avait une voix grave et ferme, des yeux gris, ronds, très rapprochés et durs, sous une frange de cheveux morts, bruns et frisés. Elle tourna ces yeux vers le Chinois qui se tenait debout et regardait le sol, la tête penchée dans une pose décorative, et elle lui dit :) Boy, demande tailleur venir ce côté.

– Oui, Missy, murmura le serviteur.

Il disparut et presque aussitôt on entendit à travers les portes ouvertes, le bruit de pas moelleux mais assurés; le tailleur s'avançait derrière le domestique, le long du couloir, venant du côté opposé de la maison. C'était un homme grand, dont la taille dépassait celle du serviteur, il avait atteint l'âge mûr et de son visage calme émanait une sorte de tranquillité hermétique. Il portait une longue robe de toile de lin d'un bleu passé, très propre, soigneusement rapiécée aux coudes, et il tenait sous son bras un paquet enveloppé d'un linge blanc. Il s'inclina devant les dames étrangères, s'assit sur ses talons, déposa son paquet sur le plancher de la véranda et en défit les nœuds. La serviette renfermait une revue de mode usée, éraillée, provenant de quelque compagnie américaine, et une robe de soie bleue et blanche à demi terminée. Il la secoua avec précaution et l'éleva devant lui pour la montrer à Mme Lowe. D'après ses amples proportions, il était facile de voir qu'elle lui était destinée. Elle la considéra froidement d'un air hostile, examinant chaque détail.

Brusquement elle dit très haut :

– Je ne veux pas ce col, tailleur. J'ai dit : collerette.

– Vois, c'est la mode. (Elle tourna rapidement les pages de la revue jusqu'à la partie consacrée aux vêtements pour femmes fortes :) Regarde, pareil à cette dame. Pourquoi col plat – pas possible – pas possible – Emporte...

La sueur perla sur la face calme et patiente du tailleur.

– Oui, Missy, dit-il faiblement. (Puis il serra un peu les lèvres, aspira l'air et hasarda :) Missy d'abord dire collerette puis, non, pas collerette. Dernier jour vous demandez col plat – collerette trop gros.

Ses yeux imploraient la femme blanche, mais Mme Lowe le congédia d'une main grasse, couverte de bagues, et se balança vigoureusement dans son fauteuil de rotin. Elle éleva la voix :

– Non, tu mens, tailleur, cria-t-elle, sévère. Je sais ce que je dis. Moi jamais voulu col plat, jamais. Pas une dame porter col plat à présent. Pourquoi parler comme ça?

– Oui, Missy, répondit le tailleur. (Puis son expression s'éclaira un peu et il proposa :) J'ai d'autre étoffe, je ferai collerette, très bien.

Mais Mme Lowe n'était pas facile à apaiser :

– Oui, mais tu as abîmé beaucoup d'étoffe. Tu fais perdre beaucoup, l'étoffe est très chère. (Elle se balança de nouveau en s'éventant avec vigueur. Ses joues étaient pourpres. Elle se retourna vers son amie :) Je comptais sur cette robe, Minnie, et maintenant regardez-la. Je voulais la mettre à la garden-party du consulat après-demain. J'ai demandé une collerette et voyez-moi ce col ridicule.

– Oui, c'est bien ce que je disais, fit Mme Newman de sa voix basse et chagrine. Mais ce qui m'intéresse c'est la manière dont vous vous en tirerez.

– Oh! je me débrouillerai! répondit Mme Lowe d'un ton menaçant.

Elle ignora le tailleur et son regard se fixa sur le jardin soigné. En plein soleil, un coolie en veste bleue se penchait au-dessus d'une bordure de zinnias étincelants sous la lumière d'un midi de septembre. Une étroite allée sablée serpentait autour d'un carré de gazon vert. Mme Lowe continuait à se taire et le tailleur, très gêné, tenait encore la robe délicatement par les épaules; un mince filet de sueur coulait de chaque côté de sa figure. Il se mouilla les lèvres et en tremblant :

– Missy veut essayer?

– Non, certes pas! s'écria Mme Lowe, hargneuse. Pourquoi donc? Tout de travers – col pas bien – inutile essayer. (Et elle gardait ses yeux fixés sur le jardin rutilant.)

– Je peux faire collerette, dit l'homme plein d'ardeur et persuasif. Oui, Missy, tout pareil, comme vous voulez. Quand faut-il?

– Je veux la robe demain, répondit la femme blanche d'une voix forte et dure – demain midi – si pas robe – pas payer, voilà. Tu dis toujours : J'apporterai et tu n'apportes jamais.

– Je peux donner, répéta calmement le tailleur. (Il plia la robe vivement, ses mains maigres allaient et venaient, délicates, soigneuses.) Je sais, Missy – j'apporte demain – collerette finie – tout fini – très bien.

Il s'assit sur ses talons avec grâce, enveloppa la robe dans la serviette et l'attacha tendrement en ayant soin de ne rien froisser. Puis il se releva et attendit. Son visage exprimait une supplication angoissée. Son être tout entier s'élevait dans cette prière muette qui s'inscrivait sur sa face tranquille aux pommettes hautes et sur ses lèvres closes. La sueur perla de nouveau. Mme Lowe elle-même perçut vaguement l'imploration de cette âme. Elle cessa de se balancer et leva les yeux.

– Qu'y a-t-il? demanda-t-elle d'un ton tranchant. Quoi de plus?

Le tailleur s'humecta les lèvres et parla d'une voix faible, à peine un murmure :

– Missy, pouvez-vous avancer un peu d'argent, un dollar... deux dollars? (Devant l'expression outragée de Mme Lowe il baissa encore le ton :) Le fils de mon frère va mourir aujourd'hui, je crois. Il a trois bébés – une femme – pas d'argent pour cercueil – plus rien... lui très mal à présent.

Mme Lowe échangea un regard avec son amie; elle souffla, stupéfaite, et s'écria :

– En voilà un aplomb!

Et Mme Newman lui répondit :

– C'est bien ce que je disais, ils donnent plus de peine qu'ils n'en valent – cette manière de tailler... et ils ne pensent qu'à l'argent!

Mme Lowe tourna ses yeux gris et ronds sur le tailleur. Il ne releva pas la tête et, furtivement, s'essuya la bouche avec sa manche. Elle le dévisagea un instant, puis sa voix s'éleva dans une juste colère :

– Non, certes. Finis la robe, avec collerette, très bien, tu seras payé – pas fini – pas d'argent – compris?

– Oui, Missy. (Le tailleur soupira; toute lueur d'espoir s'éteignit sur sa face, l'impression de supplication disparut, et un air de profond accablement s'abattit sur son visage, comme un voile.) Je finis demain midi, Missy, dit-il et il s'en alla.

– N'y manque pas! lui cria triomphalement Mme Lowe en le suivant des yeux avec mépris. (Puis elle se retourna vers Mme Newman pour lui expliquer :) Si je demande ma robe pour demain, je l'aurai après-demain. (Et une arrière-pensée lui venant, elle se pencha et, de son fauteuil, atteignit la sonnette dont elle pressa le bouton d'une main ferme. Le domestique parut.) Boy, dit-elle, surveille tailleur – lui rien prendre!

Sa voix forte retentit à l'intérieur de la maison et l'homme, encore visible à l'extrémité du couloir, se redressa, puis disparut.

– On ne peut pas savoir s'ils inventent leurs histoires ou non. S'ils ont vraiment besoin d'argent... Ils doivent gagner énormément à travailler pour tous les étrangers du port. Mais ce tailleur-ci est pire que les autres. Il réclame sans cesse d'être payé avant d'avoir fini. A trois reprises différentes il est venu dire qu'un enfant se mourait ou quelque chose de ce genre. Je n'en crois pas un traître mot. Il doit fumer l'opium ou jouer. Ils jouent tous – pas moyen de les croire!

– Oh! je le sais bien! répondit Mme Newman en soupirant.

Et elle se leva pour prendre congé. Mme Lowe se leva aussi.

– Après tout, il n'y a qu'à se montrer ferme, répéta-t-elle.

En sortant de la grande maison étrangère le tailleur longea vite et sans bruit la rue brûlante. Malgré ses appréhensions et ses craintes d'un refus, il avait réclamé, il s'était enhardi jusqu'à demander, et la dame n'avait rien voulu donner. La robe se trouvait plus qu'à moitié faite, à part la collerette. On lui avait remis la soie deux jours plus tôt et il était content, car cela lui rapporterait quelques dollars pour son neveu qu'il considérait comme son propre fils depuis que les dieux lui avaient enlevé ses trois enfants, les faisant mourir un à un sous ses yeux.

Il s'était beaucoup attaché à ce neveu, le fils de son plus jeune frère, qu'il avait perdu lui aussi. Ce garçon travaillait chez un forgeron et il était père de trois enfants. Un homme si robuste! Qui aurait pu croire que la mort se serait emparée de lui? Deux mois auparavant, un long morceau de fer rouge, qu'il frappait en forme de soc de charrue, s'échappa de ses tenailles et glissa le long de sa jambe et de son pied, brûlant la chair jusqu'à l'os. Le fer tomba sur la peau nue, car il faisait chaud en été dans la boutique et l'ouvrier n'était vêtu que d'un seul pantalon relevé jusqu'aux cuisses.

On essaya toutes sortes d'onguents, mais quelle pommade fait pousser la chair saine, et quel baume calme pareille blessure? On se trouvait en été quand les mouches foisonnent et s'amoncellent sur les plaies ouvertes et envenimées. La jambe entière enfla, et à présent, par une chaude journée de la neuvième lune, le jeune homme se mourait. On l'avait couvert d'emplâtres noirs de la hanche au pied, mais sans résultat.

Oui, ce matin-là, quand le tailleur était allé voir son neveu, il avait compris que la mort ne serait pas longue à venir. La jeune femme pleurait, assise au seuil de l'unique pièce de leur demeure; elle tenait le dernier-né à son sein, et les deux aînés la regardaient gravement, trop frappés pour jouer. La mère perdait son lait, empoisonné par le chagrin, et l'enfant le vomissait et pleurait, mal à son aise.

Le tailleur enfila une ruelle et passa par une porte percée dans un mur; il traversa une cour remplie d'enfants nus qui criaient, se querellaient ou jouaient bruyamment. Au-dessus de leurs têtes, des vêtements en loques, lavés dans un peu d'eau et sans savon, pendaient, accrochés à des tiges de bambou transversales. Des familles entières habitaient tout autour, chacune dans une seule pièce, et elles versaient au milieu leurs eaux sales, si bien que même par cette sécheresse qui durait plus d'une lune, la cour était boueuse et ruisselante. Une odeur âcre et forte d'urine remplissait l'air.

Le tailleur ne s'en aperçut pas. Il traversa trois cours semblables, s'arrêta devant une porte ouverte, à droite, et pénétra dans une sombre pièce, sans fenêtre. Ici, l'odeur était différente : une odeur de mort et de chair en décomposition. Une femme se lamentait derrière le lit entouré de rideaux. Le tailleur s'approcha d'elle, il gardait l'expression qu'il avait en sortant de chez l'étrangère. Sa nièce ne leva pas les yeux vers lui. Elle resta accroupie sur le sol, la figure trempée de larmes; ses longs cheveux noirs, déroulés, pendaient jusqu'à terre, et elle ne cessait de gémir :

– Oh mon mari – oh mon homme... je reste seule... Oh mon mari!

Le bébé couché à côté d'elle pleurait faiblement de temps à autre. Les deux aînés se cramponnaient à un coin de la veste de leur mère. Ils avaient pleuré eux aussi; ils se turent à présent et relevèrent leurs joues rayées de larmes pour voir leur oncle.

Le tailleur ne leur prêta pas la moindre attention. Il écarta les courtines de chanvre et demanda doucement :

– Es-tu encore en vie, mon fils?

Le mourant tourna péniblement son regard vers lui. Ses mains, le haut de son corps nu, sa face paraissaient très enflés, mais ce n'était rien auprès des dimensions formidables de la jambe brûlée qui ressemblait à une souche – elle gisait, démesurée, et on eût dit que l'homme était attaché au membre, et non le membre à l'homme. Les yeux vitreux se fixèrent sur le tailleur, le neveu ouvrit ses lèvres enflées et après un long moment et un terrible effort de concentration, il parla, mais ce n'était qu'un murmure rauque :

– Ces enfants...

La souffrance contracta les traits de l'oncle, il s'assit au bord du lit et déclara gravement :

– Ne t'inquiète pas pour eux, mon fils. Meurs en paix. Ta femme et tes enfants viendront chez moi. Ils prendront la place des miens. Ta femme sera notre fille à ma femme et à moi, et tes enfants seront nos petits-enfants. N'es-tu pas fils de mon frère? Il n'existe plus et je reste seul.

Le tailleur se mit à pleurer doucement, mais malgré

les larmes qui coulaient, l'expression de son visage ne changea pas, car les longues heures de pleurs réprimés et silencieux en avaient figé les traits.

Au bout d'un long moment la voix du mourant se fit entendre de nouveau, toujours au prix d'un suprême effort, comme s'il s'arrachait d'un lourd engourdissement pour dire ce qui devait être dit :

– Toi aussi – tu es – pauvre...

L'oncle répondit très vite, penché sur le moribond, dont les yeux gonflés se fermaient et qui n'entendait peut-être plus rien.

– Ne te tourmente pas, que ton cœur soit en paix, j'ai du travail – ces femmes blanches réclament sans cesse de nouvelles robes. J'en ai une, en soie, presque finie, à part la collerette, pour la femme du directeur des postes. Elle me la payera et me donnera sans doute d'autre travail. Nous nous en tirerons très bien.

Mais le jeune homme se taisait, il entrait dans l'éternelle torpeur, dont il ne parviendrait plus à s'éveiller.

Cependant il continua à respirer faiblement tout le long de cette interminable journée brûlante. Le tailleur se leva une fois pour déposer son paquet dans un coin et retirer sa robe, puis il reprit sa place auprès du mourant et ne bougea plus pendant des heures. La jeune femme se lamentait toujours, mais à la longue, n'en pouvant plus, elle s'appuya contre l'extrémité du lit, les yeux fermés, et se contenta de sangloter de temps à autre, bien bas. Les enfants s'habituaient aux pleurs de leur mère et même à la mort de leur père et ils s'en allèrent jouer dans la cour. Une bonne voisine vint une ou deux fois passer la tête à la porte; à la fin elle ramassa le bébé et le mit à son sein gonflé, pour le consoler. Au-dehors on entendit sa voix réjouie et apitoyée tout à la fois s'écrier :

– Eh bien, son heure est venue, mais avec cette odeur fétide on le croirait mort depuis un mois!

La journée torride tirait à sa fin et au crépuscule le jeune homme cessa de respirer; il était mort.

Le tailleur se leva. Il remit sa robe, ramassa son paquet et dit à la femme accroupie :

– Il est mort. Avez-vous un peu d'argent?

Elle se leva à son tour et le regarda, anxieuse, en repoussant ses cheveux. Sa jeunesse apparut alors; elle n'avait pas plus de vingt ans, une petite créature très ordinaire comme on en rencontre à toute heure, dans n'importe quelle rue, ni jolie ni laide, et assez débraillée, même en temps ordinaire. En ce moment-ci elle avait la figure sale, ne s'étant pas lavée depuis plusieurs jours. La bouche épaisse ressortait dans ce visage rond, et les yeux ne montraient guère d'intelligence. Il était visible qu'elle avait vécu au jour le jour sans prévoir la catastrophe qui s'abattait sur elle. Elle regarda le tailleur, inquiète et humble.

– Il ne me reste rien, dit-elle. J'ai mis en gage ses habits, mes vêtements d'hiver, la table et les sièges. Nous n'avons plus que le lit sur lequel il est couché.

L'expression de désespoir du tailleur s'accentua :

– Y a-t-il quelqu'un à qui vous pourriez emprunter? demanda-t-il.

Elle secoua la tête :

– Je ne connais personne en dehors des gens qui habitent la cour, et ils n'ont rien. (Puis, lorsque la notion terrifiante de sa position l'atteignit, elle s'écria d'une voix aiguë :) Oncle! nous n'avons que vous au monde!

– Je le sais, dit-il simplement. (Il jeta un dernier regard sur le lit.) Couvrez-le, ajouta-t-il tout bas, à cause des mouches.

Il traversa rapidement les cours et la voisine, qui portait encore le bébé, lui cria sur son passage :

– Est-il mort?

– Il est mort, répondit le tailleur.

Il sortit par la porte de la rue, et se dirigea vers sa demeure, du côté de l'ouest.

Il lui semblait que de tout l'été il n'avait fait une

chaleur semblable. Cela arrive souvent, au neuvième mois, l'été passe à l'automne avec feu. La soirée n'avait amené aucune fraîcheur et des nuages d'orage pesaient au-dessus de la ville. Les rues étaient remplies d'hommes demi-nus et de femmes vêtues légèrement qui avaient apporté leurs petits sièges de bambou afin de s'asseoir au-dehors. Quelques-uns s'étendaient à plat dans la rue, couchés sur des paillassons de roseaux ou sur des débris de nattes tissées. Des enfants pleurnichaient partout et les mères éventaient leurs bébés en redoutant la nuit.

Le tailleur passa très vite, tête basse, à travers cette foule. Il se sentait las mais il n'avait pas faim bien qu'il eût jeûné tout le jour. Une fois rentré dans l'unique pièce donnant sur une cour, qui formait sa demeure, sa pauvre sotte de femme, qui n'avait jamais pu conserver un seul de ses enfants, accourut du dehors, essoufflée et traînant les pieds, pour poser sur la table un bol de gruau de riz froid. Mais il ne put rien avaler. Ses vêtements étaient imprégnés de cette odeur qui remplissait encore ses narines. Il pensa tout à coup à la robe de soie. Si elle aussi sentait, l'étrangère risquerait de s'en apercevoir. Il se leva brusquement, défit le paquet, secoua la robe, la mit à l'envers et la suspendit sur un vieux mannequin défoncé, debout au pied du lit.

Il ne l'y laissa pas longtemps, il fallait la terminer afin de recevoir l'argent. Il retira sa robe, sa chemise, ses chaussettes et ses souliers, puis s'assit, vêtu de son seul pantalon. Il craignait que la transpiration ne finît par tacher son travail. Il prit une serviette grise, l'enroula autour de sa tête pour retenir les gouttes de sueur et posa un chiffon sur la table; il s'y essuierait les mains de temps à autre.

Il tenait la soie délicatement entre ses doigts maigres et tandis qu'il cousait vite, sans oser toutefois bâcler son travail, de crainte de mécontenter l'étrangère, il réfléchissait à ce qu'il allait faire. L'an dernier, il avait un apprenti, mais les temps étaient si durs qu'il dut renoncer à garder le gamin, en sorte qu'il ne lui restait à présent que ses dix doigts. Peut-être cela valait-il mieux; ce garçon faisait des bêtises et la femme blanche s'était plainte : « Il faut coudre toi-même, tailleur – pas donner au petit qui abîme. » Oui, mais terminerait-il seul en trois jours une deuxième robe de soie, s'il en obtenait la commande? Dans ce cas il recevrait dix dollars, de quoi acheter un cercueil, à condition de s'engager à ajouter une petite somme, ensuite.

Cependant si on ne lui commandait rien de plus. Il ne lui resterait alors qu'à se rendre chez l'usurier. Il n'osait pas. Un homme qui va chez l'usurier est un homme perdu, car les intérêts courent après vous, plus vite qu'un tigre; en quelques mois ils se montent au double et au triple de ce qu'on a emprunté. Quand le cercueil serait en terre, il lui faudrait amener la jeune veuve et ses enfants dans cette unique pièce. Son cœur se réchauffa cependant un peu, en songeant aux trois petits, puis il s'arrêta de battre, à l'idée terrifiante d'avoir à les nourrir.

Il s'agirait de se procurer plus de travail. Dès demain, sans doute, la femme du directeur de la poste lui confierait sa seconde robe de soie. Cette dame était si riche, dans cette grande maison étrangère, au milieu de ce jardin de fleurs!

Minuit approchait et il n'avait pas fini. Le plus dur restait à faire – la collerette. Il prit sa revue de mode et l'étudia sous la lumière vacillante de sa petite lampe à pétrole. La collerette allait comme ceci, elle tournait par là, une longue et ample collerette à petits plis serrés. Il les forma, les mains tremblantes de fatigue. Sa femme couchée dans le lit ronflait. Rien ne l'éveillerait, pas même la machine à coudre bruyante et grinçante à l'aide de laquelle il maintiendrait la collerette soigneusement plissée. A l'aube il ne lui resterait que le bord à coudre à la main et les fers à chauffer sur le réchaud à charbon. Il allait dormir un peu, reposer ses yeux qui cuisaient, ensuite il se lèverait pour tout terminer. Il suspendit la robe sur le mannequin, s'étendit à côté de sa femme et tomba aussitôt dans un profond sommeil.

Mais il ne dormit pas longtemps. Il se leva à 7 heures et se remit à l'ouvrage. Il travailla jusque vers midi, ne s'arrêtant que pour avaler une bouchée de la nourriture qu'il n'avait pas mangée la veille au soir. Il termina enfin, mais il y avait passé plus de temps qu'il ne pensait. Il lança un coup d'œil de côté, vers le soleil; oui, il aurait juste le temps d'arriver à midi s'il se hâtait. Il ne fallait pas irriter la dame, car si elle se mettait en colère, elle refuserait peut-être de lui confier une seconde robe. A tout prix il lui fallait obtenir cette commande. En travaillant tout l'après-midi et en y passant la soirée et la journée du lendemain, il aboutirait. il mit le nez sur son ouvrage, anxieusement. On sentait encore un peu l'odeur. S'en apercevrait-elle?

Heureusement elle n'y prit pas garde. Elle était assise sur sa véranda dans son étrange fauteuil mouvant et elle examina la robe d'un œil critique.

– Tout fini? demanda-t-elle, avec sa manière brusque et sa voix retentissante.

– Oui, Missy, répondit-il humblement.

– Très bien. Je vais essayer.

Elle rentra dans sa chambre et il retint son souffle, attendant. Peut-être la robe conservait-elle encore ce peu d'odeur? Mais la dame revenait, elle l'avait revêtue et paraissait satisfaite, sans exagération.

– Combien? demanda-t-elle tout à coup.

Il hésita :

– Cinq dollars, Missy, s'il vous plaît. (Puis voyant le regard furieux de l'étrangère il ajouta vivement :) Robe de soie, cinq dollars, Missy, tous les tailleurs, cinq dollars.

– C'est trop – vraiment trop, dit-elle. Tu abîmes mon étoffe aussi.

Néanmoins elle lui donna l'argent, bien qu'à regret; il le prit délicatement, en ayant soin de ne pas toucher la main qui l'offrait.

– Merci, Missy, dit-il doucement.

Il s'abattit sur ses talons et refit son paquet. Ses mains tremblaient. Il lui restait à présent sa requête; comment s'y prendrait-il et que deviendrait-il si elle refusait. En désespoir de cause, il rassembla tout son courage, releva la tête mais évita le regard de l'étrangère.

– Missy, lui dit-il humblement – vous avez une autre robe – je peux faire?

Il attendit, suspendu à sa réponse, les yeux rivés sur le jardin brillant, mais elle s'était retournée et se dirigeait déjà vers la maison pour retirer sa robe. Elle lui cria, insouciante, par-dessus son épaule :

– Non – non – pas davantage – tu donnes trop de peine – tu gaspilles ma soie. Beaucoup d'autres tailleurs meilleur marché – sans causer d'ennuis.

Le lendemain, à la garden-party, elle rencontra la petite Mme Newman, assise nonchalamment dans un fauteuil de rotin d'où elle observait les joueurs, habillés de blanc, qui circulaient sur le gazon, absorbés dans une partie de croquet. Les yeux bleus, fanés, de Mme Newman s'animèrent un peu à la vue de la robe neuve.

– Vous avez vraiment pu l'obtenir? demanda-t-elle, légèrement intéressée. Je ne pensais pas que vous arriveriez à vos fins. Il vous a bien réussi la collerette, n'est-ce pas?

Mme Lowe abaissa son regard sur son ample poitrine – la collerette s'y étalait, admirablement plissée et repassée, et Mme Lowe répondit avec satisfaction :

– Oui, je la trouve très jolie! Je suis contente de m'être décidée pour cette collerette, après tout! Et elle me revient si bon marché! Ma chère, y compris tout ce plissé, la robe m'a coûté cinq dollars de façon – cela fait moins de deux dollars chez nous! Ce n'est rien! Oh oui, il me l'a apportée à midi, très ponctuellement, à l'heure que je lui avais formellement indiquée. C'est bien ce que je vous disais – il n'y a qu'à se montrer ferme avec ces tailleurs indigènes.

LA QUERELLE

L'homme fixait des regards furieux sur la foule qui encombrait la petite rue du hameau qu'il habitait. Les voisins les entouraient, sa femme et lui : un cercle de trente à quarante personnes, hommes et femmes, qui écoutaient, le visage grave. De petits enfants nus, par cette chaleur d'été, et sans cesse agités, se faufilaient entre les jambes de leurs aînés; ils essayaient d'atteindre l'espace vide au milieu duquel se trouvaient les époux afin de ne rien perdre de leur querelle. L'homme, pour éviter de voir sa femme en larmes, penchait la tête d'un air maussade; il aperçut les enfants, et parmi eux l'un des siens, un gamin de huit à neuf ans. Ses deux derniers s'avancèrent à leur tour, attirés par la curiosité et tous les trois dévisagèrent leurs parents avec stupeur.

L'homme se sentit tout à coup à bout de patience. Ces jours derniers il avait supporté les pleurs de sa femme, ses remontrances, ses colères, ses soupçons inavoués. Il poussa un rugissement, se précipita sur son fils et le fouetta en hurlant :

– Va-t'en à la maison, petit cabot!

L'enfant éclata en sanglots bruyants, frotta sa tête rasée et se mit à gémir, sans bouger, certain d'attirer la sympathie de la foule. Sa mère, qui pleurait doucement, tourna son visage inondé de larmes vers les uns et les autres :

– Vous voyez ce qu'il est devenu, voisins, s'écria-t-elle, vous en êtes témoins.

Après avoir tout écouté : l'accusation de la femme, les courtes répliques du mari, leurs silences, la foule muette considéra l'homme sans sourciller; elle lui était hostile, cela se sentait dans l'air et il en eut conscience. Il baissa les yeux sur ses pieds nus et coriaces, et se mit à gratter lentement le sol avec son gros orteil. La poussière le fit songer à ses champs desséchés qui avaient besoin d'être arrosés. Il marmotta :

– Mon travail m'attend et je suis là, à perdre mon bon après-midi.

Cette pensée s'infiltra en lui, puis, brusquement, sa face devint cramoisie et les veines ressortirent, noires, sur ses tempes. Il releva vivement la tête, jeta à sa femme un regard courroucé et lui cria :

– Que veux-tu de moi, chienne? Dis-le et laisse-moi retourner à mes champs, sans quoi je n'arriverai pas à gagner assez pour te nourrir, toi et toute ta...

La femme se mit à gémir :

– Voilà comment il est aujourd'hui, vous voyez comme il me parle. Il n'y a pas deux mois qu'il se montrait le meilleur et le plus doux des êtres. Vous m'avez souvent entendu dire, mes sœurs, combien je me sentais bénie des dieux qui m'avaient donnée à pareil mari. Semblable à un enfant, il me confiait chaque sou qu'il gagnait, et me réclamait ensuite ce dont il avait besoin pour se faire raser avant une fête, ou jouer une petite partie, acheter du tabac. J'étais heureuse de lui procurer ces plaisirs. Depuis deux mois je n'ai plus reçu la plus petite pièce, cependant il a vendu – et bien vendu – le riz qui nous restait, mais j'ignore même ce qu'il a gagné dessus.

Elle pleura plus bruyamment, les larmes ruisselaient sur sa petite figure bronzée, puis elle releva son tablier bleu, s'en couvrit la tête et éclata en sanglots.

La foule restait muette et les gamins ouvraient des yeux avides. Les deux plus jeunes enfants du couple s'approchèrent de leur mère, enfouirent leurs visages dans les larges pantalons de cotonnade bleue et eux aussi éclatèrent en pleurs convulsifs. L'homme, placé entre cette assemblée de gens silencieux et cette explosion de désespoir, coula un regard involontaire vers une porte qui donnait sur la rue. Une jeune fille s'y trouvait, vêtue d'une longue robe verte à la mode actuelle des femmes de la ville. Elle avait les cheveux coupés court sur la nuque, un joli minois malicieux, et elle souriait en écoutant la querelle, appuyée contre le montant de la porte, avec une grâce nonchalante. Lorsqu'elle aperçut le coup d'œil que l'homme lui lançait à la dérobée, elle sortit un petit peigne rond de ses cheveux noirs et luisants, et le passa par légers coups rapides dans sa longue frange qui venait rejoindre ses sourcils nettement dessinés.

Mais l'homme baissait de nouveau la tête. Il avait pâli et disait d'une voix étouffée :

— Je ne sais pas pourquoi tu réclames sans cesse de l'argent. Il y a du riz dans la maison, de la farine, de l'huile de fève, et des choux dans le jardin.

La femme tira vivement sur son tablier rapiécé, découvrit son visage et se pencha vers son mari. Sa brusque colère avait tari ses larmes et, posant ses petites mains ridées et dures sur ses hanches étroites, elle avança son buste sec et cria d'une voix perçante :

— Depuis quand s'habille-t-on avec ce qui se mange? Les souliers ont disparu des pieds des enfants! Et moi! Regardez un peu, voisines, voyez ces pièces sur ma veste! Quand me suis-je acheté un costume neuf? Il y a trois ans, mon mari a gagné de l'argent dans ce club de jeu auquel il appartient; il a eu dix belles pièces à son tour, alors il a pris cinquante-six aunes de toile blanche grossière, le meilleur marché possible; je l'ai teinte en bleu, de mes mains que voici. J'en ai taillé deux costumes pour lui, un pour moi et un pour l'aîné des garçons. Nous les portons encore et j'y mets pièce sur pièce. Je suis forcée de m'arrêter; les pièces elles-mêmes demandent de l'étoffe. Je n'ai rien à me mettre aux pieds, et comme ils sont bandés, je ne peux pas courir pieds nus comme mes enfants. Encore ce matin je lui ai demandé un peu d'argent pour m'acheter de quoi faire des souliers. Qu'est-ce que j'ai reçu? Des injures et c'est tout. Dans sa fureur, il n'a pas voulu rentrer à midi, il est allé acheter du pain à l'auberge pendant que le bon repas que je lui avais préparé se perdait. Il prétendait ne rien pouvoir me donner, mais il trouvait moyen de se procurer du pain, pour nourrir sa colère contre moi! (De nouveau, l'irritation de la femme fit place aux larmes, et elle poursuivit :) Ce n'est pas comme si je réclamais de longues robes à la manière de certaines femmes d'aujourd'hui. Je sais bien qu'il saurait en payer à l'une d'elles, mais pas à moi.

A ces mots, une expression terrible parut sur le visage de l'homme. Il bondit en avant, son bras levé prêt à frapper; des gens sortirent de la foule et lui saisirent le bras tandis que les femmes firent reculer l'épouse. Un de ceux qui le maintenaient lui dit calmement :

– Souviens-toi qu'elle est ta femme, la mère de tes enfants.

– Je lui ai donné des fils – je lui ai donné des fils, répétait-elle en gémissant d'un ton sourd et angoissé.

A ce moment une voix douce se fit entendre. Elle venait d'une vieille femme au visage tranquille et ridé qui s'était tenue, depuis le début, un peu en dehors de la foule, appuyée sur son bâton. Elle parla avec sympathie :

– Vous n'êtes plus jeunes l'un et l'autre, Li le Premier. Toi, tu as quarante-cinq ans. Je le sais car j'étais auprès de ta mère quand tu es né. Ta femme en a quarante-quatre. J'en suis certaine aussi, je me trouvais à la noce et j'ai aidé à descendre la mariée de la chaise à porteurs, devant la maison de ton père. Vous êtes unis depuis vingt-huit ans, vous avez eu douze enfants, dont sept sont vivants. Ton fils aîné aurait vingt-sept ans s'il était encore de ce monde et vous seriez grand-père et grand-mère. Ton plus jeune, ici, n'a que trois ans. Pense à ces choses, à toutes les années passées ensemble, sur vos terres, et qu'il y ait la paix entre vous.

La vieille femme prononça ces mots d'une voix usée, claire et chevrotante. Chacun l'écoutait et la respectait, car elle était la femme la plus âgée du hameau et la mère de l'homme le plus riche. Lorsqu'elle eut fini de parler, l'épouse se tourna vers elle et lui dit gravement :

– Grand-mère vous savez combien de fois j'ai répété que j'avais le meilleur des maris, le plus doux! Il l'est resté jusqu'à ces deux derniers mois. Maintenant jugez de quoi il a l'air!

La femme se tourna vers son mari et tous les yeux se dirigèrent du même côté. L'homme courba la tête et un rouge sombre monta lentement le long de son cou. La femme poursuivit :

– Regardez-le, après tant de gentillesse, il ne décolère pas, il est sans cesse hargneux. Il peut sourire et prendre l'air joyeux devant les autres, quand il sort; chez lui il redevient sombre, silencieux; jamais il ne prononce un mot plaisant et s'il parle, c'est pour me blâmer de ce que mes cheveux ne sont pas lisses, ni ma veste propre, il y a sûrement quelque chose qui va de travers. Je n'ai que cette unique veste à me mettre sur la peau, comment veut-on qu'elle soit toujours propre? J'ai la maison à tenir, les enfants, le travail des champs, il ne m'est guère possible d'imiter certaines femmes et de rester assise à blanchir ma figure avec de la poudre ou à huiler mes cheveux pour les rendre lisses.

L'homme de nouveau se sentit à bout. Tout à coup il se secoua, agité, puis redressa son corps solidement bâti.

– Je te demande ce que tu me veux, marmotta-t-il,

la voix épaisse. Tout ce bruit et ces paroles pour rien. Que te faut-il?

– Ce que je réclame de toi? répéta la femme avec emportement. Une seule chose. Je voudrais que tu redeviennes ce que tu étais il y a deux mois. C'est tout ce que je te demande. Ton cœur a changé – ton cœur s'est détourné de moi! Je t'en prie, reviens-moi, tel que tu étais!

La foule semblait ne plus exister. Il ne restait que ces deux êtres, l'homme et la femme, solitaires dans un monde tout palpitant de passion – celle de la femme. Elle lui tendait ses petites mains calleuses, gonflées aux jointures, avec leurs ongles noirs, durs et fendus :

– Oh, reviens-moi comme tu étais, reviens-moi, répétait-elle en gémissant.

Un soupir monta de la foule. L'homme humecta ses lèvres deux ou trois fois, très vite, et du bord de ses cheveux noirs et raides, deux petits filets de sueur commencèrent à perler vers ses mâchoires. Il lança de nouveau un regard secret, involontaire, vers la porte où la mince silhouette verte s'appuyait, au plein soleil de l'après-midi. La robe de la jeune fille était du même vert que les feuilles nouvellement déployées sur les arbres fruitiers au printemps, claires et pures. L'homme n'osait pas lever les yeux jusqu'au visage. Mais il en connaissait parfaitement chaque détail : le teint pâle, les lèvres pleines et rouges toujours souriantes, les yeux noirs, hardis, jamais baissés ni détournés de lui. C'est ce regard qui le fascinait quand il passait de ce côté-là. Cela lui arrivait souvent, avec l'espoir de ce simple coup d'œil échangé, car aucune parole n'avait été prononcée entre eux.

Comment se serait-il adressé à elle, la petite-fille de l'homme le plus riche du hameau, quand lui n'était qu'un pauvre fermier ne possédant rien, et vivant des quelques champs qu'il louait? Depuis deux mois, il mettait de côté pour s'acheter une longue robe de cotonnade bleue comme en portent d'habitude la plupart des hommes, et aussi une paire de chaussettes blanches et des souliers faits en ville.

Lorsqu'il songeait à ces économies, si durement acquises, il s'irritait contre sa femme trop pleurnicheuse. Il lui était demeuré fidèle toutes ces années. A quarante-cinq ans, il ne se souvenait pas de s'être jamais permis le plus léger plaisir personnel – non, pas une fois il n'était entré dans une de ces vulgaires maisons de joie, où même un pauvre homme peut aller se divertir et trouver un peu de changement pour une petite pièce de monnaie. Jour après jour il n'avait travaillé que pour sa femme et ses enfants. Il ne possédait qu'une seule vieille robe et vivait dans ses vêtements de travail rapiécés.

Une question le tourmentait : le regard alangui de ces yeux largement ouverts était-il destiné à lui seul, ou tombait-il sur chaque homme qui passait? Quand il prenait ce chemin et la voyait sur le pas de sa porte, il lui glissait un coup d'œil auquel elle répondait librement, avec hardiesse. Il avait entendu des hommes causer entre eux, comme ils ont coutume de le faire; ils prétendaient que les femmes n'étaient plus les mêmes à présent, qu'elles ne craignaient aucun homme et choisissaient qui elles voulaient, avec leurs façons libres et séduisantes.

Il se mouilla de nouveau les lèvres, la sueur lui coulait dans le cou. Comment découvrirait-il si elle dévisageait tous les hommes ainsi, ou s'il était le seul privilégié? Il fallait absolument qu'il sût à quoi s'en tenir.

– Oh, reviens-moi comme tu étais, murmurait sa femme d'une voix entrecoupée.

Elle essuya ses yeux avec le coin de son tablier. La colère l'avait abandonnée, seule son angoisse demeurait.

L'homme leva brusquement la tête, les yeux braqués sur la porte ouverte; il allait apprendre la vérité.

La foule suivit son regard, toutes les têtes se relevèrent en même temps. Debout dans l'embrasure de la porte, la jeune fille se parait. Son petit peigne blanc en os dans la main, elle levait son joli bras et repoussait ses cheveux luisants de ses menues oreilles pâles, d'où pendaient des boucles d'or. Les femmes prenaient des airs hostiles, elles marmottaient :

– Cette longue robe, comme un homme...

Mais les hommes, eux, l'admiraient, étonnés et silencieux.

La vieille dame, qui se tenait un peu à l'écart, s'aperçut de ce qui intéressait la foule : surprise, elle considéra à son tour celle qui ne représentait pour elle qu'une méchante enfant, son arrière-petite-fille, gâtée par ses parents, en ville. Que de fois l'aïeule avait répété à son fils que par la faute de son éducation, cette petite n'était digne d'aucun homme, et que son fiancé était bien à plaindre. Aujourd'hui, elle l'observa de plus près, et vit pour la première fois la jolie figure maussade, éclairée de malice et de gaieté frivole, se tourner vers quelqu'un dans la foule. Le rouge monta aux joues ridées de la vieille dame, qui s'avança lourdement et s'approcha de sa petite-fille, son bâton frappant les galets. Elle suivit la direction de ce regard qui tombait tout droit sur un flâneur attardé près de la porte. Ce garçon, après avoir assisté à la querelle, tournait le dos au couple et fixait sur la jeune fille des yeux niais, assez honteux; un peu de salive coulait au coin de sa bouche ouverte.

La vieille dame tapa fortement son bâton sur les pierres. Elle connaissait ce fils de l'aubergiste, qui ne possédait pas le moindre lopin de terre et n'était qu'une sorte de domestique à tout faire.

– Rentre chez toi, mauvaise fille éhontée, s'écria-t-elle. (Sa voix cassée et pointue avait un tel accent de colère et d'autorité que la jeune fille se détourna en faisant la moue.) Rentre dans la maison, te dis-je! s'écria de nouveau la vieille dame en levant un bâton si menaçant que la jeune fille se glissa dans l'ombre de la porte.

Mais sa main s'attardait sur le linteau, une main délicate, fine et pâle avec une bague d'or au petit doigt. La vieille dame s'avança et frappa cette main, très fort, l'obligeant à disparaître à son tour dans l'ombre.

– Je n'ai jamais vu une fille pareille! cria la grand-mère du même ton perçant. Rester sur le pas de sa porte, une fiancée! et dévisager chaque homme qui passe! On me dit que c'est un genre qu'elles prennent toutes à présent, je me demande vraiment ce que le monde va devenir!

L'ardent intérêt de la foule s'évanouissait. La femme sourit un peu, légèrement réconfortée; ses voisins semblaient moins maussades et les hommes lançaient des regards obliques vers le ciel et les champs, ou crachaient dans la poussière de la rue. Un enfant pleura, les gens s'écartèrent, puis commencèrent à se disperser, indifférents. Seul le fils de l'aubergiste demeurait encore, comme hypnotisé, les yeux fixés sur le seuil désert de la porte ouverte.

D'autres que lui surprirent le radieux coup d'œil. Le mari le vit; sa femme aussi. Chaque goutte de sang quitta le visage de l'homme, le laissant jaune comme une feuille sèche. Le regard baissé, il considérait le sol. A présent, il savait.

Mais la vieille dame n'avait pas fini de parler. Elle venait brusquement de se rendre compte exactement de la situation. Elle se retourna et agita un peu son bâton dans la direction de l'homme :

– Li le Premier, dit-elle avec fermeté, tu n'es qu'un imbécile. Retourne à tes champs, mais commence par donner à ta femme l'argent que tu gardes sur toi.

L'homme fouilla lentement dans sa ceinture et en retira quatre pièces d'argent. Il allongea le bras sans regarder, jusqu'à ce qu'il rencontrât, sous ses doigts, la paume sèche et dure que sa femme tendait vers lui. Il y déposa l'argent et avec lui tous ses rêves.

Ensuite il se redressa vivement et considéra la foule qui se dispersait. Il était encore blême, mais reprenait sa sérénité, et il dit de sa voix habituelle, assez rude :

— Je ne sais pas ce qui a pris ma femme de me faire cette scène; elle n'avait qu'à me dire pourquoi elle avait besoin de cet argent. Comme elle l'avoue elle-même, je lui ai toujours donné ce que j'avais.

Il se baissa, ramassa son sarcloir qu'il avait jeté à terre quand on l'avait appelé, le mit sur son épaule, et sans jeter le moindre regard en arrière, retourna à sa vie habituelle.

RAPATRIÉE

— Toi, toi, qu'est-ce que tu...

Les mots grinçaient entre les dents de Mathilde. Elle venait d'entrouvrir la porte de sa chambre et examinait ce qui se passait dans la pièce principale du petit appartement qu'ils partageaient, Cheng et elle, depuis qu'ils s'étaient installés dans cette ville de la côte chinoise, à leur retour de France, trois ans auparavant.

Sous la forte lampe électrique, qui pendait, nue, au-dessus de la table, Cheng, son mari, était assis. A la lumière, ses cheveux noirs luisaient; ses formes sveltes, irréprochables, se dessinaient nettement sous son costume occidental bleu marine, et ses mains circulaient, pâles et rapides, parmi les pions en bambou du jeu. A côté de lui, son plus jeune frère était installé; ses études à l'université du gouvernement l'obligeaient à vivre avec Cheng et sa femme. C'était un adolescent dégingandé que Mathilde méprisait. Elle le méprisa plus que jamais en le voyant affalé dans sa robe de soie froissée. Tout ce qu'il portait semblait chiffonné d'avance. Cela tenait à lui. Une longue mèche huileuse lui tombait sans cesse sur les yeux. Et puis il y avait ces deux autres! Ces hommes qui logeaient dans l'appartement au-dessus! Qui étaient-ils? Ils semblaient perpétuellement désœuvrés. Ces quatre hommes s'attardaient à jouer tandis qu'elle se tournait et se retournait, en attendant son mari, dans le grand lit de cuivre que Cheng avait voulu entourer de lourds rideaux, à la mode chinoise. Elle ne pouvait pas dormir, et sa colère montait d'heure en heure en écoutant la partie. Elle venait d'entendre le bruit des pions qu'on mêlait de nouveau.

Déjà, il y avait eu un moment de silence et elle s'était raidie. Qu'il paraisse donc! Elle ne dirait rien devant les autres! Elle serait juste et resterait calme – pour une fois elle parlerait aussi tranquillement qu'il le désirait. Il n'avait qu'à venir, et elle attendrait qu'il fût couché près d'elle. Qui pourrait la blâmer de causer avec son mari, seul à seule dans la nuit? N'avait-elle pas entendu sa maman en faire autant avec son papa. Et papa était bien le meilleur homme qu'on pût trouver à Lyon et même dans la France entière! Jamais il n'assistait à une partie; ses distractions se bornaient à prendre un petit verre de vin avec ses camarades.

Elle commencerait doucement, se montrerait ferme, raisonnable, comme une bonne femme qui réprimande un peu son mari, pris en faute. Elle lui répéterait ce qu'elle lui avait déjà dit, mais sans colère :

– Cheng, j'ai supporté ce jeu assez longtemps. Tu vois bien, tu joues toute la nuit et le matin tu es incapable d'aller à ton bureau. Quel sera le résultat? Tu perdras ta situation et que mangerons-nous alors?

Il répondrait sans doute avec son calme habituel :

– Mais personne n'arrive à l'heure au bureau. Pourquoi serais-je le seul? Et puis mon patron est un ami de mon père et il ne voudrait pas briser cette amitié en me congédiant. Quant au jeu, ce n'est nullement un péché, mais tu parais mal te faire à cette idée, ma chère Mathilde. Il m'est cependant impossible de refuser de faire la partie avec mes amis quand ils viennent chez moi me distraire. On ne renvoie pas ses amis, dans un pays civilisé. Et puis je gagne plus souvent que je ne perds.

Il disait tout cela dans son français appliqué d'étudiant, sans la regarder, les yeux fixés sur ses propres mains – des mains admirables, couleur d'ambre pâle. Il parlait très bien le français. Il étudiait à Lyon lorsqu'elle l'avait rencontré la première fois et qu'ils s'étaient épris l'un de l'autre; il venait acheter des petits gâteaux dans la pâtisserie de son papa et les mangeait, arrosés de son vin. Il parlait même si bien qu'elle avait jugé inutile d'apprendre sa langue à lui. En réalité, elle méprisait les Chinois. Quand elle les entendait causer entre eux, elle croisait ses bras, les serrait contre elle, et disait dédaigneusement, tout haut même, si l'envie l'en prenait, car elle ne craignait personne, surtout ces êtres-là – oui, elle disait :

– Quelle langue! Le diable lui-même refuserait de la parler.

Elle venait de prêter l'oreille, toute raide sur son lit, sa tête blonde rejetée en arrière, ses yeux gris fixés sur les rideaux rouges à fleurs, ses courtes mains carrées étreignant l'étoffe souple de son kimono. Un éclat de rire avait retenti. Son mari parlait de sa voix unie, assourdie. On avait ri de nouveau. Que pouvait-il raconter? Elle eût aimé connaître le chinois, simplement pour comprendre ces tranquilles discours, suivis chaque fois de tels éclats de rire. Quand elle lui demandait de les lui répéter, il répondait de ce ton égal, demi-indifférent, qu'il prenait avec elle :

– Tu ne comprendrais pas, ma chère Mathilde, ce sont des jeux de mots. Il faudrait que tu commences par étudier notre littérature pour arriver à y voir clair.

– Mais je ne suis pas une imbécile, Cheng, lui disait-elle. Tu ne te donnes jamais la peine de rien m'expliquer.

Il souriait alors, il souriait souvent. Et lorsqu'il se sentait d'humeur à cela, il lui prenait la main et lui répétait en la cajolant :

– Jolie petite étrangère! jolie petite chose blanche!

Allaient-ils recommencer? Encore sa voix, ces éclats de rire, le bruit des pions qui s'entrechoquent! Elle avait bondi de son lit; avec son kimono de soie tendu sur son gros petit corps, ses cheveux ébouriffés, elle enfonça son visage blanc et menu dans l'entrebâillement de la porte et leur envoya des paroles sifflantes.

Le jeu continua. Son mari leva les yeux, sourit et secoua légèrement ses épaules minces, nettement charpentées. Le jeune frère au teint jaune pencha la tête un peu plus bas et fit mine d'étudier le jeu. Les deux autres semblèrent ne s'apercevoir de rien, mais leur léger changement d'expression n'échappa pas au regard perçant de Mathilde. Ah! bon, ils allaient voir comme elle se moquait de leur opinion, s'ils plaignaient son mari! Non, elle n'éprouvait aucune frayeur, bien qu'elle fût la seule femme blanche de la maison, de la rue, et même de tout ce quartier de la ville chinoise – les Chinois, ces canailles! Elle aurait beau avoir peur, elle n'en laisserait rien paraître, sinon elle serait perdue au milieu d'eux. Tant pis si elle laissait éclater sa voix et si Cheng détestait l'entendre crier. Il disait avec une légère contraction, causée par le bruit : « Il n'y a que les femmes vulgaires qui crient. » Cependant il fallait se faire craindre, c'était la seule manière d'avoir une impression de sécurité.

– Bah! s'écria-t-elle, et elle s'élança dans la pièce.

Elle leur fit face, les cheveux dans les yeux, maintenant son kimono serré contre sa poitrine proéminente, avec des mains qui tremblaient, et elle se mit à hurler; les paroles lui sortaient de la bouche, avec les intonations de sa classe :

– Ah, ah! vous autres Chinois! Vous croyez que j'ai peur! Est-ce que je ne suis pas ici chez moi, par hasard? Je vous le répète. C'est ma maison et je ne veux pas vous y voir. Espèces de chiens chinois! Sortez! Sortez! Vous m'empêchez de dormir toutes les nuits parce que ça vous plaît de venir faire la partie sur ma table.

Jouez où vous voudrez, mais pas chez moi. Je vous le défends! Jamais plus! Pas une seule fois, vous m'entendez!

Elle se précipita sur eux. Les pions de bambous tombèrent avec fracas sur le sol. Les hommes restaient immobiles. Seul son mari poussa une exclamation assourdie, d'une voix honteuse :

– Mathilde!

Elle ne fit aucune attention à lui, tout lui était égal; son kimono s'écarta complètement de sa légère chemise de nuit sans qu'elle y prît garde. Elle chassait les pions, les dispersait avec ses pieds nus.

– Fais attention, Mathilde, répéta son mari.

Mais il restait assis, sans la regarder. Il considérait ses mains posées sur la table et qu'il serrait l'une dans l'autre. Le jeune frère repoussa les cheveux de son front d'un geste nerveux et passa sa langue sur ses grosses lèvres pâles. Il n'y avait que silence dans la pièce, un silence que Mathilde ne put supporter. Elle fit claquer ses doigts, très fort, et cria :

– Ah! vous croyez que j'ai peur – moi, une Française!

Elle saisit la théière de porcelaine à deux mains et l'écrasa sur le sol, puis ce fut le tour des bols, l'un après l'autre. Ensuite, haletante, elle considéra chacun de ces impassibles visages jaunes, et son regard s'arrêta sur son mari. Il ne remua pas la tête et continua à fixer des yeux ses mains jointes devant lui. Sa figure paraissait sculptée, et il pinçait fortement les lèvres.

Les deux invités se levèrent brusquement. Ils murmurèrent quelques paroles pour leur hôte, et sans prêter plus d'attention à sa femme que s'il se fût agi de quelque enfant capricieux, ils se frayèrent un chemin, délicatement, au-dessus du ruisseau de thé qui coulait par terre, évitant de salir leurs souliers de velours noir et le bord de leur robe de satin foncé. Ils atteignirent la porte et Cheng se leva, très vite, à son tour, et les suivit. Il souriait un peu piteusement, les traits tirés, le regard avide de compréhension; il semblait les supplier en expliquant : « Les meilleures femmes agissent ainsi, et une étrangère... »

Mathilde elle-même, qui l'observait, sentit qu'il se serait exprimé en ces termes, s'il avait parlé. Peut-être l'eût-il fait sans sa présence à elle. La colère la dévorait, brûlante, aiguë.

Mais brusquement elle oublia son mari, car lorsqu'il ouvrit la porte, elle aperçut quelqu'un dans l'entrée. C'était cette femme qui habitait l'appartement voisin, cette femme de Shanghaï. Chaque fois que la porte s'ouvrait, elle se trouvait là, semblait-il, sauf lorsque Cheng était absent. Ils causaient ensemble, Cheng et cette femme, et Mathilde ne les comprenait pas; si elle questionnait son mari – et elle n'y manquait pas – il répondait :

– Rien, une chose insignifiante qui ne vaut pas la peine d'être répétée.

En ce moment-ci la femme se profilait sous la lumière crue du couloir. Sa tête noire, soyeuse, brillait, et sa longue figure lisse était aussi soigneusement fardée que si... Sans aucun doute il s'agissait d'une vilaine femme. Elle se drapait dans sa grande cape de velours noir et un jeune homme l'accompagnait, le teint pâle et les cheveux longs; tous les deux considéraient la théière et les bols brisés gisant dans la pièce, et ils souriaient un peu. La jeune femme posa une question tout bas, ses sourcils peints relevés.

Mathilde surveillait son mari; il leva les épaules, délicatement, un de ses sourcils remua et il se mit à répondre, la bouche tordue par un rire amer. C'en était trop pour Mathilde, elle se sentait incapable de voir ces deux-là converser dans un langage qu'elle n'avait jamais compris. Elle se précipita en avant, ferma brutalement la porte de séparation, et se retourna vers son mari.

Elle se disait qu'elle n'avait pas peur de lui, et elle le

regardait un peu essoufflée. Elle n'avait pas peur, cependant chaque fois qu'elle s'était mise en colère comme ce soir, elle l'épiait pour voir ce qu'il ferait; il lui semblait qu'il devait la punir de quelque manière.

Mais il l'ignora une fois de plus. Il se détourna en évitant son regard, se baissa d'un mouvement rapide et gracieux, et ramassa les morceaux de porcelaine cassée. Il les empila d'une main ferme sans avoir l'air d'y toucher, ouvrit une fenêtre et les laissa tomber dans l'obscurité. Elle entendit le faible craquement des débris heurtant le tas de briques endommagées, rebut de la construction de la maison, qu'on n'avait jamais enlevé.

Cheng s'adressa à son jeune frère qui s'était levé et hésitait debout près de la table :

– Va me chercher un torchon, lui dit-il avec le plus grand calme.

Le jeune homme revint, armé d'un torchon gris. Cheng s'en empara, et sans mot dire, se baissa pour éponger le thé renversé.

– Permets-moi, frère, murmura tout à coup le jeune garçon plein de sympathie.

Mathilde, le dos à la porte, les contemplait, attentive et maussade. Elle les laissa faire; c'était bien leur tour de souffrir un peu. Mais cette pensée l'avait à peine effleurée qu'elle arracha le torchon des mains de son beau-frère. Elle ne voulait pas que le frère de Cheng prît son mari en pitié.

– Allez vous coucher! cria-t-elle durement.

Son mari dit quelques mots à voix basse au jeune homme. Elle ne comprenait pas. Cela lui était bien égal! Elle essuya le plancher avec rage, et quand il fut propre, elle ramassa les pions de bambou avec ses mains tremblantes et les rangea dans la boîte en bois verni. La pièce lui parut très tranquille. Elle leva brusquement la tête et se vit seule. Son beau-frère était parti et, à travers la porte ouverte, elle aperçut son mari qui se préparait pour la nuit. Il avait retiré sa veste et son col, et elle considéra le dos svelte et droit, la nuque lisse, à l'endroit où les cheveux noirs, luisants, rejoignent la peau dorée. Un faible émoi agita son cœur, des larmes jaillirent de ses yeux, larmes de honte et de colère épuisée. Mais pourquoi aurait-elle honte? Elle refusait de se sentir humiliée. Elle avait enduré tout ce qu'une femme peut supporter. Elle ne se connaissait pas une amie, nulle part. Les pleurs se mirent à couler le long de ses joues, mais elle les essuya énergiquement avec la manche de son kimono; elle ferma la boîte et la posa sur l'étroite cheminée.

Lorsqu'elle écarta les rideaux du lit, il dormait. Mais elle ne savait jamais s'il dormait réellement. Il pouvait simuler le sommeil, détendre son corps mince et garder une respiration égale. Elle le vit ainsi, reposant sur son dur oreiller chinois placé à côté du sien à elle, plus doux. Il avait les lèvres entrouvertes et son souffle allait et venait. La lumière tombait sur le visage ovale, si uni, calme et pur comme de la cire. Il paraissait très jeune. Elle avait beau avoir cinq ans de moins que lui, c'est elle qui semblait la plus âgée des deux. Elle était plus trapue, avec une figure plus rude que celle de son mari. Elle s'en rendait compte, et en le regardant, elle se dit qu'elle avait cessé de l'aimer.

Ce calme l'exaspérait. Elle ne pouvait pas supporter cette éternelle tranquillité. Elle n'avait jamais réussi à la rompre. Même au moment où il était d'humeur à l'aimer, elle n'arrivait pas à briser son calme. Elle lui secoua violemment les épaules. Il parut s'éveiller d'un rêve, l'aperçut, sourit un peu et referma les yeux.

– Je te défends de dormir, marmotta-t-elle avec véhémence. Après m'avoir tenue éveillée toutes ces heures, tu ne dormiras pas, toi non plus, jusqu'à ce que nous arrivions à nous comprendre!

Il s'éveilla alors si complètement qu'elle fut certaine qu'il n'avait pas dormi. Il lui mentait, et son cœur s'endurcit contre lui. Cependant ce réveil subit et complet était dans les habitudes de Cheng.

— Pourrons-nous jamais nous comprendre? fit-il gravement. (Ses yeux étroits luisaient, noirs, entre les paupières.)

— Que veux-tu dire? demanda-t-elle vivement.

Il répondit avec lenteur :

— Je veux simplement dire ceci : l'homme et la femme ne se comprennent jamais, sauf quand ils se rapprochent l'un de l'autre à l'instant de la passion. Mais quel court instant ce doit être!

Il lui lança un coup d'œil, poussa un soupir et se passa la main sur le visage, cette main menue qui faisait honte à Mathilde parce qu'elle était plus étroite et plus féminine que la sienne. Elle s'efforça, avec son esprit bourgeois, bien précis, de pénétrer les paroles de Cheng. Chaque fois qu'il s'exprimait de cette manière unie, savante, elle ne le suivait plus. Si seulement il se fâchait parfois avec elle, une simple colère comme un homme doit en avoir contre sa femme. Une de ces bonnes colères qui lui échapperait, vive et franche, même accompagnée de coups. Dans la rue, à Lyon, on voyait des maris battre leurs femmes. Son propre père avait souvent menacé la sienne. Si Mathilde s'était mariée avec le grand Pierre qui travaillait dans la pâtisserie, elle aurait été battue, elle le savait fort bien, pour peu qu'elle se fût avisée de jeter les plats par terre et de les briser, dans un accès de rage. Oui, il aurait allongé son grand bras pour la saisir et la taper, si elle l'avait humilié devant ses amis. Au moins elle se serait sentie l'épouse d'un homme!

Mais celui-ci — cet être — ne s'emportait jamais comme un homme. Il parlait toujours d'une voix douce, souriait à demi, ou se détournait en soupirant. Elle n'arrivait pas à le comprendre tout à fait, bien qu'il se servît d'expressions simples. Et quand elle se montait, il supportait les fureurs de sa femme, comme s'il s'agissait là d'une maladie dont elle n'était pas responsable et qui ne le touchait pas.

— Tu es un être vil! s'écria-t-elle avec force. Tous les

Chinois sont vils! Vous vous figurez que les femmes ne comptent que pour votre... votre... que lorsque vous les désirez. Tu ne penses jamais à moi, jamais, lorsque le moment est passé!

Il sourit amèrement, sans la regarder, et leva les sourcils.

– Comme tu me comprends bien, après tout, murmura-t-il.

Elle s'interrompit de nouveau, interloquée. Que voulait-il dire par là? Ah, comment arriverait-elle à le blesser?

Elle s'assit dans son lit et repoussa ses cheveux emmêlés.

– Tu m'as déçue, fit-elle lourdement, les yeux abaissés sur lui. A Lyon tu m'as raconté un tissu de mensonges. Quand je t'ai demandé : A quoi ressemble la Chine? Tu m'as dit cela le soir où je me suis sauvée en cachette de la maison de mon papa pour aller te rejoindre dans le parc où nous nous sommes assis derrière un arbre. Je n'avais que dix-huit ans et je croyais en toi! Nous étions dans ce beau parc et nous regardions les rues à travers les platanes, et des gens gracieux et rassurants allaient et venaient. Tu me répétais : Mon pays ressemble à la France, mais il est plus beau et les gens y sont meilleurs et plus aimables. Il y a de tout dans mon pays : des pagodes et de grands bâtiments magnifiques. Vous ne manquerez de rien. Vous n'aurez plus jamais besoin de travailler, des serviteurs feront le nécessaire. Je vous donnerai ce que Pierre, après toute une vie passée à faire de la pâtisserie dans cette petite boutique, sera incapable de vous procurer. Chez moi, vous serez une grande dame et vous vivrez à votre guise. Vous aurez tout! Oui, Cheng, tu m'as dit cela autrefois : Je vous donnerai tout! Mais... (Elle avança les mains et eut un violent soubresaut.) Je te demande un peu, où est ce tout? Il n'y a rien ici, rien, rien! Ces petites rues infectes, ces mendiants, ces foules immondes qui crient après moi, qui crient et m'appellent : Démon étranger! Oui, on m'a même craché dessus, sur moi! Je ne peux pas m'acheter le moindre chapeau, la plus petite robe, une paire de souliers. Il n'y a pas un seul magasin digne de ce nom; pas de théâtre, car je n'appellerai jamais théâtre cet endroit dans lequel on hurle et que tu fréquentes; je ne saurais quel nom lui donner. Cette vieille pagode qui tombe en ruine, qu'est-ce qu'elle contient d'admirable? Et regarde ma maison. J'ai honte d'écrire à maman qu'en guise de demeure, j'ai quatre petits placards et un trou fumeux et puant comme cuisine! Tu m'as promis des serviteurs, beaucoup de serviteurs. Où sont-ils? Je te demande un peu si c'est une servante, cette vieille campagnarde imbécile qui n'a pas encore appris à faire un ragoût et qui ne consent à m'obéir que lorsqu'elle t'a regardé pour voir si tu approuves. Non, tu répéteras encore qu'elle ne comprend pas, mais elle comprend parfaitement, quand elle veut! Tu m'as menti! Tu m'as menti! (Elle éclata en pleurs bruyants :) Tu ne m'avais pas prévenue que j'aurais ton sale frère ici, ni qu'une partie de ton gain irait à ton père et à ton vieil oncle, mais je crache sur cet oncle! S'il revient ici comme il l'a fait avec l'intention de s'installer chez moi et de fumer sa dégoûtante pipe d'opium, je le jetterai par la fenêtre, de mes propres mains! J'en suis capable, je n'ai peur d'aucun de vous! Je vous méprise tous. Je suis une Française!

– C'est en cela que tu commets une erreur, dit Cheng tout à coup. (Il s'assit dans son lit et la considéra gravement :) C'est parce que tu te répètes cela sans cesse, Mathilde, que tu es mécontente. En réalité tu es une Chinoise, à présent; tu es une Chinoise parce que ton mari est chinois et tu ne seras heureuse que lorsque tu oublieras que tu as été française...

– Non! non! non! (Elle hurlait, en secouant la tête.)

– Il faut y arriver, vraiment, dit-il avec encore plus de sérieux. Quant à mes mensonges, rappelle-toi que tu as toujours refusé de voir ma maison, une demeure magnifique. Mon père était un riche mandarin. Nous sommes moins fortunés qu'autrefois, c'est le sort de bien des gens, actuellement. Je dois donc aider mon père et mon jeune frère. Mais notre ville est située dans les monts de Hunan, et notre maison contient une centaine de cours. Elle est plus ancienne et plus belle que tout ce qu'on peut voir à Lyon. Te figures-tu qu'elle se compare à l'habitation de ton père ou au logement d'ouvrier dans lequel tu aurais vécu si tu avais épousé ce Pierre, que tu n'arrives pas à oublier?

Il se pencha dans son ardeur, et lorsqu'elle s'écarta de lui, secouant la tête, il s'écria avec un accent de passion qu'elle ne lui connaissait pas :

– Ah, je sais bien que tu ne l'oublies pas! Mais moi je me suis marié au-dessous de ma condition, crois-tu que je l'ignore? J'en ai parfaitement conscience, et je le savais même pendant cette courte période de griserie, quand ta blancheur me faisait perdre la tête. Tu es la fille d'un petit boutiquier. Je suis le fils d'un vice-roi. Ton père lit son journal, cela lui suffit; le mien est un poète et un érudit. Si tu le désirais, tu irais chez moi contempler des splendeurs dont tu ne te fais aucune idée. Mais tu refuses. Tu t'obstines à rester ici, dans cette ville de la côte et cette hideuse maison occidentale. Tu veux être entourée de tout ce dont tu as l'habitude; tu essaies même de faire de moi un Français, tu m'obliges à me revêtir des costumes de ton pays, à parler ta langue, de crainte de découvrir que tu es mariée avec ce que je suis fier d'être : un Chinois!

Elle écoutait, malgré elle, effrayée, car elle ne l'avait jamais vu ainsi. Elle avait brisé ce calme détesté, et à présent elle était consternée. Involontairement, elle suivait ces mots rapides qui coulaient, uniformes, et elle s'efforçait d'y découvrir un argument pour elle-même. Lorsqu'il parla de son chez-lui, elle se souvient de son ancien grief, et oublia tout le reste :

– Non, dit-elle vivement, je n'irai jamais chez toi,

jamais! Comment puis-je deviner si tu ne mens pas une fois de plus? Je ne vois nulle part des maisons comme celles que tu m'as décrites. Et la tienne aurait-elle cent cours, ce serait quand même une prison. J'y serais la seule femme blanche. Personne ne parlerait le français. Un millier de milles me séparerait de la côte. Non, non! Il faut que j'habite au bord de la mer pour sentir que la France est de l'autre côté.

– Tu n'as pas confiance en moi, dit-il.

Il s'étendit, la tête sur l'oreiller, remonta le couvre-pied jusqu'à son cou et fixa des yeux les rideaux; son visage avait repris l'aspect d'un masque. Mais elle s'écria avec passion :

– Tu n'es pas de mon sang; comment saurais-je si tu continueras à bien me traiter? J'ignore ce que tu es!

– Tu n'as pas confiance en moi, répéta Cheng, et il tourna sa face au mur, ferma les yeux, et refusa de prononcer un mot de plus.

Elle recommença à pleurer, et au bout d'un moment, elle s'étendit à côté de lui, exténuée. Mais elle évita son contact. Bientôt elle fut loin, un océan roulait entre eux, et son cœur tout entier voguait vers la France.

– Jamais! murmura-t-elle dans la nuit, avec une ferveur muette. Je suis française! Je suis française!

La loi elle-même ne le reconnaissait-elle pas? Elle savait cela. Jamais elle n'oublierait le soir où elle l'avait appris et où elle avait enfoui cette certitude dans son cœur. C'était au fameux dîner que le directeur de son mari avait donné à ses secrétaires et à leurs femmes; parmi celles-ci, se trouvait une autre femme blanche, une Française, elle aussi. Mais elle était plus âgée, très artificielle, une Parisienne du grand monde, cela se voyait. Elle avait ri de la petite taille de Mathilde, revêtue d'une robe rose enfantine :

– Quelle gosse! avait-elle murmuré.

Mathilde ne trouva rien à lui dire. Cette Parisienne

fumait quantité de cigarettes, riait, buvait et dansait avec les Chinois, tandis que les femmes silencieuses, rangées le long du mur regardaient avec une rage muette ce corps nu, serpenter et tournoyer entre les bras de leurs maris. La Parisienne s'était avancée une dernière fois, de propos délibéré, vers Mathilde, assise parmi les femmes, et qui se montrait plus silencieuse qu'aucune autre, car elle ignorait même l'anglais, que certaines d'entre elles connaissaient. La Parisienne riait, elle demanda :

– Alors, vous êtes la petite épouse française de Su Cheng? Quel âge avez-vous? Vingt ans peut-être? Quelle gosse! (Elle se mit ensuite à parler, d'une manière nonchalante, en fumant. Elle laissa tomber une cigarette et en ralluma une autre :) Moi aussi, dit-elle, je suis mariée ici, avec le directeur en chef du bureau. Mon troisième mariage, jeune personne! Je me mourais d'ennui. J'ai pensé que ce serait distrayant d'épouser un Chinois pour quelque temps. Et, en réalité, cela m'amuse beaucoup. Vous aussi, j'espère, mon enfant?

Elle se leva à la venue d'un jeune Chinois, fort élégant, dans un brillant costume de soirée. Elle posa la main sur le bras de son danseur, se laissa aller à son étreinte, puis se retourna pour dire à Mathilde :

– Il faut se rappeler que si cela cesse de nous plaire – et ne se lasse-t-on pas de tout? – nous n'avons qu'à aller trouver le consul. La France nous rapatriera le jour où nous aurons assez de nos maris chinois.

La Parisienne s'éloigna dans une glissade; elle sourit à Mathilde, mais ignora les femmes chinoises qui la suivaient des yeux. L'une d'elles, jeune créature ravissante, semblable à un nymphéa dans sa parure de satin vert pâle, la regarda partir avec une expression grave, un peu inquiète; elle se retourna, posa l'extrémité d'un doigt peint sur le bras de Mathilde et lui adressa une question d'un ton suppliant. Mais Mathilde s'écarta d'elle et secoua la tête, elle ne comprenait pas.

Mathilde n'avait jamais revu la Parisienne, mais elle s'était souvenue de ses paroles : La France nous rapatrie.

« Voilà pourquoi il m'est impossible de m'éloigner de la côte, se dit-elle en tremblant un peu, dans son lit. Ce serait me séparer à tout jamais de maman, de mon papa, d'eux tous. Comment pourrais-je voir le consul et atteindre la mer si j'allais aussi loin dans l'intérieur des terres. C'est à un millier de milles! »

Et au bout d'un moment, couchée dans l'obscurité, seule, la mer roulant entre elle et cet autre corps silencieux, étranger, elle s'avoua à elle-même ce dont elle n'avait jamais convenu : « En réalité, j'ai peur. J'ai peur de ce peuple jaune. Quand je sors, je suis effrayée par tout le monde. Je n'ai pas une seule amie. Je veux rentrer chez moi – j'ai peur – même de lui! »

Elle dressa soigneusement ses plans, choisit le moment où elle les lui dévoilerait. Elle renonçait à s'enfuir, comme elle y avait songé. Au début de la nuit elle pensait aller simplement trouver le consul, pour lui demander de la rapatrier, de la faire revenir dans sa chère France. Puis elle disparaîtrait en secret. Un jour Cheng rentrerait chez lui, elle serait partie; il n'y aurait plus à revenir là-dessus.

Ensuite, il ferait ce qu'il voudrait. Son vieil oncle pourrait s'installer chez lui, fumer, tousser, et être aussi sale qu'il en avait envie. Cheng ferait la partie, puisqu'il aimait trop ses amis pour refuser de jouer avec eux. Son frère et lui retourneraient peut-être dans la vieille demeure. Mais non. Il y avait cette femme dans l'appartement voisin; elle était bien capable, celle-là, de l'empêcher de partir. Elle était hardie, pas sérieuse; elle trompait son mari. Toutes ces femmes de Shangaï en faisaient autant; elles obligeaient des vieux maris riches à divorcer, à abandonner leurs vieilles femmes. Allait-elle donc lui livrer Cheng pour qu'elle en fasse son amant? Mathilde n'avait jamais eu d'amant, mais elle savait à quoi s'en tenir là-dessus.

Toutes les femmes sentent cela. Mais si cette chose devait arriver, partirait-elle quand même?

Oui, elle s'en irait, malgré tout! Quand elle serait dans sa petite maison de Lyon, bien confortable, qu'est-ce que cela pourrait lui faire, ce qui se passait ici? Ils seraient si heureux de la voir, papa, maman et le petit frère. N'était-elle pas la seule fille? Et puis il y avait ce bon Pierre. Plus tard, peut-être, si elle épousait Pierre, comme elle se sentirait heureuse et en sécurité, si occupée à parcourir les belles rues tranquilles, à entrer dans les jolies petites boutiques, à retrouver partout des amies. Elle leur crierait à toutes : « Mais c'était impossible, chérie. Vous avez raison! Pas une Française... » Elle se moquerait bien de ce qui se passerait ici.

Au déjeuner du matin, elle regarda Cheng. La vieille servante débraillée venait de repartir après être venue, à petits pas traînants, poser le plat sur la table. Mathilde décida brusquement de tout raconter à son mari. Elle saurait au moins ce qu'il pourrait faire de pire.

– Je retourne dans mon pays, fit-elle d'une voix forte. Je ne peux plus vivre ici. Je veux aller chez moi.

Cheng mangeait d'un air un peu détaché, avec des gestes délicats. Il s'interrompit, lança un coup d'œil à sa femme, détourna la tête et revint à son repas. Elle attendait.

– Ce n'est pas la première fois que tu me le dis, finit-il par répondre.

Elle continuait à le regarder sans broncher. Elle savait parfaitement qu'elle s'était servie de ces mêmes termes à plusieurs reprises, dans des moments d'exaspération, mais sans y ajouter l'importance qu'elle y mettait aujourd'hui. Elle n'éprouvait aucune colère. Elle répéta très vite sur le même ton :

– Cette fois-ci, je le désire vraiment. Je pars la semaine prochaine.

Il ne leva pas les yeux. Il fouilla légèrement dans un

bol, à l'aide de ses baguettes, à la recherche d'un morceau de poisson salé qu'il aimait :

– Je n'ai pas les moyens de faire cette dépense. (Il s'exprimait avec effort.) C'est un voyage coûteux. Plus tard, j'espère pouvoir te donner l'argent nécessaire pour que tu ailles voir tes parents. Je pourrai même t'accompagner. En ce moment, c'est impossible. Rappelle-toi que les temps que nous traversons sont durs.

Il se leva, prit un bol d'eau et se rinça la bouche, suivant une coutume chinoise qu'elle détestait. Elle détestait du reste tout ce qu'il faisait, songea-t-elle, en l'examinant d'un air maussade. Il s'assit, prit un livre en papier souple sur la bibliothèque, dans le coin de la pièce, et se mit à lire les caractères chinois; un léger intérêt se peignit sur son visage, mais Mathilde savait qu'elle n'y était pour rien. Elle observa son mari, lourdement. Elle se souvenait d'une parole que son père avait prononcée lorsqu'il s'était aperçu que sa fille aimait un Oriental. Elle n'avait pas compris au moment même, mais à présent, tout à coup, elle en sait le sens.

« C'est à donner la chair de poule, avait-il murmuré en se détournant d'elle, la chair de poule... »

Elle se rappela aussi que Pierre, dont le timbre de voix restait toujours très grave, avait dit d'un ton étrangement haut : « Il vous embrassera, Mathilde; comment le supporterez-vous? »

Mais après tout Cheng ne l'avait jamais embrassée. Ce n'était pas la coutume de sa race. Et en fin de compte, c'était Pierre le seul homme qui l'eût embrassée. Un jour quand elle avait seize ans et qu'ils étaient ensemble à une réunion du premier janvier, il l'avait entraînée derrière une porte pour l'embrasser brusquement, avec violence. Mais ce fut vite oublié, car Cheng survint et elle le trouva très beau.

Oui, elle avait aimé Cheng, physiquement, un certain temps. Son corps était lisse, doré. A Lyon il se montrait toujours impeccable, bien soigné, les mains parfumées, les cheveux lustrés et unis. A cette époque il représentait ce que Pierre, trapu et rouge de teint, n'arrivait jamais à être. Il n'y avait rien alors dans l'aspect de Cheng qui pût donner la chair de poule à une femme.

Mais une fois dans son pays, avec quelle rapidité il était devenu un autre être. Il mangeait à leur manière à tous; il prenait un tas de petites habitudes bizarres. L'odeur étrange de sa race paraissait s'exhaler de sa chair elle-même, et si elle lui avait permis de porter les robes qu'il désirait tellement revêtir, il lui serait devenu tout à fait étranger. A présent, en dépit de son costume occidental, sa vue lui faisait horreur. Elle ajouta aux nombreuses raisons qu'elle avait de le haïr, de nouveaux griefs qu'elle comprenait à peine.

– Cette fois-ci, je n'ai pas besoin de ton argent, dit-elle. Je me rapatrierai seule!

Il déposa son livre, mais ne répondit rien pendant quelques minutes, le regard posé sur le mur nu et mouillé du bâtiment d'en face.

– Nous n'avons pas d'enfants qui nous unissent, dit-il enfin, d'une voix mince, changée. Tu ne m'as pas donné un seul enfant!

C'était la première plainte qu'il formulait contre elle. Au début il avait souvent parlé de son désir d'avoir un enfant, ensuite il n'en fut plus question. Mais jamais ses regrets n'avaient tourné aux reproches. En ce moment Mathilde eut la vague impression que lui aussi, de son côté, ajoutait un ressentiment de plus à ceux qu'il nourrissait en secret.

Une question s'échappa des lèvres de Mathilde :

– Alors cela ne te fait rien que je m'en aille?

Elle n'éprouvait aucune colère, chose étrange; étrange aussi qu'elle eût à demi désiré être retenue par lui.

– Je ne t'ai pas donné satisfaction, dit-il. (Il joignit ses mains délicates autour de son genou, et les regarda en tournant les pouces, lentement :) Je sais cela. Il est difficile de contenter les femmes occidentales. Elles veulent être logées et vêtues à leur manière, nourries à leur goût, et en plus de cela, il faut les aimer comme on aime une courtisane, même sans avoir la récompense d'un fils à espérer. Je n'en ai pas la force. Laisse-moi ajouter ceci : je ne me suis jamais plaint, mais il n'est guère facile d'obtenir de l'avancement lorsqu'on a épousé une étrangère. Mes amis se méfient de moi; ils prétendent qu'ils ignorent où j'ai mis mon cœur. Au bureau, je n'ai rien à espérer de plus pour ma situation.

Encore un grief de plus à empiler sur ceux qui les séparaient déjà! Elle dit amèrement :

– Tu te réjouis, sans doute, de me voir partir. Une fois libre, tu pourras épouser une Chinoise?

– Non, non! fit-il très vite. (Mais il ajouta bientôt à voix basse :) Du moins pas tout de suite.

Il parut vouloir dire quelques mots de plus, mais il y renonça. Il continuait à regarder ses mains. La mer grondait entre eux.

Tout fut bientôt terminé. Elle emballa ses affaires. Elle mit des soies brodées dans ses malles, une veste chinoise qu'elle leur montrerait, à la maison, un rouleau de parchemin, un éventail. Elle s'était dit qu'elle ne voudrait plus rien voir de chinois; cependant, à la fin, elle se décida à emporter ces objets.

Elle monta sur la passerelle du bateau et se retourna pour tendre à Cheng une main hésitante. Mais il ne la prit pas. Il évita son contact. Il ne l'avait pas touchée une seule fois, ces derniers jours. Il se contenta de la saluer en souriant, et quand il revint sur le quai pour attendre le départ, il ne leur restait rien à se dire. Chaque fois que Mathilde le regardait, elle lui voyait ce léger sourire figé.

Mais Mathilde, elle, ne souriait pas. Elle se sentait étourdie par sa décision, par la rapidité avec laquelle les événements se déroulaient. A présent c'était fini. Elle examina le quai encombré, les coolies qui criaient, inondés de sueur, les vendeurs bruyants. Son regard erra au delà, sur les toits sombres et serrés de la ville.

Elle se souvint des rues étroites, des figures apathiques ou haineuses, et se retourna vivement vers Cheng. Il ne la regardait pas, son visage ressemblait à tous les autres, se confondait avec ceux qui l'entouraient.

« Je n'aurai plus besoin de le voir jamais, jamais! se dit-elle. J'en ai fini, fini d'eux tous! Je rentre chez moi. »

Le consul le lui avait bien fait observer. En avançant ses grosses lèvres, et en tirant sur sa petite moustache teinte, il s'était écrié :

– Ah! encore une autre! Madame, je vous mets en garde, vous aussi. C'est définitif. La France ne rapatrie qu'une seule fois.

– Oh! oui, parfaitement, monsieur, avait-elle répondu avec ardeur, je ne reviendrai certainement pas!

Le bateau levait l'ancre. La foule hurlait et se bousculait; des coolies sautaient sur la jetée, enjambaient un gouffre qui allait s'élargissant. Les yeux de Mathilde tombèrent sur Cheng. Il se tenait immobile, au milieu de la cohue. Il la regardait à présent, sans sourire. Elle détourna les yeux, elle ne voulait pas le remarquer et désirait qu'il fît partie de la foule.

« A présent je n'aurai plus besoin de voir aucun d'eux, se dit-elle à plusieurs reprises. C'est la dernière fois. Je rentre chez moi! »

Le voyage terminé, cette première soirée, objet constant de ses désirs, arriva enfin. Pendant toute la longue traversée solitaire, étendue dans sa couchette, prenant ses repas, sans mot dire, parmi les passagers de deuxième classe, dans la salle à manger de style criard, ou bien se promenant seule sur l'étroit coin de pont, elle rêvait à cette réunion, au milieu du petit salon de ses parents à Lyon. Elle s'en faisait une fête et ne pensait qu'à cela, fuyant toute camaraderie à bord, car elle ne voulait rien raconter d'elle-même, et désirait oublier qu'elle avait épousé un Chinois.

Oui, le passé n'existait plus. Si parfois des souvenirs latents s'éveillaient et lui venaient à l'esprit, elle les écartait résolument. Ce teint doré de Cheng, sa beauté, par moments, elle se refusait d'y songer, mieux valait se rappeler le frère dégingandé qui se mouchait dans ses doigts, la saleté de tous ces Chinois. Elle cherchait à ne revoir que ces quelques pièces misérables au milieu desquelles elle avait vécu, le bruit des pions si avant dans la nuit, le réduit de cuisine, et par-dessus tout, la solitude, la langue étrange qu'elle ne pouvait pas apprendre, les foules hostiles dans la rue, les passants qui la dévisageaient avec curiosité, prêts à se moquer d'elle ou à la maudire. Oui, parmi tous ces gens elle s'était sentie constamment seule et lointaine, bien qu'elle se fût donnée à l'un d'eux. Il était préférable d'oublier tout cela, de ne songer qu'à ce qui se trouvait devant elle : la petite maison proprette, à Lyon, où maman, papa et le petit frère, toujours bons et joyeux, l'attendaient, et où Pierre aussi serait heureux de la voir.

Ah, Pierre, un bon Français, un vrai homme! Elle lui accorderait tout ce qu'il voudrait. Elle lui dirait : « Mon Pierre, j'ai commis une grande erreur. Mais ne comptons pas ces années écoulées. Nous sommes jeunes, et, pour vous, je suis la même qu'autrefois. Recommençons ensemble. Voyez, j'ai oublié ce temps passé loin de vous. Je suis ici, votre Mathilde. » Elle lui parlerait ainsi. Accoudée au bastingage, regardant fixement du côté de la France au delà des vagues grises, elle préparait tout cela d'avance, cent fois par jour : « Voyez, Pierre, je suis votre Mathilde, me voici, moi, je suis votre Mathilde! »

Eh bien, elle était là, maintenant, ce premier soir d'arrivée. Elle les contemplait à tour de rôle, papa, maman, le petit frère, grandi, devenu gauche et timide, pendant ces trois années d'absence. Elle examinait aussi Pierre à la dérobée, car il avait voulu monter tout de suite pour la voir, aussitôt le magasin fermé. Il était assis en face d'elle sur une chaise à dossier raide, trop petite pour lui et ses mains épaisses reposaient sur ses genoux largement écartés; il considérait fixement Mathilde. Elle le trouvait engraissé, changé, il avait l'air d'un inconnu, mais il restait aussi muet que par le passé.

Elle aussi, installée sur le canapé à côté de son père, conservait un silence gêné. Il abattit son bras sur les épaules de sa fille, la regarda, se mit à rire, cligna de ses petits yeux gris, et s'écria joyeusement à travers le tuyau de sa pipe :

– Notre Pierre n'est pas marié encore, Mathilde! Non, il ne s'occupe plus des jeunes filles depuis ton départ, hein, Pierre?

Pierre rougit lentement, mais il n'avait pu rassembler ses paroles que maman intervenait vivement; elle reprisait un bas et paraissait moins gaie qu'autrefois :

– Les temps sont durs, Jean, dit-elle. Un jeune homme réfléchit avant de se marier aujourd'hui. Il faut s'arranger aussi pour le divorce. Nous sommes une famille respectable, Jean!

Pierre rougit encore davantage. Il lança un coup d'œil à Mathilde. Elle rencontra ce regard et détourna le sien. Elle se sentit subitement un peu faible, prise d'angoisse. Avait-elle rêvé de ce Pierre-là? Comme il était gros de corps, ses poignets et ses mains si vulgaires, et la peau de son visage, remplie de cicatrices! Elle ne se souvenait pas de ces cicatrices. D'où venaient-elles? Et ses yeux qu'elle croyait si grands et si bleus, ils avaient rapetissé et ils n'étaient même pas tout à fait bleus. Ses vêtements auraient pu être plus propres aussi. Il n'avait rien de ce jeune amoureux, vu au travers de son imagination, et auquel elle criait pardelà les vagues : Voici votre Mathilde!

Comme si elle s'était exprimée en paroles, Pierre marmotta, mal à l'aise :

– Je suis venu de la boutique, tel que j'étais. Quand on m'a dit que Mathilde était de retour, je suis accouru...

– Mais bien entendu, mon fils, cria gaiement le

père, repris de son gros rire; qui s'arrête à l'aspect d'un honnête homme? Quant à moi, maman, la vie a beau être dure, elle ne l'est pas au point de m'empêcher de garder ma fille. Tout le temps qu'on voudra bien me la laisser, cela va sans dire! (Il ricana un peu, et puis, subitement sérieux, il retira la pipe de sa bouche et prononça ardemment :) Ah, ma fille, comment exprimer ce que signifie pour moi ton arrivée à la maison au retour de ces pays sauvages? J'étais désespéré! Mille fois par jour, je priais le bon Dieu de te ramener ici, d'une manière ou de l'autre. Je ne te pose pas de questions à présent, je ne veux pas te demander ce que tu as souffert, tu es là. Plus tard tu me raconteras tout. Je suis heureux que lui n'y soit pas. Je le tuerais. Il t'a torturée!

Mais elle ne répondit rien. Elle ne pouvait pas répondre.

Oui, elle était ici... Elle regarda Pierre; elle promena son regard autour du salon. Que ces pièces lui semblaient petites, renfermées, aussi petites que celles qu'elle venait de quitter et détestait tellement. Ou bien paraissaient-elles ainsi à cause de la taille de Pierre, de son père, si communs, tous, avec cette forte ossature? Son frère lui-même prenait l'aspect dégingandé qu'elle reprochait au frère de Cheng. Oh! elle ne pourrait rien expliquer, jamais! Que raconterait-elle? Cheng ne l'avait pas frappée une seule fois, et qui sait, il était peut-être véridique en parlant des cent cours? Elle aurait dû... elle aurait pu le croire...

Qu'est-ce qui se passait en elle? Lorsqu'elle était couchée à côté de lui, la mer semblait rouler entre eux, et aujourd'hui que l'océan les séparait matériellement, Cheng seul lui semblait réel, plus réel que ceux qui l'entouraient, et dont elle rêvait sans cesse là-bas. Il se dressa soudain devant elle; jamais il ne lui avait paru aussi vivant, même quand elle était avec lui. Elle le voyait, svelte, courtois, beau, comme lorsque autrefois elle le comparait à Pierre. Oh, ce Pierre! Il est vrai qu'il n'était qu'un vulgaire ouvrier. Lui avait-elle vraiment permis de l'embrasser? Qu'est-ce donc que disait son père? « La chair... la chair de poule. »

Où donc son bonheur s'en était-il allé? Pendant si longtemps elle l'avait cru enfermé là, dans cette pièce, avec ces gens! Elle désirait tant revenir chez elle, être rapatriée. Alors, qu'est-ce qui n'allait pas? Elle n'en savait rien; tout paraissait différent de ce qu'elle avait rêvé, moins bon. Où irait-elle à présent, vers qui se retourner?

Mais il n'y avait aucun retour possible. Elle s'était si violemment écriée en répondant au petit consul : « Je ne reviendrai jamais! » que vraiment, il n'y avait pas à y songer. Ils ne comprendraient rien à ses hésitations, aucun d'eux, Cheng non plus. Comment s'en étonner, quand elle ne se comprenait pas elle-même? En admettant qu'elle eût l'argent nécessaire ... et où le prendrait-elle? revenir serait abandonner toute fierté, se mettre volontairement à la merci de ces foules jaunes, hostiles, qu'elle connaissait bien. Une fois là-bas, tout redeviendrait comme avant. Encore ces chambres détestables, le beau-frère, les foules. De nouveau elle redouterait de quitter la côte et elle manquerait de confiance envers Cheng, lorsqu'il lui décrirait les cent cours! Oh! elle en était certaine, ce serait reprendre l'existence passée, mais pire. Car la France ne rapatrie qu'une seule fois.

Alors, en elle-même, une certitude se fit jour : Cheng serait marié. Qui aurait-il épousé? Cette femme de Shanghaï? Non, pas celle-là, elle n'aurait jamais de fils; Cheng ne se marierait à présent qu'avec quelqu'un capable de lui en donner. Mathilde en était sûre. Qu'avait-il dit : « Nous n'avons pas d'enfants qui nous unissent, tu ne m'as pas donné un seul enfant. » Il écouterait son oncle, son père. Ils lui diraient : « Tu as suivi ton penchant une première fois et tu t'es trompé; aujourd'hui prends celle que nous te choisirons et donne-nous des fils. »

Mathilde échappa à l'étreinte de son père; elle se pencha et plongea sa tête dans ses mains.

– Ah, ma petite, s'écria son père, comme tu as souffert!

Elle ne répondit pas. Elle restait immobile, le visage caché. Ils n'avaient qu'à s'imaginer ce qui leur plairait! Elle était au désespoir, prise d'une étrange jalousie pour cette Chinoise. Mais pourquoi cela? Certainement Cheng agirait ainsi, et elle devait s'y attendre; ne l'avait-elle pas abandonné de sa propre volonté? Libre à lui de se marier et d'avoir les fils qu'il désirait. Ou bien trouverait-il la chair de cette femme trop foncée, moins blanche que la sienne à elle, lorsqu'elle s'étendait contre lui? Se souviendrait-il de Mathilde? Cela ne pouvait être autrement, c'était certain. Elle se mettrait entre lui et cette autre femme, de même que lui serait entre elle et Pierre. Oui, toute nouvelle existence était gâtée pour lui comme pour elle. Elle le sentait. Il n'y avait pas de retour en arrière possible pour l'un ni pour l'autre. Ils étaient divisés en eux-mêmes, à jamais divisés, ayant été unis. Elle se trouva réconfortée pour l'instant, sans trop savoir pourquoi, car elle n'avait aucune consolation à espérer, d'aucun côté, dans le désarroi où elle se trouvait.

Mais elle était forcée de rester. Il n'y avait pas le moindre doute. Demain, ou peut-être même ce soir, car dans leur bonté papa et maman la laisseraient un instant seule avec Pierre, elle devrait prononcer ces quelques mots; elle les lui dirait; elle mettrait sa main sur la grosse main rouge et elle répéterait fermement les paroles préparées si longuement à l'avance :

– Voyez, Pierre, j'ai commis une erreur. Ne comptons pas les années écoulées. Pierre, me voici, je suis votre Mathilde!

Elle dirait cela ce soir, s'il le fallait, demain au plus tard...

Tout à coup, son père lui frappa sur l'épaule et, de sa main libre, retira la pipe de sa bouche pour parler.

Mais elle, sentant ce choc si rude sur sa chair, s'écria sans savoir ce qu'elle faisait :

– Oh non, papa!

Et elle s'écarta, inquiète et agitée, du contact de cette main poilue.

UNE JOURNÉE DE PLUIE

Il faisait un temps de novembre sombre et pluvieux; si sombre que c'est à peine si, au milieu du jour, un peu de clarté du dehors parvenait à traverser le papier des fenêtres à treillis et à pénétrer dans la salle d'une maison chinoise de petits-bourgeois. Un rayon de cette faible lumière entrait par la porte ouverte, passait sur le plancher et venait frapper deux rouleaux accrochés au-dessus de la table de bois, sur le mur blanchi à la chaux. Des préceptes connus de tous et révérés avec une piété filiale étaient inscrits à l'encre noire sur ces rouleaux.

Un groupe de famille se trouvait réuni, assis en cercle dans la partie la plus éclairée de la pièce. Au centre, sous les rouleaux de maximes, à la place d'honneur à gauche de la table, siégeait le vieux monsieur Li, le grand-père de Teh-tsen. Il devait être le premier à prendre la parole, selon son droit. Son discours avait été soigneusement préparé et, à présent, il élevait et laissait retomber sa voix en cadence, terminant chaque phrase bien tournée par une remarque convenable basée sur les dires anciens. Il avait commencé par se racler la gorge et cracher sur le pavé de brique humide. Ensuite il avait promené une vieille main délicate, aux ongles effilés et jaunes, sur sa barbe clairsemée qui voilait le plastron d'une robe de cotonnade grise, toute tachée par les miettes de nourriture qui s'étaient échappées de son bol de riz pendant le repas. Il tenait de son autre main une longue pipe de bambou noircie par l'âge et qui, lorsqu'il s'en servait, gargouillait de richesses accumulées.

Il continuait à caresser lentement sa barbe d'un blanc jaunâtre, tandis qu'on s'apprêtait à l'écouter. Seul, le plus jeune frère de Teh-tsen se hasardait à donner des signes d'impatience; agité, il tapait du pied, presque sans bruit, sur le pavé. Il était le préféré du vieillard et se permettait ce que personne n'eût osé. Quant à Teh-tsen, il gardait avec soin la position correcte, et de côté, restait assis sur son siège à une humble place au bout du cercle, près de la porte. Le vieux grand-père examinait à tour de rôle les membres de la famille. Il éprouvait évidemment du plaisir à se faire attendre. Enfin, il se mit à parler; sans voir Teh-tsen à qui il s'adressait, il contemplait fixement la frange de pluie qui s'égouttait des tuiles de l'avant-toit sur la pierre usée du seuil.

– Tu es revenu au milieu des tiens, prononça le vieillard d'une voix haute et chevrotante, le regard toujours rivé sur la pluie. Depuis quatre mois tu vis chez toi dans l'oisiveté. Tu n'as pas trouvé de situation par laquelle ton labeur et les connaissances occidentales que tu as acquises grâce à nous te permettraient de faire vivre honorablement ton grand-père, tes parents, ainsi que tes frères et sœurs.

» Que disent les Anciens? Un fils doit sacrifier sa propre chair afin que ses parents s'en nourrissent. Tu n'as pas fait cela. Tu as oublié que nous, tes parents, nous avons réuni à grand-peine l'argent avec lequel tu as été envoyé dans les pays du dehors pour y acquérir leur savoir. Ton cousin au troisième degré lui-même qui, tu le sais fort bien, n'est qu'un pauvre marchand dans une petite boutique, t'a donné ses économies, vingt dollars au total, afin que tu sois éduqué à la manière occidentale et que tu atteignes d'autant plus vite un poste élevé. A lui aussi il est dû quelque chose en retour.

» Que disent les Anciens? Le fils qui ne nourrit pas sa propre famille, et surtout son grand-père et ses parents, sera moins considéré qu'un chien.

Le vieillard s'arrêta pour racler sa gorge. Dans l'intervalle un gros homme, vêtu d'un veste courte et de pantalons en coton noir, assis à la seconde place d'honneur, de l'autre côté de la table, se hâta de parler :

– Et, au milieu de tout cela, père, dit-il, un mal, qui n'est pas le moindre, c'est que mon fils indigne refuse d'épouser la fiancée de son enfance, qui vit avec nous comme notre fille, depuis que, toute jeune, elle a perdu ses parents. Mon fils parle des coutumes d'Occident. Nous ne l'avons pas prié de les apprendre; il devait se borner à s'instruire dans les livres étrangers afin d'obtenir une situation bien rétribuée. A présent il nous prive de petits-enfants. Il nous prive de ceux qui pourraient venir adorer nos tablettes quand nous serons montés au ciel. Il décrète, ce fils méprisable, que nous, ses grands-parents et parents, devrons nous rendre aux pays des esprits sans que personne n'ait eu soin de nous!

Teh-tsen lui-même écoutait ces paroles avec une extrême consternation. C'était un jeune homme menu, au visage pâle et délicat, et dont la jolie petite bouche ressemblait à celle d'une femme. Il portait des vêtements occidentaux; un costume gris pâle acheté à Chicago. Dans la rue il paraissait élégant et content de lui, lorsqu'il passait en brandissant sa canne, sans regarder personne. Mais ici, dans cette pièce obscure, au milieu de ses aînés vêtus de leurs longues robes, il se rétractait, se réduisait à n'être qu'un jeune homme assez insignifiant, étroit de poitrine, timide. Il restait assis et frottait lentement, entre ses genoux, les paumes douces de ses mains, l'une contre l'autre.

Il examina sa famille, son grand-père qui approuvait d'un signe de tête les paroles de son père tout en gardant ses yeux chassieux fixés sur la pluie qui tombait;

son père, agité, gras, par un excès de nourriture; son oncle, avec sa maigre figure égoïste et ses mains nerveuses, légèrement sales; son frère, gamin effronté, pressé de s'en aller, et qui lançait à la dérobée des regards vers la rue. Dans un coin à part, sa mère, vêtue de cotonnade bleue, était assise sur un escabeau, la taille un peu voûtée. Elle s'essuyait les yeux avec son tablier. Derrière ces quatre silhouettes, il se figurait en apercevoir beaucoup d'autres : des cousins avares et gourmands, son vieil oncle acariâtre, le marchand, tous des gens avides de partager le gain que son éducation supérieure était censée leur apporter. Autant de mains, de griffes, de serres, prêtes à saisir tout ce qu'il pourrait produire.

On l'avait fait instruire, il le voyait à présent, pour l'unique raison qu'il se trouvait être le garçon le plus éveillé du clan, doué d'une intelligence vive. On l'avait fait instruire comme placement en prévision de la vieillesse. Une rage folle s'empara de lui. Un torrent de mots violents, téméraires, lui montèrent à la gorge. Il attendit quelques minutes et serra les dents pour retenir ces invectives. Bien entendu il connaissait l'inutilité des paroles. Il ne devait attendre aucune justice des siens. A cette époque-là les parents avaient un pouvoir absolu, même celui de tuer leur fils, si l'envie les en prenait. Il ne redoutait certes rien de ce genre, mais cette pensée lui rappela son impuissance.

Cependant, un passé séculaire de maîtrise de soi lui servit à cette heure. Il se leva, s'inclina profondément devant son grand-père, ensuite devant son père et son oncle. En dernier lieu, il salua sa mère dont il sentit le secret élan de tendresse, qu'elle n'osait exprimer.

— Je vous prie de me pardonner, honorables parents, fit-il très bas. Je m'efforcerai à l'avenir d'être plus soumis à mes devoirs.

Teh-tsen sentit remonter en lui cette vague de colère. Il se modéra, sortit de la pièce, et traversa la cour d'un pas rapide. Il descendit dans la rue. La pluie tombait en traits droits, réguliers et mornes; l'humidité, contenue entre les hauts murs de brique qui bordaient la voie étroite, donnait un froid de mort. Les ruisseaux trop peu profonds débordaient de déchets et d'immondices, et un liquide visqueux, noir et nauséabond, coulait sur les pavés de galets, tachant les souliers jaunes, bien cirés, du jeune homme.

Il poussa une exclamation de dégoût. C'était la semaine dernière, il s'en souvenait, qu'il avait été voir le magistrat de la ville et lui avait demandé l'autorisation d'organiser une association sanitaire des rues. Le magistrat s'était montré suave, il l'avait complimenté sur son esprit civique moderne, mais sans rien promettre.

Teh-tsen fixait un regard sombre à travers les longues raies droites de la pluie qui tombait. Comment cette ville, son pays, en proie à de pareils dirigeants, progresseraient-ils jamais? Combien il était incapable de lutter contre les autorités, lui et tous les autres!

La pluie tombait sur son élégant chapeau et s'égouttait du bord. Le feutre, rapidement amolli par l'humidité, penchait devant les yeux de Teh-tsen. Il commençait à sentir sur sa peau le contact mouillé de ses vêtements. Il marchait sans s'arrêter.

Etait-il possible que six mois auparavant il ait pu se trouver debout sur la vaste estrade d'une université américaine afin de recevoir son diplôme? On lui avait aussi remis un prix pour son essai sur les philosophies comparées de l'Orient et de l'Occident; une brillante étude, déclaraient les professeurs. Quelle satisfaction d'orgueil il avait eue! On le considérait comme l'un des meilleurs étudiants diplômés par l'université. L'éloge prenait d'autant plus de valeur qu'il s'agissait d'un travail fait en langue étrangère. Mais son examen passé, il n'avait eu qu'un désir : retourner dans sa ville natale, son pays d'origine, et consacrer toute sa science à leur développement. Il était revenu plein d'assurance, heureux de revoir sa famille et certain que tous se sentiraient fiers de lui.

Mais immédiatement ils avaient foncé sur lui comme des corbeaux. Dès le premier soir, son père lui parlait du salaire qu'il devrait exiger de l'école du gouvernement, au cas où il y professerait.

– Je voudrais considérer en première ligne les services que je peux rendre au pays, avait répondu Teh-tsen avec hésitation. Si l'école semble ce qu'il y a de mieux...

Son père qui le dévisageait, ses grosses joues jaunes pendantes, s'était écrié :

– Tu ne penses qu'à toi seul! Je suis sur le point de me retirer de la vie active. Les temps sont durs et la boutique ne paye pas les frais. Il faut s'occuper de ton frère. Ton oncle est souffrant et incapable de travailler. Et puis il y a les quelques parents qui t'ont remis de l'argent pour ton éducation et qui s'attendront à recevoir au moins du riz. Enfin, et surtout, ta future femme est dans la maison. Pendant les longues années de ton absence, elle a perdu ses parents; ta mère avait besoin d'aide, et il est inutile de louer une servante quand on a une belle-fille. Tous ces gens dépendent de toi. Tu es le fils aîné à présent. Je l'ai été avant toi et je suis las!

Teh-tsen se sentait confondu. Il avait pour ainsi dire oublié que de pareilles choses existent. Son absence s'était tellement prolongée : huit ans! Il songea à la fille débraillée, au visage stupide, qui allait et venait dans la maison. Il l'avait prise pour la servante, au début. Sa femme? A cette idée une révolte, une nausée, lui venaient, et son cœur battit à coups rapides. Jamais! Il s'était fâché avec son père à ce sujet. Rien n'en était résulté. Tous les siens avaient résolu de le plier à leur volonté, d'abattre sa résistance par la seule et pesante inertie. On l'étouffait. Et le pire c'était cette terreur qu'il éprouvait à se sentir fléchir sous la calme et inexorable pression de l'opinion familiale. Il était moins certain de se trouver dans le vrai. L'idéal dont il se sentait animé en descendant la passerelle de débarquement changeait de diapason. Ses belles théories s'estompaient; à présent elles semblaient à peine mériter les efforts d'une lutte. Il se trouvait seul après tout. Que pouvait-il obtenir au milieu de tant d'autres, qui ne se souciaient nullement de mieux vivre et de mieux penser?

Il s'aperçut alors que la fange de la rue collait à ses souliers et éclaboussait son pantalon. Il était parti en hâte, sans pardessus, et l'averse continue et pénétrante l'avait trempé entièrement. Il sentait l'eau glacée couler entre ses épaules. Le ciel était couleur de plomb fondu. La pluie tombait, toute droite, sans arrêt.

Il frissonna, se demandant s'il existait dans la ville entière un seul coin chaud. Sa chambre, chez lui, était aussi lugubre que le reste de la maison, par ce temps-là; l'humidité suintait des briques du pavé et l'eau perlait aux murs. Et cette pièce qui lui avait paru si pauvre après ses années d'absence, il devait encore la partager avec son frère. Il se souvint, en proie à un nouvel accès de colère, combien le jeune homme mettait peu de soin à examiner ses livres préférés, laissant des marques de doigt sur les marges blanches. Pas plus tard qu'hier, Teh-tsen avait trouvé une page qui manquait au milieu du livre de textes philosophiques qu'il prisait le plus. Son frère avait arraché la feuille pour envelopper des piécettes de monnaie qu'il voulait mettre dans sa ceinture. On n'était nulle part chez soi.

Le regard fixé sur la pluie. Teh-tsen se demandait comment il arriverait à se réchauffer. S'il avait vraiment chaud, il retrouverait peut-être un peu de courage pour poursuivre son but. Il craignait par-dessus tout de manquer de force de résistance, d'épouser une femme ignorante et de gâcher sa vie. Une nouvelle inquiétude lui vint à l'esprit. Il s'écria en lui-même :

« Et que deviendront mes fils avec une mère semblable, et née dans une maison pareille? Dois-je procréer des êtres appelés à continuer l'existence que je mène? »

Il n'avait pas encore songé à eux. Il les vit, joignant leurs mains minuscules, suppliant de ne pas venir au monde. « Non, non, je ne ferai jamais cela », leur promit-il du fond du cœur.

Une haute maison se dressa tout à coup devant lui; une maison étrangère. Ah! c'était là qu'habitait autrefois M. Hemingway, son ancien professeur, du temps où, gamin, Teh-tsen suivait les cours de grammaire. Il avait gardé le souvenir d'un jeune Américain plein de bonté et de sérieux. Il entrerait le voir. Peut-être se réchaufferait-il! En tout cas, il pourrait causer avec M. Hemingway, lui raconter ses difficultés et obtenir un peu d'aide, quelques encouragements.

Il monta les marches basses de la véranda qui contournait la maison et sonna à la porte d'entrée, puis attendit, le col de sa veste relevé et ses mains enfoncées dans ses poches pour avoir moins froid. Les vignes qui grimpaient le long de la maison s'aplatissaient sous l'averse et le sol était spongieux. Des feuilles tourbillonnaient en tombant, brunes et mouillées. La porte s'ouvrit lentement, M. Hemingway parut. Comme il avait vieilli! C'était un homme âgé, courbé et triste, qui considérait son visiteur avec incertitude.

Teh-tsen tendit la main.

– Vous ne me reconnaissez pas, monsieur Hemingway, j'étais votre élève dans ma jeunesse. Depuis, j'ai vécu des années à l'étranger et je reviens vous voir.

– Ah, oui, oui, répéta en hésitant M. Hemingway. (Il avait eu beaucoup d'élèves et ne se souvenait plus de Teh-tsen.) Entrez.

Teh-tsen longea le vestibule. Qu'il y faisait bon! Il suivit M. Hemingway dans son bureau. Quelle chaleur divine!

Un petit poêle craquait dans un coin de la pièce. Teh-tsen s'en approcha, ses vêtements fumaient.

M. Hemingway le considéra fixement. Il était très myope.

– Mon Dieu, je crains que vous ne soyez mouillé, dit-il.

– Seulement un peu, répondit Teh-tsen, d'un air effacé.

– Oui, oui, fit M. Hemingway distrait.

Des devoirs à corriger s'empilaient sur son bureau et il avait compté sur un après-midi tranquille. Il se sentait très mal à l'aise; un rhume qui commençait... cette pluie! S'il avait seulement un aide! Mais l'argent était trop rare, on en manquait déjà. Il ne pouvait être question de trouver une somme suffisante pour l'offrir à l'un de ces jeunes Chinois, élèves dans l'Ouest, et qui réclamaient aujourd'hui des salaires impossibles. Enfin on pouvait toujours voir de quoi il s'agissait.

Teh-tsen s'assit. Il se tenait aussi près du bon poêle joyeux que le permettait la politesse, et promenait ses regards autour de la pièce exiguë, dénudée, qui lui plaisait et qu'il enviait : des livres – de la chaleur – un coin à soi! Quel homme heureux que ce M. Hemingway! Il semblait facile de se montrer généreux, grand et fort, dans un tel cadre.

Teh-tsen sentait la délicieuse chaleur pénétrer sa chair. Il lui tardait d'ouvrir son cœur à M. Hemingway. L'occasion s'en présenterait peut-être bientôt. Des mots rapides prenaient forme, lui venaient aux lèvres, prêts à être prononcés.

M. Hemingway posa quelques questions. Teh-tsen parla poliment de la patrie de M. Hemingway – pays admirable, peuple merveilleux.

– J'espère, dit M. Hemingway sur un ton quelque peu sévère, que vous utiliserez votre savoir pour le bien de votre propre pays. La Chine a besoin de vous. Il y a beaucoup de malheureux...

Teh-tsen écoutait. Ils arrivaient au sujet. Il pourrait bientôt exprimer ses craintes et ses désirs. Il souhaitait vraiment venir en aide à son pays, mais...

– Cependant, j'espère que votre attitude sera différente de celle de la plupart des jeunes gens qui reviennent d'Angleterre, d'Amérique ou de France, poursuivit M. Hemingway sur un ton légèrement plus élevé.

Il songeait à son précieux après-midi qui s'écoulait, et la pile de devoirs non corrigés commença à le tourmenter. Sa tête lui faisait mal. Si seulement il pouvait s'offrir un aide! Vraiment, c'était trop demander à un homme seul. Mais on disposait de si peu d'argent...

– Le malheur avec vous tous, dit-il, incapable de maîtriser son irritation croissante, c'est que vous ne songez qu'à l'argent. Vous ne cherchez que cela. Vous voulez des situations faciles, sans responsabilités, et avec de gros salaires. Vous ne vous contentez pas à moins. En attendant, les postes durs, où l'on réclame du service, restent vacants. Est-ce que personne d'entre vous ne montrera un peu de courage? Je dois avouer, monsieur... ah! monsieur Li, que les étudiants chinois qui reviennent d'Occident m'ont beaucoup déçu.

La pièce était tranquille. M. Hemingway, le regard inconsciemment levé vers la pendule accrochée au mur, jouait avec un coupe-papier posé sur son bureau. C'était un brave homme, qui avait beaucoup supporté. Il se refusait à partir, après huit ans sans congé, parce qu'on n'envoyait personne pour le remplacer à l'école. Il était fatigué et découragé. Et puis aussi, professeur consciencieux, il avait toujours travaillé avec des moyens insuffisants, ce qui l'avait brisé à la longue.

La pluie monotone frappait contre les vitres. Une atmosphère tendue envahissait graduellement la chambre silencieuse. M. Hemingway songeait à toutes ses déceptions, que ce jeune Chinois, en vêtements occidentaux de coupe élégante, lui semblait, pour ainsi dire, personnifier. Le jeune homme se crut soudain ramené chez lui, au milieu du cercle implacable réuni dans la salle sordide. Le malentendu qui séparait les deux hommes glaçait leurs cœurs. La pièce perdait sa chaleur.

Teh-tsen se leva et salua. Il avait devant lui un ancien professeur respecté. Il ne fallait pas oublier sa propre éducation ni sa politesse.

– Je suis navré que nous vous décevions, monsieur, et j'ai l'honneur de vous saluer, dit-il fièrement.

Puis il retourna dans la rue. Pris d'une subite faiblesse, un sanglot lui monta à la gorge. Il regarda résolument devant lui pour arrêter ses larmes et se mit à marcher, indifférent cette fois-ci au flot bourbeux qui salissait ses souliers.

Comme il pleuvait! La chaleur qu'il avait accumulée pendant ces quelques instants se dissipa vite. La lassitude et le découragement s'emparèrent de Teh-tsen. Où aller à présent? Il n'avait qu'à revenir chez lui. C'était le seul abri possible. Mais il faudrait se soumettre. Quelle vie insupportable! Il devrait se sacrifier comme d'autres l'avaient fait et le feraient encore dans ce vieux pays; renoncer à ses rêves, écraser tous ses désirs personnels. Il se marierait. La loi l'y obligerait, l'ancienne et invincible loi séculaire qu'on n'avait pas encore brisée, ni mise de côté. Il songea à la figure maussade de sa fiancée, à ses cheveux mal peignés. Elle n'était après tout qu'une servante acquise à bon marché. L'image d'un grand nombre de jolis visages gais s'imposa cruellement à son esprit, celle des jeunes filles de l'université américaine. Là-bas on épouse qui vous plaît. Les femmes elles-mêmes ont le droit de se marier selon leur goût. Il songea aux jeunes gens, à ses anciens camarades de classe. Eux aussi étaient libres de faire un choix parmi ces jolies jeunes filles, leurs égales. Mais Teh-tsen n'avait aucune aide à espérer de ce côté-là. Inutile même de penser à eux.

Agité, il tourna la tête à droite et à gauche. Il remarqua, dans la rue, l'entassement des sombres maisons de brique sous la pluie glaciale et régulière. Comme il désirait s'échapper! Mais il ne possédait rien. S'il pouvait s'enfuir à Tientsin ou même à Shanghaï, il trouverait du travail et serait indépendant. Mais jamais, songea-t-il avec amertume, il ne pourrait se libérer. Sa famille l'atteindrait, où qu'il fût, et exigerait son retour. Et, en fin de compte, s'affranchirait-il de lui-même? Supporterait-il d'être banni de son clan? Un fils aîné ne peut guère s'oublier à ce degré. Il faudrait au moins garder le respect de soi-même.

Les rues étaient à peu près désertes à présent. Quelques mendiants se traînaient, geignants et trempés. Une femme le dépassa; elle se hâtait d'aller acheter de l'eau chaude, sa bouillotte à la main et son tablier rapiécé jeté sur sa tête, les deux coins pris entre ses dents, pour se garantir de la pluie. Un enfant revenait posément de l'école sous un énorme parapluie de papier huilé. La courte journée de novembre s'obscurcissait. Il continuait à pleuvoir. Bientôt il ferait nuit. Teh-tsen se voyait forcé de se diriger vers un endroit quelconque, car il était trempé et glacé jusqu'aux os. Bien entendu il n'avait qu'à rentrer chez lui. Mais rentrer c'était abdiquer. Enfin, il ne restait aucune autre solution à envisager.

Il tourna ses pas dans la direction de sa maison. Il voyait les années futures défiler devant lui, sombres, remplies par le travail sans doute, mais donnant toujours cette sensation de vide intérieur. Il crut de nouveau avoir cette vision fantasque et sentimentale de ses propres enfants le suppliant de ne pas venir au monde. Et il comprit en un lumineux éclair quel service il devait leur rendre. Il s'arrêta et regarda fixement à travers la pluie; un sourire parut sur son visage. Comme il avait été stupide pendant cette longue journée de pluie! Il s'arrêta à la boutique de l'apothicaire du coin et donna un ordre à voix basse. Le petit droguiste méticuleux pencha la tête.

– Trois pilules d'opium noir, répéta-t-il doucement. Ah, oui.

Il les plia furtivement dans un peu de papier brun et

les tendit au jeune homme, puis sa main jaune se referma sur l'argent qu'on y versait.

Alors Teh-tsen se dirigea vers chez lui, le front haut, sans s'occuper de la pluie qui coulait sur sa figure. Il s'étonnait de n'avoir pas eu cette idée plus tôt. Il sourit légèrement. Après tout, son séjour à l'étranger devenait inutile, ainsi que l'argent dépensé pour l'instruire. A cet instant critique, sa conduite ne lui fut inspirée par aucun enseignement de ses professeurs américains; pas un d'eux ne lui avait appris à vivre. Il est vrai que c'est grâce à leur aide qu'il était arrivé à écrire ce brillant essai, enveloppé de soie huilée, et serré au fond d'une malle, avec ses diplômes et quelques objets dont il ne se servait qu'à l'occasion. Non, c'était la revanche en honneur de tous temps chez ses ancêtres, la protestation consacrée par eux contre un monde à l'envers, qui maintenant résoudrait tout, et lui indiquait la manière de se sacrifier.

Il pénétra dans la cour de sa maison. La cuisine se trouvait à gauche de la grille. La porte était grand ouverte et le feu du fourneau de brique éclairait le visage d'une fille stupide et maussade qui alimentait le feu avec des herbes. Il eut un petit frisson et pinça les lèvres. Ah! il avait pris une sage décision!

La salle était vide lorsqu'il entra. Sur la table il vit une théière et deux bols. Il tâta la théière. Elle était froide. Tout est froid, songea-t-il avec une nuance d'irritation. Cette misérable pluie glacée! Il versa un peu de thé dans un bol, le rinça et jeta le liquide par terre. Il déposa les pilules au fond du bol; versa le thé de nouveau, très soigneusement. Une once pour trois pilules noires. Il les avala et but une seconde gorgée de thé froid.

Ensuite il alla dans sa chambre. Il y faisait sombre, et pour une fois, il l'avait à lui seul. Son frère n'était pas encore de retour. Teh-tsen se dirigea vers son lit et retira ses souliers abîmés et sa veste trempée. Puis, sans se donner la peine d'enlever ses autres vêtements, il se coucha, se tourna vers le mur, remonta le couvre-pied autour de ses épaules et, avec un frisson, ferma les yeux pour dormir.

Sur le toit de tuiles, au-dessus de sa tête, la pluie tombait, régulière, avec un doux murmure apaisant. Le jour glissa, tranquille, vers la nuit.

II

RÉVOLUTION

WANG LUNG

Wang Lung était le fils de Wang le fermier. Il avait passé toute sa vie dans le village de Wang, aux confins de la cité de Nanking, et comme il vendait journellement des légumes frais en ville, il était loin d'être un homme vulgaire et ignorant. Ainsi, il fut le premier au village à apprendre que l'empereur avait définitivement renoncé au trône.

L'événement ne s'était guère produit plus d'un an auparavant. Il en informa aussitôt son père, qui le répéta à son oncle, le scribe du village, en sorte que tous ceux qui venaient pour faire écrire leurs lettres en furent informés. Au bout de très peu de temps, chacun sut la nouvelle.

Pendant trois jours au moins, on ne s'interpella qu'à voix basse; les gens se désolaient; ils attendaient à tout instant la catastrophe. Personne, bien entendu, n'avait vu l'empereur. Mais chacun le considérait comme une puissance éternelle et secourable, le Fils du Ciel, qui arrange les choses avec les juges de Là-Haut. En résumé, on pouvait remettre à la fois le bien de la nation et ses petits péchés personnels aux mains de l'empereur, tandis qu'on soignait son jardin, vendait les légumes au printemps et des canards à l'automne. L'empereur parti, personne n'osa quitter le village. Vraiment, Wang, le grand-père, qui se souvenait de l'époque des Taipings, s'attendit aussitôt à des pillages et à des vols. Il rassembla bien vite certains objets de famille : un acte de propriété, une veste en peau de chèvre, ternie et sale d'avoir servi à plusieurs générations, mais encore assez bonne pour être portée par beaucoup d'autres, et quelques morceaux d'argenterie. Il cacha le tout dans le mur en boue creuse de sa maison et se tint assis, caressant sa maigre barbiche d'un blanc jaune, les yeux fixés sur la terre remuée. Le soir, il fit sortir son lit et se coucha au pied du mur.

Mais à la fin du quatrième jour, rien ne s'était produit, et Wang retira les objets de leur cachette en grommelant, légèrement déçu. Les gens se remirent à leurs diverses besognes. Ils tremblaient un peu, au début; à la longue, cependant, ils se passèrent de l'empereur, et à mesure que le temps s'écoulait, ils finirent même par se réjouir de son départ, puisque leurs récoltes étaient chaque année aussi belles que s'il avait intercédé pour eux.

Il advint même qu'un jour, dans une maison de thé, au village, Wang Lung entendit un jeune homme déclarer à voix haute, en buvant son thé, que les empereurs n'étaient que des fainéants, qui coûtaient très cher à la nation. Wang Lung se sentit glacé d'horreur à ces paroles, et devant ce dédain envers les honorables morts. Il attendit un moment, anxieux de voir si le jeune homme ne recevrait pas sur la tête une tuile qui se détacherait du toit, ou s'il n'allait pas tomber, étranglé par son thé. Mais rien ne se passa et Wang Lung, après s'être efforcé de réfléchir – et il n'avait guère la réflexion facile – fut convaincu que le jeune homme disait vrai, puisque les dieux craignaient de le punir. Il le considéra donc avec respect.

Ce jeune homme portait une longue robe de drap bleu foncé, ni trop lourde ni trop légère, qui convenait admirablement à la saison, car on était au troisième mois du printemps. Il avait les cheveux très courts, soigneusement huilés, comme une femme. « Il doit venir du Sud, se dit Wang Lung, car je n'ai vu son pareil nulle part. »

L'inconnu parlait très vite et lançait de brefs coups d'œil parmi la foule qui encombrait la maison de thé. Lorsqu'il se vit observé par Wang Lung, il se lissa le front avec ses longues mains pâles et éleva légèrement la voix :

– Nous autres Chinois, dit-il, nous sommes plus nombreux qu'aucun autre peuple de la terre. Toutes les nations devraient nous craindre, et pourtant elles nous méprisent parce que nous n'avons ni chars à feu ni vaisseaux de guerre. Cependant ce sont des choses simples. Dans l'Antiquité, nos sages ne montaient-ils pas sur des nuages de feu et sur des dragons crachant de la fumée? Ce qui a été fait peut se refaire. A présent nous sommes en République et l'Empereur est mort. Tout est possible.

Wang Lung se rapprocha; il se baissa, releva l'ourlet de la robe du jeune homme et s'informa poliment :

– Puis-je vous demander le prix de ce costume? (Tenant le drap entre son index et son pouce, il le palpa de nouveau et marmotta :) Qu'est-ce que cette étoffe? On a l'impression de toucher un nuage. Monsieur, est-ce fait à l'étranger? Combien cela coûte-t-il?

Le jeune homme eut un geste de colère et arracha brusquement sa robe des mains de Wang :

– Ne la salissez pas avec vos doigts, être abject, cria-t-il. Je l'ai payée huit dollars l'aune, c'est de la bonne laine anglaise.

Huit dollars l'aune! La bouche de Wang s'ouvrit comme celle d'un poisson. Il gagnait moins de deux dollars dans un mois de travail. Combien d'aunes faudrait-il pour une robe semblable, qui se balançait sur les chevilles et collait au cou, bien montante, jusqu'aux oreilles? Tandis que le jeune homme continuait à parler des républiques, Wang Lung calculait soigneusement la quantité de cotonnade bleue qu'il avait achetée pour son vêtement de noce, six années plus tôt : un peu plus d'une aune pour le devant, autant pour le dos et les manches, soit près de quatre aunes, sans compter le petit morceau que le marchand vous fournit gratis, chaque fois qu'on lui prend deux aunes et demie. Au total, cela se monterait à près de vingt-huit dollars! Il restait abasourdi de tant de richesse. Le gain d'une année entourait le corps frêle de ce garçon aux cheveux courts.

– C'est très cher! murmura Wang Lung.

Le jeune homme se retourna vers lui avec complaisance.

– C'est de la marchandise étrangère, lui dit-il. Cela pousse sur le dos des moutons anglais et c'est tissé tout spécialement pour le peuple aux cheveux noirs, par les mains d'esclaves anglais. (Puis s'apercevant de l'admiration de Wang et de son air étonné, il continua à pontifier, très verbeux.) Comme je le disais, nous pouvons nous passer de l'empereur; notre grande nation, selon les paroles de l'ancien sage, peut être gouvernée à présent par le peuple, pour le peuple, avec le peuple. Vous-même, mon pauvre ami, vous aurez votre mot à dire lorsqu'il s'agira d'élire un président.

– Moi! fit Wang Lung en reculant. J'ai à faire vivre mon père, mon vieux grand-père, ma femme et trois esclaves, puisque ma femme ne me donne que des filles. Leurs bouches vides bâillent éternellement autour de moi. Je n'ai pas le temps, occupez-vous de cela pour moi, monsieur, je vous en prie.

Le jeune homme frappa la table du plat de sa main et éclata d'un gros rire, si bien que chacun leva les yeux, et Wang se détourna, gêné de se sentir aussi en évidence.

– Que vous êtes ignorant, mon pauvre ami! s'écria

le jeune homme. Vous n'avez qu'à écrire un nom sur un bout de papier et à le laisser tomber dans une boîte.

– Je ne sais pas écrire, dit Wang, inquiet.

– Demandez à quelqu'un de le faire pour vous. Vous ne savez donc rien? répéta l'inconnu en buvant le reste de son thé et en lançant quatre sous sur la table.

– Monsieur, je suis un ver de terre, répondit Wang, mais que devrai-je écrire?

– Le nom de celui que vous désirez avoir comme président.

Le jeune homme se montrait si impatienté que Wang Lung n'osa pas s'informer du sens de ce mot de « président ».

Beaucoup de gens s'étaient mis à écouter la conversation; le jeune homme se retourna sur le seuil et dit avec beaucoup d'emphase, selon son habitude :

– C'est pourquoi, mes compatriotes, l'époque de la prospérité est proche. Les riches seront pauvres, et les pauvres deviendront riches!

Wang dressa l'oreille; cela se pouvait-il : les pauvres devenir riches? Il hasarda timidement, car il craignait la colère de l'inconnu :

– Monsieur, comment est-ce possible?

– Cela existe dans toutes les Républiques, répondit le jeune homme. En Amérique tout le monde vit dans les palais, les riches seuls sont forcés de travailler. Dès que les empereurs disparaissent et que la révolution arrive, les choses se passent ainsi. C'est pourquoi j'ai les cheveux coupés. Cela prouve que mon esprit est libre. Je suis un révolutionnaire. Moi et mes camarades, nous sauverons la nation et relèverons les pauvres et les opprimés.

Il salua et se retourna pour sortir. Wang Lung était toujours assis sur la pèrche qui lui servait à porter ses légumes. Fuyant la colère du jeune homme, il s'était installé en face de la porte, et demeurait le regard fixe, comme en rêve, empêchant l'autre de sortir.

– Otez-vous de mon chemin, s'écria le jeune

homme, plein de mépris, en repoussant la perche avec son pied.

Wang Lung se leva en hâte, emporta ses paniers dans la rue et regarda s'éloigner le jeune homme, dont la robe bleue, à chaque pas, se balançait de côté et d'autre.

Des paroles prononcées, Wang Lung ne comprit vraiment qu'une seule chose : Les pauvres deviendraient riches! Il avait caressé cet espoir toute sa vie jusqu'à ces dernières années, mais il n'y comptait plus, car aucun de ses ancêtres ne s'était enrichi sur ce morceau de terrain qu'il cultivait à son tour. A présent, cela semblait possible, réellement. L'empereur était mort, on pouvait s'attendre à n'importe quoi.

Wang Lung fixait des yeux le bas de la rue; il réfléchissait en voyant au loin la robe bleue luire dans la grisaille. S'il gagnait de l'argent, il s'en offrirait une semblable, douce, brillante et chaude. Il abaissa son regard sur lui-même, sur ses pantalons jaunâtres et rapiécés, et sur ses pieds nus. Il se vit revêtu de cette chaleur et de ce brillant. Puis, tandis qu'il penchait la tête, sa queue retomba, roussie par le soleil et par le vent, tout emmêlée de n'avoir pas été peignée de longtemps. « Comment porterais-je ma robe neuve avec une tête pareille? » marmotta-t-il.

Il lui semblait que la robe était déjà boutonnée sur lui avec ces mêmes petits boutons dorés qui fermaient celle de l'inconnu. Aussi, bien qu'il n'eût vendu que bien peu de légumes verts, il compta soigneusement sa monnaie, descendit la rue jusqu'à l'étal du coiffeur ambulant et lui cria :

– Rasez-moi entièrement la tête et je vous donnerai dix pièces de cuivre.

C'est ainsi que Wang Lung devint révolutionnaire. Mais il ne s'en rendait pas compte. Quand il revint au village, le soir, les villageois qui paressaient devant chez eux, sur l'aire, se mirent à rire en le voyant arriver rasé comme un prêtre. Personne ne sut qu'en dire sauf le fils unique de Wang. Lui, qui allait chaque jour à l'école, en ville, et qui, par conséquent, en savait plus long que les autres. Il s'écria :

– C'est un révolutionnaire! Le maître dit qu'ils sont les seuls à se faire couper les cheveux!

Wang Lung se sentit très embarrassé, en entendant ces paroles. Il ignorait ce qu'est un révolutionnaire et redoutait de se voir transformé, par inadvertance, en un être inconnu. Alors, pour se donner de l'aplomb, il déposa bruyamment sa perche à terre, et cria à sa femme, comme il le faisait chaque soir :

– Eh bien, mère des esclaves, où est le riz? J'ai dépensé mon précieux souffle tout le jour pour gagner votre nourriture, et quand je rentre exténué, je ne trouve même pas un bol de thé préparé.

Les villageois s'aperçurent qu'il jouait la comédie, selon son habitude, et ils se dispersèrent, simplement étonnés de son aspect.

Mais ce nom, crié au hasard, s'attacha à lui, et on l'appela dorénavant Wang le révolutionnaire. Peu à peu on perdit de vue le sens de ce mot qui n'eut plus d'autre signification que de désigner Wang.

Quant à Wang, il songea longtemps à la robe bleue qu'il achèterait, devenu riche. Au début, il s'attendait chaque jour à voir se produire le miracle, et à mesure que ses cheveux poussaient, il les lissait avec deux doigts trempés dans de l'huile de fève. Mais l'été succéda au printemps, à l'hiver; l'année fit place à une autre, et sa vie demeura le même. Il travaillait toujours du matin au soir et continuait à ne pas avoir de fils. A la longue, irrité jusqu'au fond de l'âme, il finit par ne plus dormir, la nuit, dans son lit.

Rien ne l'accablait spécialement, mais il était harcelé par de nombreuses vexations; la perspective de ne pas avoir devant lui, dans sa vieillesse, une période de loisirs, augmentait sa révolte. Cette pensée le rendait si furieux qu'il injuriait sa femme trois fois par jour en lui criant :

– Maudite soit la terre, si pleine de germes inutiles!

Chaque fois qu'il entendait annoncer la naissance d'un garçon, il grinçait des dents et se sentait injustement traité. Il se fâcha lorsque les prix du drap, et l'huile et du combustible montèrent. En ville, il se mettait chaque jour en colère à la vue des promeneurs oisifs dans les rues, vêtus de satin et de velours, des gens endormis sur les tables dans les maisons de thé, ou bien assis à jouer sur les comptoirs des magasins, tandis que lui, en route pour le marché, devait ployer son dos nu sous la charge destinée à les nourrir. Un rien finit par l'exaspérer : une mouche posée sur sa figure suante le faisait hurler et sauter, comme s'il poursuivait un chien enragé, et on disait en le voyant : « Voilà un fou qui hurle contre une mouche. » Et cette robe bleue qu'il ne pourrait jamais acheter incarnait toutes ses fureurs.

Un jour, en ville, il longea, selon sa coutume, la rue qui passe devant le temple de Confucius, et là, debout sur une caisse de bois, il vit un jeune homme qui discourait très haut. Ce n'était qu'un garçon pâle, en longue robe noire, qui agitait des mains maigres et enfantines et promenait un regard inquiet au-dessus de la tête des gens qui l'entouraient. Wang Lung se prétendit fatigué et s'arrêta pour l'écouter. Il s'assit sur sa perche, et s'essuya la face avec la serviette pendue à sa ceinture.

Au début, il n'arrivait pas à comprendre ce dont il s'agissait. Il s'attendait à entendre les mots d'Empereur et de République et il n'était question que d'étrangers. Le jeune homme avait une petite voix qui se cassait lorsqu'il la forçait et il s'écriait :

– Les impérialistes et les brigands de toutes les nations nous ont tués; ils nous ont piétinés!

Wang Lung écoutait, stupéfait. Il ne connaissait pas les étrangers et s'amusait simplement de les voir, les trouvant bizarres; ces gens lui fournissaient un merveilleux sujet de conversation au village. Mais il ne lui serait jamais venu à l'esprit de poser des questions à leur sujet, et même à présent, il s'intéressait très peu à eux. Il chercha donc sa courte pipe de bambou. Il tirerait au moins quelques bouffées avant de se remettre en chemin. C'est alors qu'il entendit la voix pointue et chevrotante s'écrier :

– Ces richesses sont les nôtres. Ils nous ont volé nos maisons, nos terres, notre or et notre argent. Ils vivent comme des rois et nous sommes leurs esclaves. Ils ont des wagons à vapeur, des machines à musique, des vêtements de satin bleu, rouge et jaune, de même que les rois! A bas les capitalistes! Mille ans de vie à la Révolution grâce à laquelle les pauvres deviendront riches et les riches seront pauvres!

Wang Lung s'élança en avant et laissa tomber sa pipe. De nouveau ces paroles : « Les pauvres deviendront riches. » Il se poussa aux côtés du jeune homme et l'interrogea avec une sorte de timidité bourrue.

– Monsieur, quand verrons-nous cela?

Le jeune homme tourna vers lui son regard flamboyant qui ne voyait rien et répondit :

– A présent! Quand les révolutionnaires pénétreront dans la ville, tout vous appartiendra. Vous n'aurez qu'à choisir. Camarade, vous êtes un révolutionnaire?

– On m'appelle : Wang le révolutionnaire, répondit Wang Lung en toute simplicité.

Mais le jeune homme ne l'écoutait pas, il vociférait de nouveau :

– A bas les capitalistes. A bas les étrangers, à bas la religion et l'impérialisme! Mille et mille ans de vie à la Révolution, quand les pauvres deviendront riches et que les riches seront pauvres!

Wang Lung comprit aussitôt ce que signifiait ce mot de révolution. Le capitalisme, l'impérialisme, la religion, tout cela ne voulait rien dire, une chose seule était claire : les pauvres deviendraient riches, et les riches seraient pauvres. A ce compte-là il était lui aussi un révolutionnaire.

Il regardait fixement le jeune homme, sans bouger; tandis qu'il le dévisageait ainsi, il vit surgir un agent de ville, la baïonnette au canon et, avant qu'on ait pu s'expliquer, l'agent dirigea la pointe de son arme dans le dos du tribun et lui cria d'une grosse voix rude :

– En prison, jeune révolutionnaire, et nous verrons le temps que vous mettrez à vous enrichir!

Le jeune homme, subitement transformé en une misérable loque à face jaune, descendit de sa caisse sans prononcer un mot, et s'éloigna, suivi de l'agent qui le poussait doucement avec sa baïonnette. La foule s'évanouit comme neige au soleil et Wang Lung, terrifié et confus, ramassa ses paniers et se hâta vers le marché.

Il avait très peur, et ne parla à personne ce jour-là. Le soir, au lieu de s'endormir après son bol de thé vert, comme d'habitude, il attela son buffle à la charrue et laboura son champ de patates sucrées jusqu'à ce que la lune disparût derrière les saules et que les sillons fussent invisibles.

Le lendemain matin il se leva très tôt pour aller au marché. En approchant des portes de la ville, il remarqua que de grandes affiches couvertes de caractères d'imprimerie venaient d'y être collées. Il les contempla longuement, intrigué. Mais n'ayant jamais pu apprendre ses lettres, il n'y comprenait rien. Il demanda enfin à un vieillard qui passait de son côté de lui en donner lecture, car à ses lunettes de corne, et à sa démarche lente, Wang devina l'érudit. Le lettré s'arrêta et lut chaque mot avec soin tandis que Wang attendait patiemment, bien que le soleil s'élevât de plus en plus, jusqu'à pénétrer sous la voûte profonde du portail. Enfin le vieillard se retourna et dit :

– Cela concerne d'autres que vous, mon ami. On annonce que des révolutionnaires, découverts dans la ville, ont été décapités.

– Décapités! répéta Wang Lung, à court de souffle.

– Parfaitement, répondit le lettré d'un air profond.

On ajoute que si vous allez au Pont des Trois Sœurs, vous verrez leurs têtes alignées. Notre gouverneur ne veut pas de ces rebelles de Canton.

Et l'érudit continua son chemin en balançant sa jupe par excès de dignité.

Wang Lung resta à contempler les caractères biscornus, malade de peur. Ne l'appelait-on pas « Wang le révolutionnaire? » Il maudit la robe bleue qui l'avait attiré dans ce guêpier. Son goût des richesses était oublié, et une crainte affreuse l'attira vers le Pont des Trois Sœurs. Il confia ses paniers à un marchand d'eau chaude, son cousin au huitième degré, du côté de sa mère, et il se dirigea vers le pont, à un mille de là, bien qu'il n'en eût guère le temps, car ses légumes se desséchaient à cette chaleur de midi.

Il n'y avait pas la moindre erreur. Sept têtes sanglantes s'inclinaient sur des cous tranchés et déchiquetés, au sommet de sept pieux de bambou. Des mèches de cheveux noirs pendaient sur des yeux éteints, demi-ouverts. L'une des têtes avait la bouche ouverte, et la langue en sortait à demi coupée par deux rangées de dents blanches fortement serrées. En l'examinant de près, Wang Lung, dont le cœur bondit d'effroi, reconnut celle du jeune homme de la veille. Toutes ces têtes du reste étaient celles de très jeunes gens.

Une foule railleuse les entourait. Un vieillard aux dents cassées, cracha à terre et s'écria :

– Voyez ce qui arrive aux révolutionnaires!

Wang sursauta à ce mot de révolutionnaire. Si un passant le reconnaissait et l'interpellait à la manière de ses camarades : « Ah, Wang le révolutionnaire, as-tu déjeuné? » Ce ne serait qu'un salut banal qui ne signifierait rien en temps habituel, mais qui aujourd'hui prendrait un sens qu'on ne saurait prévoir. Et Wang s'empressa de s'éloigner.

A partir de ce moment-là, il travailla beaucoup et parla peu; il ne se plaignit même plus à sa femme, si bien que, alarmée, elle finit par aller trouver le devin aveugle du village et lui demanda si son mari n'allait pas tomber malade. Mais il n'avait d'autre mal que cette persistante vision d'une huitième tête perchée à côté des sept autres, sur le Pont des Trois Sœurs. Le soir, quand il ne pouvait plus travailler, il voyait nettement sa propre tête morte, avec ses yeux entrouverts et ses lèvres grises tirées. Quand son cousin au troisième degré passa devant sa porte et lui cria joyeusement : « Qu'est-ce que Wang le révolutionnaire a appris aujourd'hui en ville? » Wang s'avança, le maudit pour mille ans, et refusa d'entendre ses réflexions étonnées. Il ne pouvait confier sa peur à personne, et c'est ce qui lui paraissait le plus dur, mais parler eût attiré la lame sur son cou.

Wang prenait tout en haine : la terre qui lui dévorait l'existence et réclamait de plus en plus de travail, et ses voisins à qui il n'osait raconter ses terreurs. Il méprisait les villageois satisfaits de demeurer vêtus de cotonnade grossière et de se nourrir éternellement de riz brun, de même que leurs ancêtres. Il détestait la ville, avec ses rues remplies de flâneurs insouciants.

A mesure que sa haine grandissait, sa peur diminuait. Il n'entendait pas parler de révolution et n'en était que plus furieux, car il ne voyait aucun moyen en dehors d'elle pour que les pauvres devinssent riches. Il songeait aux riches et les exécrait. Il savait à quoi ils ressemblent. Une fois par an il allait saluer les notables du village, selon la coutume, et là il voyait des portières de satin pendues aux ouvertures, et des coussins de satin posés sur des fauteuils sculptés. Les serviteurs eux-mêmes étaient revêtus de soie. Quant à lui, il n'avait même jamais touché de soie, sauf furtivement, dans un magasin, pour en connaître la douceur.

Et les étrangers? Le jeune homme prétendait qu'ils étaient les plus riches de tous. On en causait parfois, dans les maisons de thé.

On disait qu'ils s'asseyaient sur des chaises d'or, devant des tables d'argent, et qu'ils marchaient sur des aunes de velours avec autant d'insouciance que lui, lorsqu'il piétinait l'herbe sauvage des chemins de campagne. Ces étrangers avaient aussi des lits couverts de brocart incrusté de joyaux. Des richesses! Wang se mit à haïr les étrangers plus que tout, car il n'était pas admissible qu'ils eussent cette existence royale tandis qu'il y avait en Chine des gens aussi pauvres que lui. Au début il ne souhaitait que de voir les pauvres s'enrichir, mais à présent, en songeant aux injustices qu'il endurait, il désira aussi voir les riches s'appauvrir.

A force de retourner ces choses dans son esprit, Wang perdit goût à son travail. Il n'avait pas l'habitude de résoudre des énigmes et il lui était impossible de sarcler et de réfléchir à la fois. Il s'arrêtait donc quand ses pensées le dépassaient. A mesure qu'il se ralentissait dans ses travaux, sa pauvreté augmentait, et sa femme finit par lui crier :

– Je me demande d'où viendra le coton pour bourrer nos vêtements d'hiver? Nous ne pourrons pas nourrir nos corps et les couvrir en même temps?

Ces paroles le rendirent si furieux qu'il grinça des dents sans savoir pourquoi.

Un matin, il se sentit l'esprit las, et il résolut, advienne que pourrait, de ne pas travailler ce jour-là, puisque malgré ses efforts il n'atteindrait jamais la richesse. Il déposa négligemment ses paniers dans une maison de thé, s'assit à la table la plus proche de la porte et commanda un bol. Un homme, assez jeune, s'y trouvait déjà. Il était revêtu d'une longue robe noire et portait ses cheveux courts relevés en brosse. Il essuya son visage mouillé avec sa serviette, regarda Wang et lui dit doucement :

– Vous travaillez trop, camarade.

– C'est bien vrai, monsieur, répondit Wang avec un soupir, en ramenant sur ses épaules la veste grise rapiécée qu'il avait retirée pendant la chaleur de la marche. Mais quel remède trouver à cela? Avec le riz au prix où il est, une maisonnée de femmes oisives à nourrir, le labeur quotidien m'arrache la chair des os!

– Vous êtes pauvre, terriblement pauvre, murmura le jeune homme penché sur lui, et vous devriez être riche.

Wang Lung secoua la tête; il ne voulait pas se laisser troubler de nouveau par ce mot de riche, qu'on venait de prononcer. Il se versa un bol de thé et l'avala bruyamment, heureux de cette chaleur bienfaisante, car il avait de plus en plus froid.

– Vous travaillez et jeûnez tandis que d'autres se distrayent et mangent, poursuivit le jeune homme.

– C'est très exact, dit Wang Lung brusquement.

– Cependant vous êtes un brave homme et mériteriez d'avoir beaucoup plus qu'ils n'ont.

Wang Lung secoua de nouveau la tête, en souriant un peu.

– Oui, c'est très vrai.

Le jeune homme insista :

– Je le vois à votre honnête figure. Permettez-moi de vous verser d'autre thé.

Il se leva et remplit le bol de Wang avec autant de courtoisie que s'il se fût agi d'un homme habillé de neuf.

Wang Lung se leva pour le remercier et se dit en lui-même : « Combien ce jeune homme est éclairé! Il a de suite deviné ma valeur. » Et il ajouta à haute voix :

– Monsieur, où se trouve votre honorable palais?

– Je suis pauvre, moi aussi, répondit-il. Mais je vous annonce à vous et à vos amis que vous vous enrichirez bientôt quand les révolutionnaires arriveront en ville...

Wang se dressa soudain et déclara :

– Je ne suis pas un révolutionnaire, monsieur.

– Non, non, vous êtes un excellent homme, je vois cela, répondit l'inconnu très conciliant.

Wang Lung se rassit. L'air vif tombait, glacial, sur ses épaules mouillées de sueur, et il serra son vêtement contre lui.

– Vous êtes très pauvre, reprit le jeune homme; je vous plains de tout mon cœur.

Wang Lung s'apitoya sur lui-même. Personne jusqu'ici ne l'avait plaint. On le considérait même comme assez fortuné, car bien qu'étant obligé de travailler dur, avec tant de femmes chez lui, il posséderait un jour, en sa qualité de fils unique, les six arpents du patrimoine familial et la maison de trois pièces, plâtrée de boue. Aussi, des larmes lui vinrent aux yeux à la pensée que quelqu'un sympathisait avec sa misère, son dur labeur et le trouvait digne de pitié.

– C'est vrai, dit-il tout bas, d'une voix brisée.

Le jeune homme poursuivit :

– Et c'est injuste. Vous êtes intelligent, je m'en aperçois. Vous méritez la richesse, je le répète. Mais l'occasion de l'obtenir est proche. Quand les révolutionnaires entreront en ville les pauvres deviendront riches, et les riches seront pauvres.

– Comment cela? demanda Wang Lung en se penchant pour entendre la réponse, car ils parlaient très bas.

Le jeune homme lança un rapide coup d'œil autour de lui et murmura :

– Les étrangers, plus que n'importe qui, sont gorgés de richesses. Ils jettent l'argent qui leur paraît sans valeur, et ne tiennent qu'à l'or dont leurs murs sont garnis; mais ils nous l'ont volé, à nous autres Chinois. Sans cela resteraient-ils dans ce pays? Pourquoi ne rentrent-ils pas chez eux? Ils nous prennent tellement d'or qu'il n'en reste plus pour vous et moi. Cependant c'est le nôtre. Quand les révolutionnaires paraîtront, tenez-vous prêt.

Et sur ces mots, le jeune homme se leva et quitta la maison de thé.

Wang Lung voulut oublier ces discours, car il se souvenait des têtes qu'il avait vues. Mais l'idée de cet or, possédé par d'autres, et surtout par des étrangers qui n'y avaient aucun droit, lui donnait de l'amertume. Il se disait : « Sans doute ont-ils de pleines caisses de robes bleues, comme la sienne. » Et l'image de cette robe bleue se dressa devant lui, dans toute sa beauté première; il était malade de l'envie d'en sentir la chaleur, d'en voir l'éclat.

Au bout d'un mois à peine, il apprit que les révolutionnaires approchaient de la ville. Il n'avait pas oublié les paroles du jeune homme. Sans doute, les rumeurs des dernières années allaient enfin devenir une réalité. Au marché, un jour qu'il bataillait avec un client au sujet d'une livre de choux, il entendit murmurer à son oreille :

– Dans dix jours, tenez-vous prêt.

Wang se retourna vivement; il aperçut le jeune homme qui l'avait pris en pitié; il aurait bien aimé à lui parler, mais il avait déjà disparu. Le client impatienté, s'écriait :

– Allons, fils de voleurs, ça vaut deux pièces de cuivre. Tout en se sentant obligé de répondre, comme d'habitude : « Jamais, plutôt mourir que les laisser à moins de quatre », Wang Lung se répétait en lui-même : « Dix jours! Enfin nous verrons ce qui arrivera! »

Il attendit, assez incrédule, mais un peu inquiet. Cependant on sentait que quelque chose se préparait. Comme une eau sombre sortie du fleuve, des milliers et des milliers de soldats se déversaient dans la ville. Wang, stupéfait, regardait fixement l'interminable procession qui défilait devant la maison de thé.

– Est-ce que ce sont les révolutionnaires? demanda-t-il au serveur.

L'homme lui lança un regard étincelant et lui cria d'une voix sifflante :

– Tais-toi, triple idiot! Veux-tu nous voir tous décapités. Ne remarques-tu pas l'ossature grossière de ces gens, n'entends-tu pas résonner leurs paroles au fond de leur gosier? Regarde-les engloutir du pain et refuser le riz. Ce sont des gens du Nord, antirévolutionnaires et bien des têtes d'imbéciles comme toi pendent sur le pont. (Puis se penchant sur Wang Lung pour lui prendre son bol, il murmura :) Tiens-toi prêt; dans sept jours, et il s'éloigna vivement.

Wang Lung tressaillit. Encore ces mêmes paroles! Prêt à quoi? Il était complètement abasourdi, et n'osa parler à personne de toute la journée. Il s'occupa de ses affaires d'un air revêche et évita les rues principales le long desquelles s'écoulait l'immense flot d'hommes vêtus de gris.

Le lendemain soir, un bruit terrifiant descendit du ciel. Le tonnerre gronda dans toutes les directions et la terre trembla. Wang, son père et son grand-père soupaient. Wang Lung posa ses baguettes pour mieux écouter. Il discerna deux genres de bruits; un terrible mugissement qui grondait par intermittence, et un peup peup peup, frénétique, qui lui déplut particulièrement, car il n'avait jamais rien entendu de ce genre. Il se leva pour chercher à se rendre compte, mais pris de peur, il se tourna vers sa femme :

– Va voir ce que c'est, lui ordonna-t-il.

Elle se faufila lentement le long du mur et lança un coup d'œil au-dehors. Un objet vint frapper le sol à ses pieds et la fit reculer; un jet de terre en forme d'éventail vola dans la pièce et se répandit sur la table dans la nourriture. Ils furent tous saisis d'horreur. Wang Lung se précipita sur le battant de la porte, la ferma, et ajusta solidement la barre. Sans oser allumer la lampe d'huile de fève, ils restèrent dans l'obscurité à écouter la terre pleuvoir sur le toit, et les détonations qui éclataient par instants, dans la nuit.

Wang Lung se disait, déconcerté : « C'est la Révolution, nous mourrons tous, et je perdrai ma vie pour ma robe bleue. »

Le lendemain, le bruit avait cessé au loin. Wang Lung mit le nez à la porte, et devint furieux. Ses plantations de légumes étaient abîmées par des trous et enfouies sous terre. Il sortit et maudit le ciel, oubliant ses frayeurs de la nuit devant ce désastre. Il ramassa quelques têtes de choux; il en restait à peine, pas de quoi remplir un des paniers. Wang rentra lentement chez lui.

– C'est la fin de mes jours, dit-il à sa femme tristement; les navets ne seront bons que dans un mois. Que mangerons-nous?

Sa femme s'assit sur un banc de bois et se balança d'avant en arrière, en s'essuyant les yeux.

– Je suis comme morte, fit-elle en sanglotant. Rien que du malheur, toute ma vie. Il faut quand même aller vendre tes choux, cela nous rapportera quelque chose, ensuite nous mourrons de faim jusqu'à ce que les navets gonflent.

Wang Lung, très déprimé, se dirigea vers la cité. Mais il n'avait pas parcouru un tiers de mille qu'il s'arrêtait, horrifié. Un cadavre gisait en travers de la route. Wang le regarda fixement, il n'en croyait pas ses yeux. Le sang avait coulé dans la poussière qui s'amassait sur les bords de la flaque. Il n'est pas bon d'être vu auprès d'un mort. Wang Lung leva la tête et allait se remettre en chemin lorsqu'il aperçut au moins une douzaine de formes étendues, et d'autres encore, plus loin. Tous les habitants de la ville avaient dû être frappés par la colère du ciel, la nuit précédente. Il courut, essoufflé, franchit la porte et se trouva dans la rue en face d'une foule agitée, qui chantait et hurlait.

– Qu'est-ce que c'est? Qu'est-ce qu'il y a? demanda-t-il aux hommes les plus proches.

Mais ils semblaient pris de folie, se poussaient et se bousculaient sans lui répondre. Wang Lung se trouva entraîné.

– Qu'est-ce qui se passe? continuait-il à crier très fort, sans obtenir la moindre explication.

Il n'était pas libre d'avancer ni de reculer et commençait à avoir peur : « Pourquoi n'ai-je pas envoyé la mère des esclaves au marché, ce matin? » marmotta-t-il entre ses dents.

C'est alors qu'il entendit une voix enrouée annoncer :

– Voilà le chemin qui mène à la maison des riches; les étrangers habitent ici!

Aussitôt il comprit : c'était la Révolution! Son cœur se mit à battre et il s'abandonna à la multitude, ne luttant que pour éviter d'être écrasé. Parmi la populace se trouvaient des soldats qui ne ressemblaient nullement aux cadavres couchés sur le bord de la route. Ceux-ci étaient de petits hommes minces, qui ne cessaient de répéter, avec une sorte de rythme : « En avant! en avant! les riches! les riches! »

Wang eut la vue troublée, il ne comprenait ni ce qu'on faisait ni où on allait, mais il suivit le mouvement jusqu'à ce qu'on arrivât devant un haut portail, percé dans un mur de brique. C'était un coin de la ville qu'il ne connaissait pas. En temps ordinaire, il n'eut pas songé à franchir cette porte, mais aujourd'hui, l'audace de la foule se communiquait à lui, et il sentit qu'il avait tous les droits.

Deux soldats se poussèrent en avant et heurtèrent le battant avec la crosse de leurs fusils. Wang vit leurs figures, aussi rouges que des figures d'ivrognes; leurs yeux féroces luisaient comme du verre. Ils cognèrent sur le portail jusqu'à ce qu'une planche vînt à céder, alors ils se retournèrent et crièrent à la foule :

– Tout est à vous à présent : les pauvres deviendront riches et les riches seront pauvres. Mille ans de vie à la Révolution!

Mais la foule hésitait. Enfin les plus hardis d'entre ces hommes et ces femmes excités se glissèrent à l'intérieur par l'ouverture et ôtèrent la barre du portail. Ensuite, tous entrèrent, sans hâte. Wang Lung était un peu en avant; après avoir rampé par le trou pratiqué dans la porte, il se redressa et promena des regards curieux autour de lui, sur le carré de gazon uni, bordé d'arbres, et sur la rangée de fleurs multicolores. Tout était propre et paisible. Il n'y avait personne en vue.

La populace se dirigea, éparse, vers la maison de deux étages, construite à l'extrémité du mur de brique. Chacun semblait embarrassé, mais les deux soldats bondirent sur les marches et frappèrent la porte d'entrée à coups redoublés. On l'ouvrit aussitôt. Wang Lung eut la vision d'une haute silhouette bizarrement vêtue et d'un visage calme et blanc.

Alors la foule se réunit subitement et se rua dans la maison avec une sorte de hurlement étouffé qui ressemblait à celui que l'animal fait entendre en face de sa proie. A ce bruit, une avidité gloutonne s'empara de Wang Lung, plus forte que celle de la faim. Aussi féroce qu'un chien enragé, il se mit à rugir comme les autres et fonça en avant; il luttait, bousculait chacun, pour se frayer un passage dans l'étroite entrée. Ensuite, tous s'arrêtèrent, avant de s'engouffrer dans l'escalier.

En haut, la foule se divisa; il n'y eut que des brutes individuelles acharnées sur un même butin. Wang Lung fit comme les autres, mais pas un seul instant il ne comprit pourquoi il se battait. Bien des choses lui passèrent entre les mains : des étoffes, du verre, du papier, du bois. A un moment donné il vit luire un morceau d'argenterie et mit la main dessus; quand on le lui arracha, il oublia de chercher par quoi le remplacer. Il ne s'arrêtait à rien et apercevait toujours, ailleurs, un objet qu'il désirait davantage.

Ses yeux le brûlaient, et il voyait trouble à cause des battements de ses artères. Il ne cessait de hurler, comme le reste de la populace, sans s'en douter. Il était en proie à un tel sentiment de convoitise qu'il n'y avait pas de place pour autre chose dans son esprit. Chaque fois qu'on ouvrait une nouvelle armoire, ou un tiroir, une douzaine d'individus se précipitaient. Ils se battaient, tiraient et déchiraient tout. Wang laissait tomber ce qu'il tenait dans ses bras, et se poussait en avant pour saisir ce qu'on venait de découvrir.

Et puis, brusquement, de même qu'une rafale passe

et disparaît, un jour d'été, de même la foule s'évanouit au-dehors. Wang avait été un des premiers à entrer, en sorte qu'il fut le dernier à sortir. Il se trouva seul à la fin et regarda autour de lui, comme un homme qui se réveille dans son sommeil. La pièce était presque nue, il n'y restait que deux chaises cassées, une petite table et une commode avec des trous béants à la place des tiroirs arrachés.

Wang revint à lui. Que faisait-il là? Il se trouvait chez des étrangers. Il examina les chaises et la table, en bois très ordinaire, et non en or, comme on le prétendait. Les murs nus étaient blanchis à la chaux et le plancher de bois peint semblait raboteux.

Pour la première fois, Wang eut la curiosité de se rendre compte de ce qu'il tenait : un vêtement d'enfant en cotonnade blanche, un grand soulier de cuir, deux livres au dos raide, avec des caractères bizarres imprimés à l'intérieur, une bourse usée, contenant un dollar et quelques pièces de cuivre. Rien qui ressemblât, même de loin, à une robe bleue.

Il soupira et se sentit soudain fort las; alors il s'agenouilla, empaqueta solidement ses biens dans le petit vêtement et se retourna pour descendre l'escalier. Il était monté vite et facilement, mais la descente fut difficile; il trouvait l'escalier étrange, n'en ayant jamais vu jusqu'ici. Il changea son paquet de main, se cramponna à la rampe, et descendit en se raidissant. Il était exténué.

Quelques femmes s'attardaient en bas, elles ramassaient les objets tombés, oubliés dans la précipitation du départ. Wang s'arrêta; il espérait trouver une chose de valeur, mais il n'y avait que des tas de livres épars, deux chaises de bois, une deuxième table, en bois également, une gravure déchirée et piétinée, rien qui en valût la peine. Il se baissa pour ramasser un bout de tissu gris et vit un petit groupe dans la chambre du fond.

Il n'avait rencontré nulle part des gens semblables.

Un homme, une femme et deux enfants se tenaient serrés les uns contre les autres. Leurs vêtements salis et déchirés et le bas de leur corps seul était couvert. La femme s'enveloppait les épaules d'un morceau d'étoffe. L'homme avait une balafre au front et un filet de sang coulait sur le côté de sa face blanche. Jamais Wang Lung n'avait vu de sang aussi rouge.

Il les examinait fixement, et eux, sans broncher, le regardèrent à leur tour, silencieusement. Les enfants eux-mêmes n'articulèrent pas le moindre son. Wang eut de la peine à soutenir ces regards; il détourna les yeux, puis les reporta de nouveau sur le groupe. L'homme prononça quelques mots dans une langue inconnue. La femme sourit un peu amèrement et ils continuèrent à fixer sur Wang leurs yeux brillants, d'un air assuré.

– Ces gens n'ont pas peur! dit Wang Lung tout haut, puis au son de sa propre voix, il eut honte et se sauva hors du portail.

Les rues étaient désertes, mais dans le lointain, on entendait les hurlements de la populace. Après une courte hésitation Wang se retourna et se dirigea vers sa demeure d'un pas décidé. Les soldats morts gisaient encore sur la route et les mouches commençaient à s'assembler au soleil brûlant. Des campagnards se hâtaient vers la ville; beaucoup d'entre eux interrogèrent Wang Lung, mais il se contenta de secouer la tête. Il était fatigué de tout; rien ne l'intéressait en ce monde.

Lorsqu'il entra chez lui, il déposa son paquet sur la table et dit à sa femme :

– Voici ma part de la Révolution.

Puis il alla dans la chambre du fond et se jeta sur son lit. Il ne conservait qu'un seul souvenir précis, celui de l'étonnant regard clair de ces étrangers. « Ils n'avaient vraiment aucune peur », marmotta-t-il entre ses dents. Et, après s'être retourné, il dit encore : « Je ne crois même pas qu'ils étaient riches! »

Il entendit sa femme qui criait dans la pièce à côté :

– Ces livres ne sont bons qu'à faire des semelles de souliers, mais du moins le dollar nous donnera de quoi manger en attendant les navets.

LA JEUNE COMMUNISTE

Elle serait exécutée demain matin à 6 heures. Ce fait ressortait seul dans son esprit, net et clair, après ce mois d'existence irréelle et farouche. Autrefois, à l'école de la mission, pendant la classe de couture, elle taillait tout droit au milieu d'une pièce de toile neuve, dont elle détruisait à jamais l'unité. C'est ainsi que demain on trancherait sa vie, on lui enlèverait la conscience de ses étranges souvenirs brûlants, encore si chauds à son cœur. Elle aimait à couper la toile. Une fois son ouvrage plié, roulé, prêt à coudre, elle prenait les restes tombés à terre ou sur la table, et les cisaillait jusqu'à ce qu'il n'en restât qu'un tas de brins inutilisables, un bien petit tas – l'œil vigilant de la maîtresse veillait à cela – un ramassis infime et sans valeur, comme celui qu'elle formerait demain lorsqu'on la relèverait parmi des centaines d'autres. Rien ne la distinguerait – rien n'empêcherait son corps d'être confondu avec celui des nombreux condamnés. Personne ne viendrait la chercher – on ignorait qu'elle était parquée dans cette prison. Depuis le jour où les révolutionnaires avaient envahi la ville, dix mois auparavant, elle ne s'était souvenue de ses parents que pendant une brève seconde pour constater avec impatience leur néant : des gens ternes et stupides, qui vivaient au village dans la respectabilité bien établie d'une ferme prospère. Bien établie? Aucune chose ne l'était, sinon celle-ci – demain matin à 6 heures elle devait être fusillée.

Mais ces dix mois avaient été imprégnés de gloire car tout allait changer – tout serait démoli puis merveilleusement reconstruit. Auparavant, à la pension, elle n'était qu'une petite fille qui cousait, assise, tandis que les insipides maîtresses circulaient entre les pupitres, de sottes Américaines qui gâchaient les syllabes des mots lorsqu'elles les prononçaient avec leurs langues maladroites. Cela avait vivement pris fin. En un jour l'école fut détruite et tout mis sens dessus dessous. Les révolutionnaires défilaient le long des rues en chantant, grisés de leur chant sans être pris de vin. L'esprit qui les animait les rendait effrayants aux yeux des élèves et de chacun. Mais elle n'avait pas peur. Elle s'était penchée à la fenêtre pour les regarder; le soleil blanc tombait sur les drapeaux, les drapeaux d'un monde nouveau, et elle se pencha encore davantage et cria :

– Mille ans de vie à la Révolution!

Au son de sa voix les visages pleins de passion se tournèrent vers elle, de même que les feuilles d'un arbre se relèvent sous la poussée du vent. Des centaines de visages la contemplaient; tous étaient semblables, bronzés avec des yeux noirs. Tous, sauf le sien à lui. Pourquoi songeait-elle à lui? Elle ne voulait plus y penser, pas maintenant, alors qu'il ne lui restait que ces quelques heures à vivre.

Ils s'étaient engouffrés dans la cour de l'école – cette cour stupide et monotone dans laquelle chaque jour il lui fallait agiter les bras et marcher à contrecœur au bref commandement d'une maîtresse :

– Levez la tête je vous prie, Siumei. Tenez-la bien droite! Maintenant respirez profondément : un-deux-un-deux.

Il ne fut plus question de cela lorsque les révolutionnaires pénétrèrent en troupe dans la petite cour nue de l'école, à jamais honorée par eux. Ils étaient entrés en criant; les étrangères durent s'enfuir en hâte. Quelques élèves les cachèrent en pleurant dans la cabane du charbon. Elle ne voulut pas s'en mêler et ne les revit plus. Qu'elles disparaissent! Elle ne gaspillerait pas ces quelques heures à se souvenir de cette femme à long nez. À quoi bon même se rappeler son nom? Tout cela était fini pour toujours.

Des jeunes filles furent prises de panique en face des solides rangées grises qui franchissaient les grilles en chantant. Cette énorme Meiling, comme elle se sauvait en criant, et se faufilait, cherchant à dissimuler son gros corps dans d'impossibles recoins. Pensait-elle pouvoir éveiller le désir d'aucun homme? Mais *elle* n'avait pas eu peur. Debout, elle tenait la porte ouverte et les dévisageait gravement; tandis qu'ils se précipitaient avec leurs faces de faucons et leurs yeux étincelants, elle les saluait de nouveau et criait :

– Mille ans de vie à la Révolution!

Elle les trouvait tous pareils; pas un seul ne ressortait, n'avait plus d'éclat que les autres. Puis cet homme s'avança et d'un geste lui jeta son bras autour du cou. Celui-là ne ressemblait à personne, avec sa peau rouge et ses yeux bleus; il dépassait de la tête et des épaules l'homme le plus grand qu'elle eût jamais vu.

– Je la prends pour moi, camarades!

Elle ne pensait pas qu'un étranger pût parler le chinois aussi purement, avec si peu d'accent. Elle le regarda comme si les cieux venaient soudain de s'ouvrir au-dessus d'elle et il lui donna une tape dans le dos en riant d'un rire ample, splendide, qui secoua son cou blanc et vigoureux.

Pourquoi songer à lui, puisque demain elle serait morte? Elle n'avait pensé qu'à lui depuis cet instant, jamais à autre chose. Il fallait se rappeler à présent pourquoi elle allait mourir, et se demander où elle puiserait un peu de force pour sa dernière heure.

Il ne l'avait pas lâchée de toute la journée, il l'avait

entraînée avec lui, prise dans le creux de son bras, et il lui répétait de sa grosse voix :

– Pas peur? Ah! voilà une camarade qui me plaît. Je les déteste quand elles se sauvent et crient ou se cachent. Celle-ci n'a pas peur de me suivre!

Elle se taisait. Elle ne pouvait pas prononcer un seul mot. Quand elle levait les yeux vers lui les paroles devenaient impossibles. Mais elle ne ressentait aucune crainte. Qu'il fît d'elle ce qu'il voulait, peu lui importait. Il la coucha sous sa couverture ce soir-là, à l'ombre d'une maison démolie, quand les hommes se sentirent épuisés de brûler et de piller, et que leurs chants devenus frénétiques ne furent plus que cris et hurlements.

Des morts gisaient partout, hommes, femmes et enfants répandus pêle-mêle, informes. Au début on ne tuait que ceux qui résistaient, ensuite on ne se rendit plus compte et quelques-uns massacrèrent tout devant eux. Ils finissaient par devenir fous. Mais pas celui qui la tenait dans ses bras ce jour-là. Il riait constamment un peu et ses yeux brillaient. Il ne tua presque personne, sauf un gros marchand en robe de soie qui s'enfuyait de chez lui en tremblant tandis que les soldats entraient pour le piller. Le vieux était tombé comme un porc embroché, il eut quelques convulsions sur les galets, après quoi ses joues cireuses tressaillirent. Elle n'avait pas éprouvé la moindre frayeur. Quant à lui, il retira sa baïonnette, l'essuya contre la délicate robe fauve du marchand, et sourit à la jeune fille, abaissant sur elle ses yeux bleus, durs et clairs comme la glace.

– Les gens gras et trop bien nourris doivent périr parce qu'ils sont hideux, avait-il dit en riant. (Et il ajouta avec une sorte de haine nonchalante et amusée :) Des capitalistes!

Elle ne comprenait pas. Elle avait entendu prononcer ce mot dans les fragments de discours politiques attrapés au vol, aux coins des rues lorsque les élèves se dirigeaient vers l'église, deux par deux, leurs bibles enveloppées d'un mouchoir, sous le bras. Avait-elle jamais participé à cela? Elle réfléchit : Penser qu'on peut aller à l'église pour y chanter des psaumes! Les églises n'existent plus. Il s'en était moqué ce jour-là, avec les soldats étendus autour des autels, qui jouaient, se disputaient leur butin et tailladaient la tribune du prédicateur pour allumer le feu et cuire leurs vivres, puis dormaient la nuit sur les bancs.

– Les églises sont utiles après tout, s'était-il écrié joyeusement lorsqu'ils virent les pauvres – ce peuple qui fourmille dans les rues cachées, le long des passages, à la recherche de nourriture – arracher à présent les fenêtres, les planchers, et les hauts sièges sacrés, sur lesquels s'étaient tenus les officiers revêtus de leurs robes.

Ces gens démolissaient pour se procurer du combustible et cuire leurs aliments. Quand elle lui raconta qu'elle s'était assise là avec beaucoup de décorum, il demanda :

– Et as-tu appris la bonté, petite? (Elle secoua la tête et dit avec cette étrange passion qui ne cessait de la dévorer depuis qu'elle était allée avec lui :) Je n'avais rien appris avant votre venue.

Pourquoi persistait-elle à penser à lui? Le soleil montait haut dans le ciel et laissait filtrer un maigre rayon par la fenêtre. Dans la pièce misérable, des formes humaines s'éveillaient, bâillaient, exposaient leurs dents jaunes, graillonnaient, crachaient et gémissaient. Tous ces gens-là seraient morts quand le soleil atteindrait cette hauteur-là le lendemain. Aujourd'hui elle se tenait debout parmi eux, désespérément accrochée aux barres de la fenêtre, humant un faible parfum de jeunes feuilles de saule et de fleurs de pêcher. Demain matin elle ne pourrait plus se redresser. Son corps s'étalerait, impuissant – était-ce possible qu'il ne sentirait plus rien – lui dont chaque fibre nerveuse était si vibrante depuis que l'homme l'avait attirée à lui sous sa couverture, ce soir-là.

— Aimes-tu la Révolution? lui demanda-t-il une fois pendant la nuit. L'aimes-tu? Songe un peu de quoi je t'ai délivrée, petite. Je parie que tu étais fiancée à quelque respectable campagnard. Tes joues rouges viennent de la campagne. Ce paysan ne t'aurait jamais aimée comme je l'ai fait. (Il la secoua doucement d'abord puis avec violence :) Réponds-moi ou je t'embrasserai jusqu'à ce que tu en meures. Nous autres communistes avons toutes sortes de moyens de tuer. Veux-tu que je te tue avec des baisers? J'en serais capable. Je le ferai si tu ne me dis pas que tu es heureuse de m'avoir rencontré.

Elle appuya sa tête contre les barreaux. Pourquoi songeait-elle à lui? Il était parfaitement vrai qu'elle avait été fiancée toute sa vie au fils d'un voisin. Ils jouaient ensemble dans ces jours lointains où elle habitait le petit village. Lorsqu'ils grandirent, ses parents l'avaient envoyée en pension parce qu'il n'était pas convenable qu'une jeune fille fût aperçue journellement près de son fiancé. Elle ne l'avait pas revu depuis bien des années, mais les autres disaient — la vieille servante, dans la maison paternelle, lui murmurait avec des yeux ronds — qu'il était un beau garçon, plein de vertus filiales, et sérieux dans ses études des préceptes de Confucius. Les préceptes, Confucius, elle ne savait qu'une chose, c'est qu'elle avait passé toute la nuit couchée entre les bras d'un homme, la joue appuyée contre la chair blanche et nue de son épaule.

— Je ne sais même pas votre nom, ni vous le mien.

Il avait ri dans l'obscurité. Il riait facilement de ce gros rire insouciant.

— Qu'est-ce que cela fait, petite? On m'appelle Piotr le communiste, et mon adresse est le monde entier. Mais ce soir ma demeure est ici, avec toi, comme cela.

— Vous ne me quitterez pas? Vous me garderez, bien sûr?

De nouveau son rire éclatait :

– Petite brunette, cela même n'a aucune importance.

– C'est la seule chose qui compte pour moi, à présent, avait-elle murmuré.

Elle s'apprêtait déjà à entendre un rire sonore jaillir de la gorge de l'homme et traverser l'obscurité. Elle aurait voulu balayer ces ténèbres et le contempler de nouveau. Il lui semblait que depuis la nuit tombée elle avait oublié les courbes de ce visage au teint rouge. Des maisons brûlaient dans le lointain; des flammes s'élevaient. Elle souhaitait qu'un incendie, tout proche, lui servît de lampe. Mais il n'y avait que des cendres autour d'eux.

Il ne rit pas. Il dit précipitamment, avec une sorte de gravité :

– Tu pourrais me suivre. Non, je ne reste nulle part. On n'emmène pas une femme. Tu vois, j'ai du travail à faire dans le monde.

– Quel travail?

Il riait cette fois-ci :

– Vraiment, après ce jour passé à mes côtés, tu l'ignores! Voyons, petite fille libérée, ce gros marchand, ces maisons en feu? Toute mon œuvre.

Elle gardait le silence et se demandait avec une amertume croissante si demain il libérerait une autre femme et dormirait la nuit entière avec elle. Mais il posait ses mains sur Siumei et ce seul contact humiliait sa fierté. Ces choses n'avaient plus d'importance. C'était la Révolution. Ce qui viendrait après l'aube ne comptait pas. Elle se serra contre sa forte poitrine, lui prit la main, une large main rude et chaude et y enfouit son visage. Elle ne disait rien car elle n'avait jamais connu les mots d'amour. Elle voulait demeurer ainsi, simplement étendue, sans dormir. Mais, avant l'aube, le sommeil s'empara d'elle, car elle était exténuée, et lorsqu'elle s'éveilla, l'homme avait disparu, et le soleil, couleur de cuivre, était haut dans le ciel. Elle se leva et considéra les cendres et les briques cassées, tout ce qui hier était des maisons. Quelques personnes circulaient, lamentables, cherchant leurs biens. Elle ramena en arrière, d'un geste farouche, sa longue chevelure noire et dévisagea ces gens. Aucun d'eux n'était lui. Il était parti. Elle ne l'avait jamais revu.

Elle pouvait bien mourir demain. Elle ne l'avait jamais revu.

Elle s'était mise à sa recherche dans les rangs des communistes :

– Moi aussi, camarades, leur disait-elle, je suis communiste. J'ai été convertie par Piotr, le grand Russe. L'un de vous l'a-t-il aperçu?

Mais il restait introuvable. Elle apprit les chants et les cris de guerre communistes parce que c'étaient les siens à lui. Parfois on parlait devant elle :

– Quel besoin avons-nous de ces Russes, nous sommes des Chinois et nous nous sentons capables de mener à bien notre révolution. Ce grand Russe a beau être communiste, ce n'est pas son affaire de tuer des Chinois; nous nous en chargerons nous-mêmes.

Il se produisit alors un revirement d'opinion. Ceux qui avaient eu leurs maisons brûlées et leurs familles massacrées, les ennemis des communistes, revinrent au pouvoir, grâce à un détour de la révolution. Les massacreurs furent balayés en foule dans les prisons et condamnés à être exécutés.

Elle fut une proie facile. Elle se sentait fière d'être communiste. Quand ses parents avaient voulu la faire rentrer au village, à l'abri, elle s'y était refusée, priant le domestique de retourner et de dire qu'elle se trouvait en sécurité – qu'elle servait la Révolution. Son père vint lui-même à la fin; il se faufila en secret, de nuit, à travers les portes de la ville; mortellement effrayé, il frappa à la petite auberge où elle logeait avec les autres jeunes communistes. Elle s'avança et le vit à la grille; les rares mèches grises du vieux flottaient au vent et ses mâchoires tremblaient tant il avait peur. Il était tombé à genoux devant sa fille en désespoir de cause, un vieillard!

– Oh, ma fille, nous craignons pour ta vie!

– C'est inutile, je suis en lieu sûr.

– Nous sommes tes parents.

– Je n'ai pas de parents. La Révolution est mon père et ma mère.

– Et ton fiancé qui t'attend?

– Je suis déjà mariée.

– Mariée?

Il était vraiment très âgé et le clair de lune prenait une teinte d'ambre sur son visage ridé.

– Je suis mariée... avec la Révolution!

Elle avait refermé la grille. Elle ne retournerait jamais chez elle. Il n'y avait pas d'endroit sur terre où elle eût moins de chances de rencontrer Piotr que dans ce tranquille village où elle vivrait en épouse cloîtrée derrière des murs.

Un rayon argenté filtra. L'aube apparaissait. Déjà une aurore s'était levée pour elle. A présent les gardes arrivaient; ils voulaient se débarrasser de l'exécution de bonne heure, avant qu'on ne se mît à circuler. Tuer ne signifiait plus rien. On avait assisté à tant de massacres depuis le début! Elle-même... un cadavre ne comptait pas. Cela faisait partie de la Révolution. Un homme à face massive se leva, bâilla, et promena son regard sur la foule :

– Une centaine d'entre vous va être envoyée aux Sources Jaunes ce matin. Tant pis. Dans les belles journées j'en ai bien expédié autant.

Elle aussi se tiendrait prête. Mais que ferait-elle en souvenir de cette autre aurore? Comment pourrait-elle en ce dernier jour de vie célébrer l'heure où elle avait vraiment vécu?

On les fit tous sortir et elle seule restait debout contre le mur de brique humide, le garde la piqua avec son fusil :

– Allons, marche!

Elle regardait autour d'elle d'un air désespéré :

– Je ne veux pas.

– Tu ne veux pas mourir?

– Cela m'est égal, mais je refuse d'être menée comme ces moutons. Je veux, je veux mourir en chantant.

– Quoi donc? Une chrétienne! (Le garde sourit, elle l'intéressait. Il poussa son aide du coude :) Jolie, n'est-ce pas?

– Eh bien, parle! Que veux-tu? Une chaise à porteurs de mariée? Une auto comme le gouverneur? Que sais-je encore?

Elle s'empara de cette idée : n'importe quoi pour être soulevée hors de cette masse humaine effrayée et courbée :

– Je demande une auto. Voyez, je suis faible. Je n'ai pas pu manger hier.

– Nous verrons, répondit le garde avec indulgence.

Mais en fin de compte ce ne fut que la charrette de police traînée par de lourds bœufs noirs. Elle ne voulait pas y monter d'abord, mais le garde s'impatienta :

– Ils seront tous morts avant notre arrivée! s'écria-t-il.

Alors elle grimpa par-dessus la roue.

Là-haut un nuage noir se frangeait de lumière avant le lever du soleil. Des gens s'arrêtaient sur le pas des portes et se criaient les uns aux autres en voyant la procession :

– On exécute les communistes, voyez, les massacreurs vont enfin être tués à leur tour.

Debout, balancée dans la vieille charrette à bœufs, elle se cramponnait au montant. Les bêtes avaient le poil lisse et l'aspect stupide. Elles lui rappelèrent soudain la ferme de son père, au village, et les champs de terre noire, mouillée, prêts à recevoir les plants de riz. Tout cela était bien fini. Elle entendait les remarques qu'on faisait sur son passage :

– Regardez celle-là, une fille si jeune et si jolie qui va mourir.

Et subitement elle se sentit le souffle court et comprit combien elle était à plaindre; elle abaissa les yeux sur son corps délicat vêtu d'une veste et d'un pantalon de coton bleu. Il l'avait appelée « ma petite » – « petite fille »: Il le répétait sans cesse.

Elle gémit tout bas. Allait-elle pleurer? Non il n'y avait rien là de triste ni de pitoyable. Elle mourait libre. Piotr l'avait libérée. Parmi ces centaines d'êtres, elle seule avait eu cette nuit, plus belle que des années passées dans les cours. Le soleil mettait une bande d'argent massif au-dessus du nuage et elle se mit à chanter, d'une voix claire, un chant improvisé. Les paroles lui venaient aux lèvres à mesure qu'elle les prononçait. Personne ne comprenait. Lui-même, s'il avait été là, n'aurait pas su ce qu'elle voulait dire. C'était le chant d'une femme qui avait eu son heure de vie, une heure qui n'existait plus. Les gens écoutaient. A mesure qu'elle chantait, elle se souvenait; son corps se redressa et ses yeux devinrent lumineux. Mais on se contentait de murmurer :

– Voyez la petite, quelle communiste convaincue! Elle doit être mauvaise; elle va à la mort en chantant.

LE PÈRE ANDRÉA

Le père Andréa vivait tout le jour dans l'attente des heures de la nuit, qu'il passait à étudier les étoiles. Les jours, dans sa paroisse en Chine, étaient longs et surchargés, remplis par les allées et venues des humains, leurs cris, leurs voix qui se lamentaient ou mendiaient, et les nuits s'écoulaient courtes, radieuses, sous les astres silencieux et paisibles qui brillaient comme des torches dans la pourpre sombre du ciel. Il ne s'en lassait jamais. Les heures qu'il passait avec son télescope s'enfuyaient si vite que, bien des fois, il oublia de dormir avant que l'aube ne parût, si rutilante et splendide qu'elle faisait pâlir les étoiles. Mais il n'éprouvait aucun besoin de sommeil. Il redescendait vers le jour, rafraîchi et fortifié par les heures d'études et l'observation des étoiles d'or, tandis que les voix qui le poursuivaient de leurs clameurs se taisaient un instant.

– Béni soit le sommeil, murmurait-il, et il riait tout bas en escaladant les marches qui le conduisaient au minuscule observatoire qu'il avait construit au-dessus de son école.

C'était un gros petit homme souriant et dont le physique ne laissait rien paraître de sa douce âme mystique. Ses joues pareilles à des pommes, sa barbe noire et son aimable bouche rouge lui donnaient l'aspect d'un être épris des réalités, mais dans son regard, on découvrait l'amoureux des choses invisibles. Quand un lépreux venait l'implorer et se tordre à ses pieds, ou bien qu'une malheureuse esclave, terrifiée, accourait, franchissait en pleurant le portail de la mission, les lèvres du père Andréa continuaient à sourire, mais ses yeux noirs et enfoncés se voilaient souvent de larmes.

Le jour il relevait de ses mains les lépreux, les lavait, les nourrissait, les calmait et pansait leurs plaies avec de l'huile : il se tenait entre l'esclave et la maîtresse furieuse qui la maudissait; il souriait, patientait et se mettait à parler à sa manière à lui : un constant et tranquille murmure, que la voix coléreuse de la femme dominait, comme l'orage qui gronde en haut prime la voix du ruisseau; puis tôt ou tard, le doux parler qui insistait prenait le dessus, et la femme consentait à s'asseoir sur le siège d'honneur, à droite de la table carrée, dans l'étroit salon de réception; elle acceptait de boire le thé que le père avait demandé à son serviteur, tandis que la bouche souriante, au-dessous des petits yeux noirs et tragiques, continuait à parler, admirait, suggérait, regrettait et faisait doucement allusion à la nécessité d'un meilleur état de choses, si bien que finalement l'esclave repartait avec sa maîtresse. Il n'aidait jamais les gens à rompre les liens qui les enchaînaient. Il s'efforçait au contraire de les aider à supporter l'inévitable joug que la vie impose à chacun – car personne n'échappe à son fardeau; le père Andréa n'avait pas de conviction plus profonde que celle-là.

Un matin qu'il faisait la classe à ses élèves, il leur parla sur un ton de gravité inusité :

– Mes fils, leur dit-il, je vais vous expliquer une chose : Enfants, vous vous figurez que, plus tard, vous échapperez à l'autorité de vos parents, et que l'école vous en libère; sur vos bancs, vous rêvez à l'époque où, hommes faits, vous n'aurez plus à obéir à vos maîtres. Mais cette liberté, vous ne l'obtiendrez jamais. Quand nos âmes immortelles se revêtent de chair, elles doivent se soumettre à une discipline dont le Fils de l'Homme lui-même a subi la contrainte. Nous ne sommes pas indépendants les uns des autres, nous ne serons jamais libres envers Dieu.

» Il ne s'agit donc nullement de verser des larmes futiles, parce qu'on veut sa liberté, mais de découvrir le moyen de supporter joyeusement sa servitude. Dans le ciel, les astres eux-mêmes se soumettent; ils obéissent à des lois et suivent les sentiers prescrits, car leur dérèglement entraînerait la perte de l'univers. Vous avez vu les étoiles filantes, en été. Elles nous semblent merveilleuses et libres : un éclat de lumière et une splendeur contre les nuages! Mais elles aboutissent à la destruction dans les ténèbres. Ce sont les étoiles qui marchent méthodiquement et suivent la voie prescrite, qui durent jusqu'à la fin.

Les petits Chinois, dans leurs vestes bleues, le regardaient fixement, surpris de l'accent passionné que prenait cette voix calme, et de l'aspect sombre de ce visage rond, si souriant en général. Ils n'avaient rien compris.

Tout le jour, le père Andréa trottait de côté et d'autre. Il commençait par dire la messe à l'aube devant quelques vieilles fidèles qui venaient, décemment habillées d'une veste et d'un pantalon de cotonnade, les cheveux enserrés par un mouchoir noir. Leur manque d'entendement, lorsqu'il leur parlait, le troublait parfois. Il n'avait jamais pu prononcer parfaitement le chinois; il atténuait trop les gutturales avec son doux accent italien. Mais lorsqu'il voyait les visages patients se tourner vers la Vierge et son Fils, il songeait que ses paroles à lui n'avaient guère d'importance, tant que ces femmes contempleraient l'image sacrée, en s'efforçant d'en trouver la signification.

Avant midi, il tâchait de faire le cours des garçons, à l'école, mais c'était un travail harcelant, car les pauvres l'appelaient sans cesse pour régler leurs affaires.

– Père, j'ai vendu vingt sous de riz à cet individu, hier soir; je lui ai fait crédit jusqu'à ce matin, et maintenant qu'il a mangé le riz, il prétend qu'il n'a pas de quoi le payer.

Deux hommes en pantalon de coolie, leur dos nu noirci par le soleil, se tenaient devant lui; l'un était en colère et l'autre prit un air de défi pour répondre :

— N'avais-je pas l'estomac vide? Faut-il que je jeûne pendant que tu manges? Les révolutionnaires vont venir et tous ceux qui, comme toi, ont du riz, devront nous en donner, à nous qui en manquons, et encore sans parler d'argent!

Ils se lançaient des regards furieux, comme des coqs en colère qui se provoquent avant le combat, et le père posa une main sur le bras de chacun. Ses mains achevaient le langage des yeux, de petites mains brunes, d'une forme admirable, mais gercées et ridées par de perpétuels lavages et frottements. Une des tortures de la vie du père, c'est qu'il n'arrivait pas à maîtriser la révolte de son être quand il s'agissait de toucher des corps noirs et sales. Cette purification des mains devenait une obsession chez lui, en sorte qu'elles exhalaient toujours une vague odeur de savon au phénol. Il s'imposait en secret la pénitence de renoncer à ce lavage, de réprimer le frémissement de son être lorsqu'il posait les doigts sur une tête d'enfant couverte de teigne. Il s'était obligé à supporter tous les attouchements qui lui répugnaient. En voyant les gestes alertes des douces mains expressives, personne n'eût soupçonné le dégoût intérieur qu'il devait vaincre.

Et à présent, une de ces mains, chaude et persuasive, appuyée sur le bras de chaque homme, il dit à celui qui faisait le fanfaron :

— Mon ami, j'ignore ce que sont les révolutionnaires, mais je suis certain d'une chose : mon jardin a besoin d'être désherbé aujourd'hui et si vous voulez vous en charger, je vous paierai volontiers votre journée; comme je connais votre bon cœur, je sais que vous céderez là-dessus les vingt sous que vous devez à votre voisin; c'est un homme pauvre, chargé d'enfants, et vous avez mangé son riz. C'est écrit : quiconque ne travaille pas, ne mangera pas non plus. C'est une des lois de la vie que la Révolution elle-même ne saurait en vérité changer.

Aussitôt l'expression tendue des visages s'adoucit, et les deux hommes se mirent à rire en montrant leurs dents blanches. Le père Andréa, sa face ronde et rose toute plissée, rit aussi, puis retourna à ses élèves. Au soir, il donna double salaire à l'homme et quand celui-ci fit mine de refuser, le père Andréa insista :

– Prenez l'argent, car je vous demanderai peut-être encore de travailler pour moi, et qui sait si j'aurai alors la somme nécessaire.

L'après-midi, son plat de riz, de haricots et de macaroni avalé, il mettait son chapeau noir tout plat et sortait voir le peuple, boire le thé avec les gens, manger les œufs durs que les ménagères lui préparaient et qu'il avait en horreur, puis il écoutait en souriant tout ce qu'on lui racontait. Il ne fréquentait pas les riches. Ceux-ci le méprisaient en sa qualité de prêtre catholique et d'étranger, et il ne se serait jamais imposé à eux. Il entrait dans les maisons basses à toit de chaume, ou sous les abris de paillassons des mendiants, et il répandait l'argent à mesure qu'il le recevait. Personne, dans ce milieu, ne se doutait de la terrible tourmente qui se préparait, celle de la révolution, et le père Andréa partageait cette ignorance. Il ne lisait pas de journaux depuis des années et ne savait rien de ce qui se passait en dehors de la routine de ses jours et de la splendeur de ses nuits.

Une fois par semaine il se permettait de songer à son pays. Le soir du septième jour, il se lavait, taillait sa barbe noire et se parfumait les mains. Ensuite, il montait à son petit observatoire et s'asseyait dans un vieux fauteuil qu'il avait installé là-haut. Les autres soirs il se mettait sur un escabeau, près de sa table, préparait ses plumes, son papier, ses instruments de précision, et de sa petite écriture fine et nette, inscrivait ses notes qu'il envoyait ensuite à son supérieur à Siccawei. Au bout de ces années, faites de tant de soirées, il en était arrivé peu à peu, sans s'en douter, à être l'une des sommités d'un groupe d'astronomes de l'Extrême-Orient. L'étude du ciel était une détente et un ravissement pour ce cerveau qui contenait de tels dons d'observation méticuleuse et de réflexion intense, aiguë.

Mais ce septième jour, il ne prenait ni papier ni plumes. Il s'asseyait, ouvrait les fenêtres et regardait fixement les étoiles, tandis qu'il laissait ses pensées retourner vers l'Italie, sa patrie, qu'il n'avait pas revue depuis vingt-sept ans, et qu'il ne reverrait jamais. Il était un jeune homme de trente ans à peine quand il l'avait quittée, mais même après tant d'années, il se souvenait avec une ardente acuité de la torture de ce départ. Il revoyait encore la baie, réduite à un cercle qui diminuait à mesure que le bateau s'éloignait de terre. Chaque semaine il réfléchissait gravement et se trouvait coupable, car le souvenir de ce départ dominait en lui la conscience de sa mission, et ce n'était pas sa séparation d'avec son pays, son foyer, ses parents, son frère et sa sœur, qui lui avait semblé la plus cruelle, mais celle de son âme d'avec sa bien-aimée, sa Vitellia, qui lui avait préféré son frère.

Il faisait pénitence depuis ces longues années, pour racheter le péché d'être entré dans l'Eglise, non par dévotion à Dieu et à Marie, mais parce que Vitellia ne l'aimait pas. Elle n'en avait jamais rien su, elle ni personne. Le frère d'Andréa était grand, beau et grave, avec des yeux bruns admirables et languissants, et Vitellia, grande, belle, exquise, évoquait un olivier revêtu de son feuillage nouveau. Elle semblait être toute en demi-teintes douces, brumeuses, et elle dépassait de la tête et des épaules le petit homme rose qu'il avait toujours été. Personne ne le prenait au sérieux. Il riait et plaisantait sans cesse, et ses yeux noirs, enfoncés, pétillaient de malice et de gaieté.

Il continua ses facéties, même après le mariage de

son frère. Il attendit de savoir si celui-ci rendrait sa femme heureuse, mais il n'eut rien à lui reprocher de ce côté-là. Son frère était un peu terne, sous sa beauté physique, mais bon. Lorsqu'il se vit marié, avec l'espoir d'un enfant à naître, il s'installa dans l'affaire de vin qu'avait son père, et ils furent tous très heureux. Non, vraiment on ne trouvait rien à redire.

C'est alors qu'Andréa se mit à trembler devant la force de son amour. Il sentit que la seule chose qui l'empêcherait de se déclarer, serait une entière soumission à son destin. Il y arriva au bout d'un an de fièvre et d'angoisse. Mais le résultat n'était pas suffisant. Pour obtenir une renonciation radicale, il comprit qu'il lui faudrait se faire prêtre et partir vers quelque pays lointain. Alors il courut se réfugier chez les pères de son village.

Sa famille se moqua de lui. Tout le monde se mit à en rire, mais Vitellia fut sur le point de causer sa perte; elle s'accrocha à sa main et lui dit de cette voix qui lui paraissait plus belle qu'une musique :

— Mais frère mien, mon Andréa, qui s'amusera avec mes enfants maintenant, et qui aurai-je sans cesse avec moi, dans ma maison?

Il avait secoué la tête en souriant, sans pouvoir parler; elle leva les yeux, surprise, et s'aperçut que les siens à lui étaient remplis de larmes :

— Est-ce qu'il le faut vraiment, Andréa, si cela vous coûte tellement?

Et il avait acquiescé d'un signe de tête.

Eh bien, tout cela était loin, terminé depuis longtemps. Il s'était défendu de penser à elle, pendant de nombreuses années, puisqu'elle était la femme d'un autre, et soir après soir, il montait vers les étoiles et priait ardemment afin d'obtenir la paix. Il lui semblait qu'il n'arriverait jamais à expier cet amour pour Vitellia qui, jusqu'à la fin, surpassait tout. Aussi, il se sacrifiait farouchement et s'obligeait à subir des contacts pénibles. Une fois, lorsque sa chair brûlait de désir pour Vitellia, il était sorti comme un fou dans les rues, et il avait ramené de la nuit glaciale un mendiant, un pauvre être grelottant. Il l'avait couché dans son lit, sous ses couvertures, et s'était étendu à ses côtés. Il y demeura jusqu'au matin, les dents serrées et l'estomac sur les lèvres. A l'aube, il avait murmuré à son propre corps, triomphalement : « Te calmeras-tu à la fin, et me laisseras-tu tranquille? » C'est dans tout cela qu'il fallait chercher le secret du dramatique sourire et des constantes exhortations à supporter le joug.

Un jour, une enveloppe bordée de noir lui parvint; c'était la première lettre qu'il recevait depuis bien des années; il l'ouvrit et lut l'annonce de la mort de Vitellia. Alors une sorte de paix descendit sur lui, et bientôt il s'accorda cette détente, le soir du septième jour, pendant laquelle il se permettait de songer un peu à elle. Depuis qu'elle était morte, il se la figurait là-haut, errant parmi les étoiles, avec ses mouvements libres et légers qu'il lui connaissait. Elle n'était plus la femme de personne — elle n'appartenait à aucun être humain, elle faisait partie du ciel, et il pouvait songer à elle, comme à un astre, sans commettre de péché!

Il prêcha avec moins de véhémence, il mit plus de calme à convaincre chacun d'accepter sa servitude. Lorsqu'un de ses élèves s'échappa pour rejoindre les révolutionnaires, il soupira et partit à sa recherche; il le trouva, lui parla doucement, et le supplia de revenir auprès de sa mère en larmes.

— Le bon Dieu nous met en ce monde avec un devoir à accomplir, fit-il plein de tendresse.

Il souriait, un bras passé autour des épaules du jeune garçon. Mais celui-ci se secoua, et dégagé de l'étreinte, se recula.

— La révolution ne connaît ni Dieu ni devoir, cria-t-il d'une voix impérieuse. Nous sommes tous libres, nous prêchons l'évangile de liberté pour tous.

— Ah? fit le père à mi-voix.

C'était un premier avertissement. Jusqu'ici, le père

n'avait pas prêté l'oreille à ce qu'on disait de la Révolution. Ses sentiers ne l'éloignaient jamais à plus d'un mille du quartier populeux de la ville. Il se dit que le moment était venu de s'informer, surtout si ses élèves commençaient à se sauver. Il voulut changer la conversation, mais le gamin paraissait méfiant et désireux de le voir partir. Il y avait d'autres garçons, près de là, et un ou deux officiers. Le jeune homme donnait des réponses de plus en plus courtes et lançait des regards furieux vers ses camarades. A la fin le père Andréa dit avec bonté :

– Je vois que tu as d'autres idées qui t'occupent. Je te laisse. N'oublie pas les prières qu'on t'a enseignées, mon enfant.

Il posa un instant la main sur la jeune tête, et s'en alla, mais avant qu'il n'eût quitté les baraquements, des huées moqueuses éclatèrent; il entendit les garçons crier à leur camarade :

– Es-tu le chien d'un étranger?

Il n'avait aucune notion de ce que cela voulait dire et il songea un instant à rebrousser chemin. Il s'arrêta pour écouter. Un éclat de rire claqua comme un coup de fouet, quelqu'un s'écria :

– Ah, un chrétien!

Puis il entendit son élève répondre entre les larmes et la colère :

– Je déteste le prêtre – je ne connais pas sa religion, je suis un révolutionnaire! Qui ose me questionner?

Le père Andréa se sentit frappé et demeura immobile. Quelles paroles sortaient des lèvres de ce jeune garçon qui venait à son école depuis l'âge de cinq ans? Le père tremblait un peu et une pensée lui traversa l'esprit, lui causant une vive douleur : « C'est ainsi que Pierre renia son maître! » Alors il revint à la mission qui composait son foyer, s'enferma dans sa chambre, et pleura amèrement.

Après cela, il eut l'impression d'être resté sans le

savoir au bord d'un tourbillon. Il avait pensé qu'il devrait se renseigner sur cet état de révolte et veiller à ce que les élèves ne fussent pas entraînés. Mais l'enquête devint inutile. Renseignements, épreuves se mirent à pleuvoir sur lui, et il se sentit pris dans d'inextricables difficultés.

Tant de choses lui demeuraient inconnues. Il n'avait jamais entendu parler des différentes politiques entre l'Est et l'Ouest. Il était arrivé là, uniquement désireux de venir se cloîtrer dans sa mission, au sein d'un pays privé de la vraie foi. Dans ce coin d'une immense cité surpeuplée, il avait vécu jour après jour pendant vingt-sept ans, et sa petite silhouette noire avait fini par faire partie de la rue, au même titre que l'ancien temple ou le pont. Les enfants le connaissaient, il représentait un de leurs plus lointains souvenirs, car il avait coutume de circuler par tous les temps, ses poches gonflées de pistaches qu'il leur distribuait. Personne ne s'occupait de sa présence. Les femmes qui lavaient à la fontaine levaient la tête à son approche, en se disant qu'il devait être 1 heure de l'après-midi, puis elles soupiraient à la pensée de toutes les heures qui leur restaient à passer jusqu'au coucher du soleil. Derrière leurs comptoirs, dans les boutiques ouvertes sur la rue, les marchands lui faisaient de légers signes de tête et acceptaient avec bonne humeur les traités et les images de la Vierge qu'il leur distribuait.

Mais tout cela changea. Il ne fut plus le père Andréa, un prêtre inoffensif et sur le retour. Il devint un étranger.

Un jour, un enfant refusa les pistaches qu'il lui tendait; le petit regarda le père avec de grands yeux en disant :

– Ma mère croit qu'elles sont peut-être empoisonnées.

– Empoisonnées? reprit le père Andréa, d'un air vague et très surpris.

Le lendemain, lorsqu'il rentra, ses poches étaient

aussi lourdes qu'au départ, et à partir de ce moment-là, il cessa d'emporter des pistaches. Une fois, une femme cracha sur lui quand il passa devant la fontaine. Les hommes secouaient froidement la tête lorsque, en souriant, il leur apportait ses traités. Il se sentait complètement ahuri.

Enfin, un soir, son serviteur indigène vint le trouver. C'était un bon vieux à maigre barbiche blanche éparse, très honnête, un peu stupide, et qui n'avait jamais pu aboutir à réciter convenablement ses « ave ». Le père Andréa se demandait parfois s'il ne trouverait pas un meilleur aide, mais il ne se décidait jamais à lui dire qu'il n'était pas parfait. Ce soir-là, le domestique dit à son maître :

– Mon père, ne sortez pas tant que durera cette folie.

– Quelle folie? demanda le père Andréa.

– Ce qui se dit à propos des étrangers et des révolutions. On écoute ces jeunes gens, habillés de longues robes noires; ils viennent du Midi et prétendent que les étrangers tuent les nôtres et volent leurs cœurs avec de nouvelles religions.

– De nouvelles religions? fit doucement le père Andréa. La mienne n'a rien de nouveau. Je la prêche ici et je l'enseigne depuis plus d'un quart de siècle.

– C'est bien cela, vous êtes un étranger, répondit le vieillard sur un ton d'excuse.

– Eh bien, fit enfin le père Andréa, tout ceci m'étonne énormément.

Mais le lendemain, il écouta le vieillard, car lorsqu'il voulut franchir le portail et sortir dans la rue, on lui lança une grosse pierre qui vint briser la croix d'ébène pendue sur sa poitrine. Il y portait la main, frappé de stupeur, lorsqu'une deuxième pierre vola, lui faisant une forte entaille. Le père pâlit, rentra à la mission, ferma la porte, tomba à genoux et contempla sa croix brisée. Pendant longtemps, il ne put rien dire, mais à la longue des mots lui vinrent aux lèvres et il prononça l'antique prière : « Père, pardonnez-leur, car ils ne savent ce qu'ils font. »

Après cela, il ne quitta plus sa maison. Au bout de quelques jours, personne ne vint plus à la mission, et il ferma tristement la porte de l'école, vide désormais. Il se sentait dans la zone calme de la tourmente. Au-dehors de l'enceinte, où seuls le vieux serviteur et lui s'occupaient dans le jardin, des rumeurs étranges, confuses, s'élevaient de la rue. Le père verrouilla le portail. Il ne l'ouvrait qu'une fois, le soir, pour livrer passage au vieillard qui allait acheter leur nourriture. Mais un jour le serviteur revint avec son panier vide.

— Ils ne me laissent plus rien acheter pour vous, dit-il d'un air pitoyable. Afin de vous sauver la vie, il faut que je fasse semblant de vous haïr et que je vous quitte. Mais à la nuit, je vous lancerai de quoi manger par-dessus le mur du jardin, du côté de l'ouest, et à l'heure dite, je réciterai les « ave ». Autrement, c'est notre Dieu qui devra prendre soin de vous.

Le père Andréa resta complètement seul. Il passait la plupart de son temps, là-haut dans son observatoire, et il se permit tous les soirs ses retours sur le passé. Les journées étaient longues et solitaires et les lépreux eux-mêmes lui manquaient. Il n'avait plus besoin de se laver les mains, sauf pour enlever la belle terre propre du jardin qui lui collait aux doigts quand il venait de cultiver ses légumes. Au-dehors, le bruit montait, enflait, jusqu'à ce que le père se crût isolé dans une petite île au milieu d'un océan en furie; bientôt les vagues l'engloutiraient à son tour.

Il se réfugia de plus en plus dans ses pensées. Il se bâtissait des rêves en Italie, il songeait aux jardins, remplis de treilles, dans lesquels il avait joué enfant. Il respirait l'odeur des grappes mûres chauffées par l'ardent soleil, parfum incomparable! Assis dans son vieux fauteuil, soir après soir, il repassa sa vie depuis le commencement. On était en mai et les étoiles brillaient dans le ciel pourpre. Mais il ne touchait plus à ses plumes ni à ses livres de notes, il était devenu indifférent à tout ce qui a trait aux astres, sauf à leur seule beauté immatérielle. Dieu soit béni pour son ciel et ses étoiles, en tout lieu. Ces ciels de mai, en Chine, ressemblaient à ceux de son pays en été; les étoiles s'accrochaient, lourdes et dorées, à la voûte sombre. Une fois, par une nuit semblable, en Italie, il s'était penché à la fenêtre et la beauté des astres l'avait rendu fou. Il s'était précipité hors de chez lui, aveuglément, pour courir chez Vitellia. Son cœur battait comme un tambour et lui secouait le corps à chaque coup. Il allait crier à Vitellia qu'il l'aimait. Quand il arriva devant la maison, son frère lui ouvrit la porte et lui dit avec bonté :

– Nous allions dormir, Andréa. Pouvons-nous t'aider en quoi que ce soit?

Derrière lui, il aperçut Vitellia dans l'ombre de la pièce, le visage pâle et indistinct, comme une fleur au crépuscule. Elle s'avança et posa la main légèrement sur le bras de son mari et appuya la tête contre son épaule. Elle était parfaitement heureuse. Andréa sentit sa passion l'abandonner.

Il balbutia :

– Non, merci. Je croyais... je ne savais pas qu'il était aussi tard... je pensais entrer et causer un peu avec vous si vous vouliez.

– Oui, un autre soir, répondit gravement son frère.

Et Vitellia s'était écriée :

– Bonsoir, frère Andréa!

Puis la porte se referma et il demeura seul.

C'est cette nuit-là qu'il passa tout entière au jardin; à l'aube, il décida de se consacrer aux pauvres, puisque Vitellia n'avait pas besoin de lui, mais aux pauvres d'un pays lointain.

Passion, douleur, jeunesse, il avait fallu user cela à force d'indomptable volonté de souffrance. Mais il ne se libérerait jamais complètement, tant qu'il vivrait. Il se demandait si, parmi les étoiles, Vitellia savait. Là-haut, sans doute on savait tout. Du moins il l'espérait. Cela lui éviterait de parler de son tourment. Elle comprendrait ce qu'elle n'avait jamais deviné sur terre, et leurs nouveaux rapports célestes s'établiraient aussitôt.

Il soupira et descendit au jardin. Dans le fond, à l'ouest, il trouva un paquet enveloppé d'une feuille de lotus, qui contenait un peu de riz froid et de viande. Il mangea, puis il récita ses « ave », sa main touchant sa croix brisée, sur sa poitrine.

De l'autre côté du mur, dans la rue, on entendait résonner les pas de milliers et de milliers d'hommes en marche. Le père écouta un instant, songeur, puis il remonta à son observatoire en soupirant de nouveau. Il s'assit et, le regard perdu vers les clairs espaces du firmament, il s'assoupit.

Au matin, il eut un réveil brusque, comme si des bruits aigus l'avaient tiré de son sommeil. Saisi par un pressentiment, il sursauta. Mais il n'arrivait pas à rassembler ses idées. Les étoiles faiblissaient à la lueur grise de l'aube et le toit de l'église paraissait sombre, mouillé par la rosée. Du dehors montait le fracas d'un tumulte fou; des coups de fusil et des cris déchiraient l'air. Il écouta. Plusieurs détonations se succédèrent rapidement. Il se redressa, réfléchissant à ce que cela pouvait bien être. Ce vacarme l'avait-il réveillé? On ne marchait plus; une immense flambée illuminait le ciel lointain, au levant. Il y avait un incendie du côté du quartier riche de la ville, où se trouvaient les rues ornées de bannières rouges et jaunes qui servent d'enseignes aux grands magasins de soieries ou de grains, et aux maisons de joie. Peut-être, après tout, n'était-ce que la lumière de l'aurore? Mais non, par ce ciel gris elle ne resplendirait pas ainsi.

Le père Andréa se leva péniblement de son fauteuil; vaguement alarmé, il descendit l'escalier d'un pas lourd; son sommeil n'avait pas été bienfaisant, et il avait l'esprit embrouillé. Lorsqu'il se trouva au bas des marches, sur le gazon, il entendit des coups terribles frappés contre la porte et il se pressa pour aller ouvrir. Voilà le bruit qui l'avait réveillé! Il tâtonna autour de la grosse barre de bois et finit par la retirer, puis il écarta le battant et demeura stupéfait, les yeux fixés devant lui. Des centaines d'hommes étaient massés là, des soldats en uniforme gris. Jamais il n'aurait cru que des visages humains pussent être aussi féroces, et ils lui causèrent une répulsion telle qu'il n'en avait jamais éprouvé de semblable pour ses lépreux. Ils braquèrent leurs fusils sur lui, en poussant des rugissements de tigres. Le père Andréa n'avait pas peur, il était ébahi, voilà tout.

– Que désirez-vous, mes amis? demanda-t-il, surpris.

Un jeune homme, à peine plus âgé que l'élève qui s'était enfui, s'avança et arracha le rosaire que le père avait autour de son cou. Le fragment brisé, tout ce qui restait de la croix qu'il portait depuis tant d'années, tomba à terre.

– Nous sommes venus délivrer le monde des impérialistes et des capitalistes, criait le jeune homme.

– Impérialistes et capitalistes? répéta le père Andréa, très étonné.

Il n'avait jamais entendu prononcer ces mots. Depuis bien des années, il ne lisait plus que les Pères de l'Eglise ou des livres d'astronomie, aussi il n'avait pas la moindre idée de ce que voulait dire ce gamin.

Mais le jeune garçon pointa le canon de son fusil sur le père Andréa :

– Nous sommes les révolutionnaires! cria-t-il.

Sa voix était rauque et dure; il semblait avoir hurlé pendant des heures et son jeune visage lisse était marbré et rouge comme s'il avait bu :

– Nous venons libérer tout le monde!

– Libérer tout le monde? fit lentement le père Andréa, avec un léger sourire.

Puis il se baissa pour ramasser sa croix dans la poussière.

Mais avant que la main du père n'eût touché cette croix, le jeune homme, d'un geste convulsif, pressa sur la détente de son fusil; un coup sec partit, et le père Andréa tomba à terre, mort.

LA NOUVELLE ROUTE

Lu Chen tenait une boutique d'eau chaude à l'angle de rue formé par la Porte du Nord et l'impasse de la famille Hwang. Chacun sait que c'est l'un des points les plus importants de cette artère, car les magasins de soieries y arborent leurs bannières orange et de grandes familles habitent en contrebas des Hwang. Vingt fois par jour, les commis qui paressent dans les magasins sombres envoient le coolie chercher de l'eau bouillante pour faire infuser le thé qu'ils sirotent sans arrêt. Vingt fois, les dames de l'avenue, qui pour passer le temps se distraient avec grâce les unes chez les autres à des jeux de hasard, chargent leurs esclaves d'aller prendre de l'eau chez Lu Chen. Aussi le commerce prospérait; il marchait déjà très bien du temps du grand-père, lorsqu'un empereur habitait à quelques milles de là et que cette même rue venait aboutir aux jardins de plaisance d'un prince.

Lu Chen avait reçu la boutique des mains de son père avec un sac de riz plein de dollars d'argent. Le sac, vidé à l'époque de son mariage, avait été de nouveau rempli, puis revidé lors des noces de son fils; à présent il se regarnissait de pièces, jusqu'au cinquième de sa hauteur, et le petit-fils de Lu Chen trottinait partout, effrayant le vieillard par son esprit aventureux et l'attirance qu'exerçaient sur lui les grands chaudrons de cuivre encastrés dans les fours de terre.

– Quand j'étais gosse, lui déclarait journellement Lu Chen, je ne m'approchais jamais des chaudrons. J'obéissais à mon grand-père, et je ne courais pas toujours comme un petit poulet.

L'enfant n'y comprenait goutte. Il était trop jeune pour parler distinctement, mais il se rendait déjà parfaitement compte de la place qu'il tenait dans le cœur de son grand-père, en sorte qu'il continuait à trébucher auprès des fours sous le regard inquiet du vieillard. Bien entendu il avait pris l'habitude de se voir soulevé subitement par le col de sa petite veste, balancé en l'air et déposé dans la pièce intérieure.

– Je ne m'explique pas cet enfant que tu as, observait Lu Chen à son grand fils. Quand donc lui enseigneras-tu l'obéissance?

Le fils de Lu Chen, enclin à la paresse et au mécontentement depuis qu'il avait terminé sa quatrième année d'études secondaires, haussa les épaules et répondit avec une légère impertinence :

– De nos jours, on ne fait pas un tel cas de l'obéissance.

Lu Chen lui lança un regard aigu. Il se refusait à admettre la paresse de son fils. Même la nuit venue, couché aux côtés de sa femme, entre les courtines de son lit de bambou, il n'arrivait pas à en convenir.

Parfois sa femme lui disait :

– Ce garçon manque d'occupation; la boutique est petite et il n'y a vraiment de travail que pour un seul homme. Si tu voulais seulement te reposer! N'as-tu pas cinquante ans? Cela permettrait à notre fils de veiller au commerce, ce qui vaudrait mieux. Il a vingt ans et il ne se sent aucune responsabilité pour gagner son riz, celui de sa femme et de son enfant. Toi, tu veilles à tout. Pourquoi l'as-tu envoyé à l'école s'il doit rester oisif?

Lu Chen repoussa l'épais couvre-pied bourré de coton. Il étouffait lorsque la question de renoncer à son commerce se posait. La véritable raison pour laquelle il avait permis à son fils de poursuivre ses études année après année, c'est qu'il désirait avoir la boutique à lui seul.

– Le grand chaudron, marmotta-t-il, n'est jamais aussi brillant que je le désire. Je le lui ai fait observer une douzaine de fois : Prends les cendres du foyer, lui ai-je dit, mouille-les un peu, barbouille le cuivre, puis quand ce sera sec... Mais je ne l'obtiens jamais!

– Parce que tu n'es jamais content de lui, répondit-elle.

C'était une grande femme, épaisse. Le corps menu et desséché de Lu Chen soulevait à peine le couvre-pied en comparaison du monticule qu'elle formait à côté de lui.

– Il ne veut pas s'y prendre comme je le lui ordonne, dit-il très fort.

– Tu n'es jamais content, répéta-t-elle tranquillement.

Ce calme l'exaspérait plus que ne l'eût fait aucune colère. Il se redressa et fixa du regard le visage placide de sa femme. La lampe à huile de fève laissait pénétrer une vague lueur à travers la toile grossière des rideaux et il aperçut les yeux endormis et les grosses lèvres sans expression.

– Je fais ce que mon père m'a enseigné, dit-il la voix aiguë.

– C'est bon, murmura-t-elle. Cela n'a aucune importance; il faut dormir.

Il resta assis un moment, le souffle court, puis il se recoucha.

– Tu ne tiens pas le moins du monde au magasin, dit-il enfin. (C'était la plus grave accusation qu'il pût prononcer.)

Mais elle ne répondit rien; elle dormait, et sa respiration tranquille et sonore emplissait la profondeur des rideaux.

Le lendemain Lu Chen se leva de bonne heure et se mit lui-même à fourbir l'intérieur des chaudrons jusqu'à ce qu'il pût y mirer sa maigre face brune. Il aurait voulu les laisser vides jusqu'au réveil de son fils pour lui montrer l'aspect qu'on pouvait leur donner. Mais il n'osa pas, car les esclaves et les domestiques venaient très tôt chercher l'eau chaude du bain de leurs maîtresses. Il emplit donc le chaudron en y versant le contenu des jarres de terre, et alluma les feux. Bientôt la vapeur sortit en bulles de dessous les couvercles de bois saturés d'eau. Il avait rempli par trois fois les chaudrons avant que son fils ne parût en se frottant les yeux, sa robe de cotonnade bleue à demi boutonnée enroulée autour de lui, et les cheveux hirsutes. Son père le considéra sévèrement.

— Quand j'étais jeune, dit-il, je me levais de bonne heure, je nettoyais les chaudrons, j'allumais les feux et mon père dormait.

— A présent, nous sommes à l'époque de la Révolution, déclara légèrement le jeune homme.

Lu Chen renifla et cracha à terre.

— Nous sommes à l'époque des fils désobéissants et des jeunes oisifs, dit-il. Que sera ton fils, si tu ne gagnes pas encore ton riz?

Mais le jeune homme se contenta de sourire, et boutonna lentement sa veste; il prit de l'eau au chaudron le plus proche et la versa dans une cuvette pour se laver.

Lu Chen le regardait; un frémissement passa sur son visage :

— C'est uniquement à cause de toi que je tiens à la boutique, dit-il enfin. Pour te la laisser, à toi d'abord, puis à ton fils après toi. Ce commerce d'eau chaude fonctionne ici depuis soixante ans. Il est bien connu. Toute la vie de mon père, la mienne, la tienne, en découlent, et maintenant celle du petit.

— On parle de la nouvelle route, à présent, dit le jeune homme en étreignant une serviette fumante qu'il se passa sur la figure.

C'était la première fois que Lu Chen entendait parler

de cette nouvelle route. Il n'y prêta aucune attention. Son fils était toujours absent ou en train de causer de choses modernes, depuis que la Révolution avait éclaté dans la ville. Lu Chen ne se rendait pas un compte exact de ce que pouvait bien être la Révolution. Assurément ses affaires avaient mal marché pendant une certaine période; les grands magasins restaient fermés par crainte du pillage, et les familles qui s'approvisionnaient chez lui d'une façon régulière étaient parties pour Shanghaï. Après, le commerce se réduisit à remplir les maigres théières des gens les plus modestes qui marchandaient à propos du moindre sou de cuivre. Puis, subitement, des soldats surgirent de partout, qui achetèrent de l'eau sans mesure. C'est alors que Lu Chen commença à regarnir son sac de riz. Cela aussi était un résultat de la Révolution. Fortement intrigué, Lu Chen cessa de la maudire. Ensuite, les grands magasins s'ouvrirent, les vieilles familles revinrent, les soldats disparurent, et tout fut comme par le passé, excepté les prix qui montèrent. Lu Chen augmenta celui de l'eau et se sentit très soulagé.

– Ces révolutions, demanda-t-il un matin à son fils, que signifient-elles? Tu as été à l'école, le sais-tu? Cela a été un grand remue-ménage. Je suis content que ce soit fini.

Son fils releva les sourcils.

– Fini? répéta-t-il. Cela ne fait que commencer. Attends. Cette ville sera la capitale du pays, et puis tout sera très changé.

Le vieillard secoua la tête. Un changement? Il n'y en a jamais de bien considérable. Qu'il y ait des empereurs, des rois, des présidents ou que sais-je, les gens n'en doivent pas moins boire leur thé et se baigner; cela continuera éternellement.

Oui, mais cette nouvelle route? Le jour même où son fils en avait parlé, la jeune esclave effrontée qui habitait la troisième avenue en descendant, relevait un coin de sa bouche et lui annonçait :

– J'ai entendu notre maître qui disait que la nouvelle route aurait soixante pieds de large. Que deviendront vos chaudrons, Lu Chen?

Les bras du vieillard étaient nus jusqu'au coude; ridés et rougis par le contact constant avec la vapeur, ils étaient presque insensibles à la chaleur. En écoutant les paroles de l'esclave, Lu Chen enfonça plus profondément la tige du bambou dans l'eau et grommela. Sa main tremblait et il laissa couler sur le rebord de cuivre quelques gouttes qui tombèrent parmi les braises brûlantes du foyer. Un sifflement s'en éleva. Il ne dit rien et fit semblant de ranimer le feu. Il n'allait pas causer avec cette stupide créature. Cependant, une fois l'esclave partie il songea qu'elle dépendait de la maison de Ling dont le fils aîné était fonctionnaire, et qu'elle avait parfaitement pu entendre parler de la nouvelle route. Lu Chen considéra les murs de brique grise de sa boutique avec une sorte de terreur. Ils étaient obscurcis par la fumée et la vapeur, et des craquelures les sillonnaient, les mêmes, il s'en souvenait, que dans son enfance. Soixante pieds de large! Cela signifait le magasin entier éventré.

« Je leur ferai un prix tel qu'ils ne pourront pas l'acheter, se dit-il. Un prix »... Il chercha lui-même un chiffre capable de faire hésiter un gouvernement. « Je réclamerai dix mille dollars! » Il se rasséréna. Qui donc donnerait dix mille dollars pour un espace de douze pieds carrés et deux chaudrons? Où trouver pareille somme en ce monde? Du temps de la jeunesse de son père, le prince Ming-Yuan avait fait construire un palais pour ce prix. Lu Chen eut un léger rire, se montra plus indulgent envers son fils, oublia la nouvelle route et continua à veiller sur la vie de l'enfant et à le protéger de l'eau bouillante. Tout fut comme par le passé.

Un jour, au milieu de la matinée, il s'assit pour se reposer et boire son thé. Il avait vidé cinq fois ses chaudrons, et il se faisait toujours une petite infusion avant de les remplir à nouveau aux approches du repas de midi. Il pouvait jouir d'un peu de loisir entre les achats pour le thé du matin et ceux de l'heure du déjeuner. Il prit son petit-fils sur ses genoux et lui permit d'avaler quelques gorgées, amusé de lui voir prendre son bol à deux mains, les yeux fixés gravement au-dessus du bord.

On heurta soudain à la porte; un coup net, comme frappé par un sabre. Lu Chen déposa l'enfant à terre avec précaution, mit la théière hors de sa portée, s'avança, et, avec un peu de gaucherie, retira la barre de bois. Un homme en uniforme de coton gris se tenait sur le seuil, un jeune officier quelconque, l'œil arrogant, qui regarda à peine Lu Chen.

– Monsieur..., fit le marchand d'un ton timide, car le jeune homme portait un fusil et une ceinture garnie de cartouches, mais l'officier lui coupa la parole.

– La nouvelle route passe devant votre boutique. Comment vous appelez-vous, mon bonhomme?

L'officier consulta rapidement une feuille de papier qu'il tira de sa poche :

– Ah! oui, Lu! Trente pieds doivent être pris sur votre maison. Dans quinze jours à partir d'aujourd'hui, il faut que la boutique ait disparu, sans quoi nous la démolirons nous-mêmes.

Il replia la feuille d'un air indifférent, la remit dans sa poche et s'en alla. Derrière lui, trois soldats emboîtèrent le pas. Lu Chen ne put prononcer un mot. Il avala sa salive, mais son gosier était sec; aucun son n'en sortit. L'un des soldats se retourna pour le regarder drôlement, avec commisération. Cette pitié desserra la gorge de Lu Chen.

– Dix mille dollars! cria-t-il d'une voix enrouée au jeune officier qui s'arrêta et pivota sur les talons.

– Qu'est-ce que cela signifie? demanda-t-il brutalement.

– Le prix de la boutique est de dix mille dollars, balbutia Lu Chen.

La main de l'officier se crispa sur son fauteuil et Lu Chen, effrayé, recula derrière la porte qu'il referma; mais le jeune homme revint sur ses pas et frappa de son arme un coup si brusque que Lu Chen trébucha, heurtant le petit qui se mit à pleurer. Depuis sa naissance, chaque fois que l'enfant avait poussé un cri, son grand-père s'était précipité vers lui; cette fois-ci, il ne l'entendit même pas. Il regardait fixement le militaire et murmurait inconsciemment, sans arrêt :

– Dix mille dollars, dix mille dollars!

L'officier le dévisagea, puis demanda avec un rire glacial :

– Est-ce là votre contribution à la nouvelle capitale? et lançant un ordre bref, il s'éloigna.

Contribution? Quelle contribution? L'enfant gémissait, couché sur la terre battue. Il avait l'habitude de rester où il était tombé puisqu'on venait toujours le relever. Maintenant personne n'approchait. Lu Chen regardait par l'ouverture de la porte disparaître la silhouette de l'officier. Son cœur pesait si lourd dans sa poitrine qu'il pouvait à peine respirer. Abandonner son magasin, sa vie? Que signifiaient toutes ces paroles à propos de la nouvelle capitale? Cela ne le concernait pas. Il se retourna, vit l'enfant, le releva comme en rêve et, s'asseyant, le prit sur ses genoux. Après tout, le magasin était celui de son petit-fils! Personne n'avait le droit de le prendre. La colère monta en lui et le soulagea, car elle chassait sa frayeur. Il ne céderait jamais sa maison, jamais! Il resterait là, assis, jusqu'à ce qu'on vienne arracher la dernière tuile au-dessus de sa tête. Il posa le gamin par terre et s'affaira de toutes ses forces; il remplit les chaudrons, alluma des feux ronflants, si bien qu'au bout d'une heure l'eau bouillait et fumait, soulevant les couvercles de bois. Il se montra très raide avec les clients, et lorsque l'esclave hardie s'avança avec ses joues roses et ses yeux noirs insolents, il la rationna et refusa de lui remplir sa bouilloire, malgré ses protestations.

– Ce sera une bonne chose pour nous tous quand la nouvelle route vous ôtera votre boutique, vieux voleur! lui lança-t-elle lorsqu'il persista à ne pas lui donner l'eau chaude qu'elle réclamait.

– Rien ne peut m'être enlevé, lui cria-t-il, comme elle s'en allait. (Et quand son rire moqueur lui parvint, il cria de nouveau :) Voilà pour la fameuse route! (Et il cracha.)

Un moment après, la porte s'ouvrit et son fils entra.

– Eh bien, cette nouvelle route? demanda-t-il à son père avec nonchalance, en tâtant la théière pour savoir si elle était encore chaude.

– Alors, dit Lu Chen, tu reviens encore prendre tes repas. Où as-tu été aujourd'hui?

– C'est parfaitement vrai ce qu'on dit de la nouvelle route, fit le jeune homme en buvant le thé tiède au bec même de la théière. Tout à fait exact. Elle passera droit devant nous. La boutique sera diminuée de trente pieds, cela ne laissera que la moitié des deux chambres par-derrière.

Lu Chen dévisagea son fils, incrédule. Une violente colère le saisit si brusquement que ses yeux en devinrent troubles. Il leva la main et frappa sur la théière que tenait le jeune homme. Elle tomba à terre et se cassa en trois morceaux.

– Tu restes là, marmotta Lu Chen, la voix épaisse, tu restes là à boire du thé...

Et voyant l'expression étonnée de son fils, il se mit à pleurer et se dirigea aussi vite qu'il le put vers sa chambre à coucher, se glissa dans son lit et ferma les rideaux.

Sa colère contre son fils persistait encore au matin lorsqu'il se leva. En voyant le jeune homme avaler son riz tout naturellement, Lu Chen fronça les sourcils et marmotta :

– Oui, tu manges et ton fils mange, mais tu ne te préoccupes pas d'où viendra l'argent.

Malgré cela, le vieillard était persuadé qu'on ne lui

enlèverait pas sa boutique et il vaquait à sa besogne comme de coutume.

Le onzième jour après celui où il avait reçu l'avertissement de l'officier, sa femme vint le trouver; elle lui dit avec une expression de consternation inusitée :

– C'est vrai que la route arrive vers nous. Si tu regardes en haut de la rue, tu verras. Qu'allons-nous devenir?

Elle se mit à pleurer doucement, sa grosse figure à peine troublée.

Lu Chen la considéra et se sentit frémir. Il alla sur le pas de la porte et leva les yeux vers le haut de la rue. Elle était en général si étroite, si contournée, obscurcie par les enseignes suspendues, en bois verni ou en soie de couleur, qu'on n'en voyait que quelques pieds. Mais aujourd'hui une étrange clarté de soleil luisait sur les galets humides. A vingt pieds de là toutes les enseignes avaient disparu et des hommes démolissaient les maisons. Des monceaux de briques tachées par les ans et des tuiles gisaient par terre, et des caravanes d'ânes, chargés de paniers, attendaient pour les transporter. L'officier que Lu Chen connaissait, circulait, suivi de quatre femmes furieuses, qui se lamentaient, les cheveux dénoués, et lui lançaient des imprécations. Lu les entendit gémir :

– Notre vie est finie, finie; nos demeures sont détruites!

Lu entra dans sa boutique et barricada la porte. Les genoux tremblants et le cerveau confus, il s'assit sur la banquette de bois derrière un chaudron. La route avançait inexorablement. Son petit-fils vint en courant de la chambre intérieure s'appuyer contre lui, mais Lu le considéra avec apathie. L'enfant, en face de ce regard lointain, leva les yeux, l'air mutin, et toucha le grand chaudron d'un doigt provocant. Lu, pour la première fois de sa vie, ne le gronda pas. Une vague pensée effleurait son esprit : « Qu'est-ce qu'une brûlure quand tu vas mourir de faim. »

Au même instant, un coup formidable retentit à la porte. Le cœur du vieillard bondit dans sa poitrine. Il se raidit et retira la barre. L'officier en bel uniforme neuf se tenait devant lui à la tête de trois soldats. Ils paraissaient si pleins de confiance en eux-mêmes, si assurés, que personne n'eût deviné à les voir qu'ils venaient d'être abreuvés de malédictions. Lu les regarda; il se sentit subitement très vieux et pensa que pour lui il vaudrait mieux mourir.

– Dans quatre jours, déclara l'officier, votre boutique devra disparaître. Démolissez-la vous-même et vous profiterez des matériaux, sans quoi nous les prendrons.

– Mais l'argent? balbutia Lu Chen.

– L'argent? répéta durement l'officier. (Et il frappa son soulier de cuir reluisant avec la badine qu'il tenait à la main.)

– Le prix de dix mille dollars, dit alors Lu Chen avec un peu plus de fermeté, en faisant un effort sur lui-même.

L'officier eut un rire sec.

– Il ne s'agit pas d'argent, répondit-il. (Chaque mot résonnait net et tranchant comme de l'acier.) Vous offrez cela à la République.

Lu Chen regarda autour de lui d'un air égaré. Sûrement il y avait une justice; quelqu'un lui viendrait en aide. Il se mit à crier aux passants d'une voix aiguë, entrecoupée :

– Voyez-vous cela, messieurs, je suis volé, volé par la République! Qui est la République? Me nourrira-t-elle, moi, ma femme, mon enfant...

Il sentait qu'on tirait sur sa veste. Le soldat qui s'était retourné à sa première visite lui murmura rapidement :

– Ne mettez pas l'officier en colère, ce serait pire. (Et il ajouta plus haut :) Ne te plains pas, mon vieux, ta boutique doit disparaître de toute manière. Dans l'ère nouvelle qui se lève, les magasins d'eau chaude seront inutiles; l'eau bouillante coulera d'elle-même dans les tuyaux.

Lu Chen allait répondre lorsque son fils le repoussa en arrière et se plaça devant lui, en face de l'officier, auquel il parla sur un ton un peu anxieux et courtois :

– Monsieur, dit-il, pardonnez à un vieillard qui ne peut pas comprendre que la Révolution vient apporter de nouvelles lumières. Je réponds de lui. Nous démolirons la maison. C'est un honneur pour nous que de sacrifier tout ce que nous possédons à la patrie.

Le rouge que la colère avait fait monter aux joues de l'officier s'effaça, il inclina légèrement la tête et s'éloigna d'un pas rapide.

Le jeune homme barra l'entrée pour s'isoler de la foule curieuse et pitoyable qui s'était rassemblée afin d'écouter la scène. Puis il s'adossa à la porte et regarda son père. Jamais Lu Chen n'avait vu à son fils cet air ferme et décidé.

– Faut-il se faire tuer? demanda-t-il. Devons-nous périr à cause d'une boutique?

– Nous mourrons de faim en tout cas, répondit Lu Chen.

Il s'assit de l'autre côté de la table, en face de sa femme qui n'avait pas cessé de pleurer silencieusement et sans changer d'expression; elle se contentait d'essuyer, du coin de sa veste bleue, les grosses larmes qui coulaient sur ses joues.

– J'ai trouvé du travail, déclara le fils. Je dois être contremaître des ouvriers de la nouvelle route.

Lu Chen leva les yeux vers lui; il ne lui restait plus aucun espoir.

– Même toi, mon fils... murmura-t-il.

Le jeune homme repoussa d'un geste impatient les cheveux qui lui tombaient sur le front.

– Mon père, lutter ne sert à rien. Cela doit arriver. Songe donc, une large route parcourant notre ville! Des automobiles passeront, allant et venant. A l'école, une fois, j'ai vu l'image d'une rue, dans une ville étrangère. De grands magasins, et des automobiles qui couraient dans les deux sens. Nous sommes les seuls à avoir conservé les brouettes, les pousse-pousse et les ânes, qui se pressent les uns contre les autres, dans les rues. Nos rues sont construites depuis des milliers d'années. Ne faudra-t-il donc jamais en avoir de nouvelles?

– A quoi servent les automobiles? marmotta Lu Chen.

Souvent, depuis ces dernières semaines, il les voyait passer, encombrantes, se poussant en avant avec insistance, obligeant les gens à se précipiter sur le seuil des portes ou dans les ruelles. Il les détestait.

– Nos ancêtres... commença-t-il.

Mais le jeune homme fit claquer ses doigts :

– Voilà pour eux! La nouvelle route me procure cinquante dollars par mois!

Cinquante dollars par mois? Lu Chen en était abasourdi; il n'avait jamais vu pareille somme. Cela fit une légère diversion et sa femme s'arrêta de pleurer.

– D'où viendra tout cet argent? demanda-t-il un peu craintif.

– Le nouveau gouvernement l'a promis, répondit son fils sur un ton satisfait.

– Je m'achèterai une veste neuve en satin noir, dit la mère, dont la figure commençait à s'éclairer.

Puis après une courte méditation sur sa toilette, elle éclata d'un gros rire sonore et rauque.

Lu Chen eut un instant de réflexion et perdit tout espoir de conserver sa boutique, puisqu'elle cessait d'être leur unique gagne-pain. Il resta assis la journée entière sans allumer les feux, et pour la première fois depuis soixante ans, les grands chaudrons se refroidirent.

Lorsqu'on venait acheter de l'eau, il déclarait :

– C'est inutile, vous aurez des tuyaux. D'ici là, faites chauffer votre eau vous-mêmes.

L'impertinente esclave lui tira la langue, une petite

langue rouge comme une cerise, mais il secoua la tête sans se mettre en colère, indifférent.

Le jour suivant, son fils lui demanda :

– Si on faisait venir les maçons pour démolir la maison afin de ne pas tout perdre?

Cette question le réveilla un peu.

– Non! s'écria-t-il. Puisqu'ils veulent me voler, qu'ils me volent complètement.

Et il demeura assis chez lui quatre jours entiers, refusant toute nourriture. Refusant même d'ouvrir la porte, bien qu'il sentît approcher la destruction : le craquement des briques qui s'effondrent, le gémissement des poutres mises en place des siècles auparavant et qu'on dépose à terre et les pleurs de tous ces êtres qui, comme lui, voient s'écrouler leurs demeures.

Le matin du quinzième jour, un grand coup retentit à la porte. Il se leva pour ouvrir et se trouva en face d'une douzaine d'ouvriers armés de haches et de pioches. Il les dévisagea :

– Vous venez détruire ma boutique, je suis sans défense. La voici, leur dit-il.

Et il se rassit pendant qu'on envahissait la pièce. Aucune sympathie ne se lisait sur les visages de ces hommes qui venaient de démolir de la même manière des centaines de boutiques et de foyers. Ils ne voyaient en Lu Chen qu'un vieillard qui causait plus d'ennuis que les autres.

La femme de Lu, son fils, sa belle-fille et l'enfant étaient partis ce matin-là se réfugier chez un ami; ils avaient tout emporté, sauf le banc sur lequel Lu Chen était assis et les deux chaudrons. Son fils lui avait dit :

– Venez avec moi, père. J'ai préparé un endroit, j'ai loué une petite maison. Ils m'ont avancé de l'argent sur le salaire du premier mois.

Mais Lu Chen avait secoué la tête avec obstination, et il ne bougea pas au moment du départ des siens.

Les grands chaudrons étaient fermement scellés

dans l'argile des fours. Deux ouvriers s'y attaquèrent avec leurs pioches.

– C'est mon grand-père qui les a installés, fit-il subitement. On ne retrouve pas de pareils ouvriers de nos jours.

Il ne parla plus lorsqu'on enleva les tuiles du toit et que la lumière descendit entre les solives qu'on arracha en dernier lieu. Lu Chen se trouva entre quatre murs tandis que le soleil de midi tombait en plein sur lui. Il avait mal au cœur et se sentait faible, mais il ne bougea pas de toute la journée, et le soir venu il était à la même place; sa boutique, réduite à des tas de briques, de tuiles et de poutres cassées, gisait autour de lui. Les deux chaudrons ressortaient, nus, parmi les ruines. Les passants dévisageaient le vieillard, avec curiosité, sans mot dire, et lui restait assis.

Enfin, à la nuit tombante, son fils vint le chercher. Il lui prit la main :

– L'enfant refuse de manger sans vous, dit-il affectueusement.

Alors Lu Chen se leva; un homme très vieux qui suivait son fils en lui tenant la main.

Ils s'installèrent dans une petite maison au toit de chaume, tout près de la Grille du Nord, où se trouvent les champs et les terrains vagues. Lu Chen, qui avait vécu toute sa vie dans le brouhaha des rues, ne pouvait pas souffrir ce silence. La vue des champs vides lui était insupportable. Il ne bougeait pas de la petite chambre qu'il partageait avec sa femme et demeurait presque sans penser. Depuis qu'il n'avait plus besoin de travailler, il devenait tout à fait vieux. Son fils, à la fin du mois, rapporta à la maison cinquante dollars d'argent bien ronds, et les montra avec enthousiasme.

– La boutique n'a jamais rapporté autant, s'écria-t-il.

Sa paresse et son insouciance avaient disparu; il portait un uniforme gris très propre et soigneusement boutonné.

Lu Chen se contenta de marmotter :

– Les deux grands chaudrons de cuivre contenaient au moins cent litres d'eau de rivière.

Un jour, dans cette maison, sa femme, aussi placide que jamais, vint lui montrer sa nouvelle veste de satin qu'elle lissait sur sa grosse poitrine. Il la regarda fixement.

– Ma mère, observa-t-il lourdement, avait autrefois une veste grise, brodée de soie! (Puis il retomba dans ses rêveries.)

Personne n'obtenait de lui qu'il passât la porte. Il demeurait assis jour après jour. Ses cheveux blanchissaient complètement, et les rides de son visage se relâchaient, perdaient le ferme contour que donne l'activité. Ses yeux, étroits, jadis aigus et pénétrants, prenaient un aspect morne, dissimulés derrière ce voile de brume particulier aux vieillards. L'enfant seul distrayait parfois son grand-père, un instant.

Ce fut le petit garçon qui finit par l'attirer au-dehors. Lu Chen avait passé tout le début de l'hiver, pendant que les jours diminuaient, auprès de la petite fenêtre de sa chambre, à regarder au-dehors. Les heures n'étaient marquées pour lui que par les trois repas. La nuit, il dormait d'un sommeil troublé; parfois, sans quitter son fauteuil, la tête sur la table.

Puis, après une semaine de pluie, survint une de ces douces journées décevantes; un intervalle d'automne à la venue des grands froids. Toute la matinée Lu Chen avait senti la douce chaleur humide. Le soleil luisait et traversait obliquement les nuages gris, éclairant le paysage. Le vieillard était agité; il ouvrit la fenêtre. La fraîche senteur de la terre moite monta jusqu'à lui. Il aspira l'air mouillé.

– J'aurais pu remplir un chaudron d'eau de pluie, dit-il. (L'eau de pluie se vendait cher autrefois.)

Au même instant, il s'aperçut que l'enfant le tirait par le bras.

– Sortons, disait-il en riant, il faut venir jouer!

Lu Chen sentit comme un réveil au fond de lui-même. Il se décida, peut-être sortirait-il un peu. Il se leva lentement, prit la main de l'enfant et alla au-dehors. Il faisait très chaud et le soleil le réconforta. Avec effort, il se redressa et se dirigea vers des maisons, non loin. Il s'informerait des nouvelles, car il n'entendait rien dire depuis longtemps. Son fils était occupé toute la journée, et quant aux femmes, qui donc s'aviserait de causer avec elles?

L'enfant bavardait et le léger bourdonnement des insectes d'automne remplissait l'air. On aurait pu se croire au printemps. Lu Chen regarda autour de lui avec curiosité. Où était-il exactement? La Grille du Nord se trouvait là-bas. Ah! voici l'extrémité de la rue où il habitait autrefois, dans sa boutique. Il irait voir. Serait-ce au-dessus de ses forces? Il hâta le pas.

Puis il tourna l'angle et la rue s'allongea devant lui. La rue? Qu'était-ce? Une vaste étendue vide, droite, à travers le cœur de la ville! De tous côtés, ces mêmes rues et ces passages étroits, tortueux, sombres, qui lui étaient si familiers, et les coupant tout droit, comme une lame de sabre bien nette, cette nouvelle route!

Il la considéra, saisi brusquement de peur. Mais c'était énorme; que ferait-on jamais d'une route semblable? Les hommes qui travaillaient ressemblaient à des insectes, des fourmis. Tous les peuples de la terre pourraient y circuler sans se heurter. Il y avait des gens debout, comme lui, silencieux et abattus. Quelque chose de poignant dans leur expression attira son intérêt.

– Vous habitiez là? hasarda-t-il, s'adressant à un homme au visage amaigri qui se tenait près de lui.

L'homme inclina lentement la tête.

– Cette maison était tout ce que je possédais, dit-il. Une bonne maison construite du temps des Ming. Elle contenait dix pièces. J'habite une cabane à présent. Vous voyez, je n'avais que cela; je louais des chambres.

Lu Chen approuva :

– Je possédais une boutique, une boutique d'eau chaude, articula-t-il avec peine.

Il aurait voulu en ajouter plus long, il était sur le point de dire : « Il y avait deux énormes chaudrons de cuivre. » Mais l'homme n'écoutait pas. Il regardait fixement le long de la vaste route neuve.

Quelqu'un s'approchait et Lu Chen reconnut son fils. Le jeune homme sourit et s'avança en courant :

– Mon père! s'écria-t-il. Puis : Mon père qu'en pensez-vous?

Les lèvres du vieillard tremblaient. Il se sentait aussi près du rire que des larmes.

– On dirait qu'un formidable ouragan a traversé la ville, répondit-il.

Mais le jeune homme se mit à rire et dit avec ardeur :

– Voyez, mon père, ceci est ma part de travail. Regardez, il y aura des pavés sur les côtés, au milieu les tramways électriques passeront, et de chaque côté, on réserve un grand espace pour des véhicules de tout genre. De la place pour tout! Des gens du monde entier marcheront et rouleront sur cette route; la route de la nouvelle capitale!

On l'appelait et il s'éloigna, légèrement affairé.

Lu Chen demeura immobile, les yeux fixés sur la route. Elle s'étalait, infiniment large, de chaque côté de lui, et se perdait à l'horizon, infiniment longue. Solennel, il se demanda jusqu'où elle se prolongeait. Il n'avait jamais rien vu, dans sa vie, de comparable à cela, comme espace et comme ligne droite. Là-bas, à l'autre extrémité, aussi loin que sa vue pouvait percer, elle continuait, stupéfiante, magnifique et neuve! Quel événement! Les empereurs eux-mêmes n'avaient jamais construit une voie semblable. Il abaissa son regard sur le petit enfant à ses côtés. Cet enfant, se dit-il, ne trouve rien d'extraordinaire à cela. Tout semble naturel aux jeunes; c'est ainsi que mon fils a admis la démolition de la boutique. Pour la première fois, il n'employa pas dans sa pensée le terme de « vol » en songeant à sa maison. Mais une question lui vint à l'esprit : La nouvelle route avait-elle fait de son fils un homme? Le vieillard se rendit compte que l'amour qu'il avait donné à son commerce, son fils l'éprouvait pour cette route. Debout avec l'enfant, grave, absorbé, Lu Chen la considéra; il lui cherchait un sens. Cette Révolution, cette nouvelle route! Où cela conduisait-il?

III

INONDATIONS

PRINTEMPS STÉRILE

Par un chaud après-midi de fin février, Liu le cultivateur, assis au seuil de l'unique pièce de la maison, sentait dans son corps maigre l'approche du printemps. Comment reconnaissait-il la saison qui éveille la vie au sein de la terre et active la sève des arbres? Il n'aurait pu le dire. Les autres années, c'était chose facile; il n'avait qu'à montrer du doigt les bourgeons gonflés des saules qui entouraient sa demeure. Seulement ces saules n'existaient plus. Durant ce terrible hiver, lorsque les gens mouraient de faim, il avait dû les couper et les vendre un à un. Autrefois les trois pêchers et les six abricotiers plantés par son père marquaient aussi la saison avec les pointes roses de leurs boutons. Mais bien qu'arrivés à leur pleine maturité, et fructifiant abondamment chaque été, il avait fallu les sacrifier à leur tour. Les années précédentes, Liu dirigeait surtout ses regards vers les champs dans lesquels il mettait du blé, l'hiver, avant que le terrain ne fût occupé par ce bon riz, sa principale récolte, qu'il repiquait ensuite lorsque le printemps s'acheminait vers l'été. Hélas, aujourd'hui ces champs restaient muets; le blé n'y germait pas, car bien après l'époque des semailles, l'inondation les recouvrait encore. A présent, le sol était comme de l'argile, craquelé et à peine sec.

Par une journée semblable à celle-ci, s'il avait eu son buffle et sa charrue, Liu serait sorti pour labourer cette terre fendue. Alors même qu'il ne lui restait pas la moindre graine à y enfouir, il souffrait du désir de la retourner et de lui donner l'aspect d'un champ. Mais il n'avait plus son buffle. Il aurait traité d'idiot celui qui se fût avisé de prédire qu'il dévorerait cet animal, celui qui labourait sa bonne terre et qui, année après année, traînait le rouleau sur la semence, puis battait le grain à la récolte. Cependant il avait fallu en venir là. Liu, sa femme, ses parents et ses quatre enfants, tous ensemble avaient mangé le buffle.

Quel autre parti prendre par ce sombre jour d'hiver, alors que leur réserve de grain se trouvait épuisée et que Liu avait dû vendre les arbres coupés ainsi que le peu échappé à l'inondation? Ils ne possédaient plus que la charpente de leur maison et les vêtements qu'ils portaient – et cela n'avance à rien de dépouiller son dos pour nourrir son ventre! Du reste l'animal était affamé lui aussi. L'eau envahissait les prés et on dut aller très loin à travers champs afin de trouver assez d'herbe à brûler pour cuire sa chair et ses os. Ce jour-là, Liu avait vu le visage de ses vieux parents prendre l'aspect rigide de la mort, il avait assisté à l'agonie de sa petite fille, entendu pleurer ses enfants, et un tel désespoir s'était emparé de lui qu'il en perdit la raison. Il rassembla ses faibles forces et, acculé à ce qu'il s'était juré de ne jamais faire, il prit le couteau de cuisine, sortit et tua son buffle. Malgré sa désolation il gémissait, car il lui semblait qu'il tuait son frère. Il accomplissait là le dernier sacrifice.

Cependant ce n'était pas encore assez. Ils eurent faim de nouveau, et il ne restait rien à immoler. Beaucoup de villageois émigrèrent au sud ou descendirent la rivière pour aller mendier dans les villes. Mais Liu le fermier n'avait jamais mendié. Et comme il pensait qu'ils devaient tous mourir, ce serait du moins une consolation que de s'éteindre sur leurs terres. Son voisin l'avait supplié de les suivre; il proposait même, son propre père étant mort, de porter sur son dos l'un des vieux parents de Liu, pour permettre au fermier de se charger de l'autre. Liu avait refusé, heureusement, car deux jours après sa mère venait à mourir, et si cela s'était passé en route, il aurait fallu l'abandonner au bord du chemin de crainte de retarder tout le monde et d'entraîner de nouveaux décès. Ainsi du moins il avait pu la mettre à l'abri dans leur sol, mais il était si faible qu'il avait pris trois jours pour creuser un trou capable de contenir le corps menu et flétri. Sa femme et lui s'étaient querellés au sujet des pauvres hardes qui le recouvraient. Car sa femme, s'il ne l'en avait empêchée, aurait, dans sa dureté, enseveli la vieille grand-mère toute nue pour donner ses vêtements aux enfants. Liu l'obligea à lui laisser sa veste de dessous et ses pantalons réduits à l'état de guenilles, et lorsqu'il vit la terre froide entrer en contact avec la chair maternelle... Quelle souffrance pour un homme! Mais c'était inévitable. Il en enterra trois autres du mieux qu'il put : son père, sa toute petite fille et un fils assez délicat.

Voilà ce que la famine de l'hiver leur avait coûté. Elle les aurait tous pris si dans les grandes mares formées par l'inondation ils n'avaient trouvé des crevettes. Ils les mangeaient crues, malgré une dysenterie qui ne guérissait pas. Ces jours derniers, la femme de Liu s'était traînée au-dehors et avait arraché quelques pousses de pissenlits qu'ils durent renoncer à cuire, faute de combustible. Mais l'amertume en était bienfaisante après la chair fade des crevettes. Oui, le printemps venait.

Liu resta lourdement assis, parcourant des yeux ses terres. Si son buffle pouvait lui être rendu avec la charrue qu'ils avaient dû brûler afin d'alimenter le four, il se mettrait à labourer. Cette pensée lui revenait sans cesse à l'esprit et il se sentait aussi désemparé qu'une feuille ballottée par les flots. Le buffle avait disparu et aussi tous les outils de bois ou de bambou. Que lui restait-il? Parfois, cet hiver-là, il avait éprouvé de la gratitude de ce que l'inondation épargnait du moins la maison alors qu'elle en entraînait d'autres. Mais il comprit soudain qu'il n'y avait pas lieu d'être reconnaissant de ce que sa vie était sauve ainsi que celle de sa femme et de ses deux aînés. Il sentit des larmes monter lentement à ses yeux. Il avait moins pleuré en ensevelissant sa mère, lorsqu'il voyait la terre tomber sur la chair nue, mal protégée par ces haillons qu'il avait eu la consolation de lui laisser. Maintenant il n'entrevoyait de réconfort nulle part. Il se murmura à lui-même :

– Je n'ai pas la moindre semence à enfouir. Voici la terre. Si j'avais des graines, je la déchirerais de mes ongles et elle porterait des germes. Je connais ma bonne terre. Mais je n'ai rien à lui donner, elle est vide; la saison a beau s'avancer, nous n'en mourrons pas moins de faim.

Et, désespéré, il contempla le printemps stérile.

LES RÉFUGIÉS

Ils parcouraient la nouvelle capitale comme des étrangers qui seraient venus d'un pays lointain, bien que leurs propres terres fussent à quelques centaines de kilomètres seulement de la rue qu'ils longeaient. Cette distance leur paraissait énorme. Leur regard était celui d'êtres brusquement arrachés, par une incompréhensible puissance, à un monde qu'ils avaient connu de tout temps et qui jusqu'ici semblait plein de sécurité. Habitués aux chemins de la campagne et aux champs, ils arpentaient maintenant la belle rue de la nouvelle capitale et piétinaient ses trottoirs neufs cimentés. Cette rue était pourtant pleine de choses inconnues, d'automobiles en particulier, dont ils n'avaient même pas entendu parler, mais ils ne regardaient rien; ils marchaient comme en rêve, sans voir.

Plusieurs centaines d'entre eux défilaient en ce moment, et s'ils ne regardaient rien ni personne, d'autre part nul ne leur prêtait attention car la ville était remplie de réfugiés. Ils se chiffraient par milliers, nourris et vêtus n'importe comment, abrités sous des paillassons, dans de vastes camps en dehors des murs de la ville. A toute heure du jour, hommes et femmes déguenillés, suivis de quelques enfants, se dirigeaient vers ces abris. En les voyant passer le citadin songeait avec une amertume croissante : « Encore des réfugiés! Cela cessera-t-il jamais? Nous mourrons tous de faim si nous les nourrissons si peu que ce soit. »

Cette amertume, l'amertume de la peur, amenait les petits boutiquiers à renvoyer avec rudesse les nombreux mendiants qui venaient à chaque instant supplier à leurs portes. Les gens sans pitié payaient à peine les coureurs de pousse-pousse, dix fois plus nombreux qu'il n'aurait fallu, car les réfugiés cherchaient à gagner quelque argent par ce moyen-là; affamés, ils acceptaient n'importe quel salaire et faisaient baisser les prix; chacun en pâtissait, et les coureurs de profession les maudissaient. Comment eût-on remarqué cette nouvelle horde arrivée par le crépuscule d'une journée d'hiver dans cette cité remplie de réfugiés qui mendiaient, envahissaient les métiers et les services n'exigeant aucune connaissance spéciale, et qu'on trouvait à l'aube étendus dans les rues, morts, chaque fois qu'il gelait?

Il ne s'agissait pas cependant de personnes vulgaires, des débris d'une communauté pauvre que la famine terrasse à la première inondation. N'importe quelle nation eût été fière de ces citoyens-là. Ils appartenaient à une même région; on s'en apercevait à leurs vêtements simples, tous tissés d'un coton bleu foncé, et taillés à l'ancienne mode : les manches longues, les vestes amples et longues également. Les hommes portaient des blouses dont les fronces compliquées formaient des dessins curieux et très beaux. Les femmes s'enveloppaient la tête avec des bandes de cette même étoffe, comme avec des mouchoirs. Ces gens étaient grands, de charpente vigoureuse, bien que les femmes eussent conservé leurs pieds bandés. Quelques garçons se mêlaient à cette foule, de rares enfants étaient assis dans des paniers enfilés à une perche que le père portait sur ses épaules. On ne voyait aucune fillette ni le moindre bébé. Chaque homme, chaque petit garçon portait une charge; toujours la même : une couverture de cotonnade bleue, ouatée, aussi propre et solidement faite que les vêtements. Sur chaque couverture pliée, et séparé d'elle par un morceau de natte, reposait un chaudron en fer, retiré sans doute des fours de terre du village lorsque le moment fut venu de s'enfuir. Aucun panier ne contenait de vivres, aucune trace ne subsistait d'une cuisson récente.

Ce manque de nourriture se lisait sur les visages. A première vue, dans la pénombre, ces gens semblaient bien portants, mais lorsqu'on les observait de plus près, on voyait qu'il s'agissait d'affamés, se dirigeant, accablés, vers un dernier espoir. Ils marchaient en aveugles, trop près de la mort pour remarquer les spectacles d'une cité nouvelle. Rien n'attirait leur curiosité. Ils s'étaient accrochés à leurs terres jusqu'à ce que la famine les en eût chassés. Ils passaient ainsi, sans voir, muets, étrangers isolés des vivants, de même que ceux qui se sentent mourir.

Le dernier de cette longue procession silencieuse était un petit vieillard ratatiné. Lui aussi portait la charge habituelle de deux paniers enfilés dans une perche posée sur l'épaule. L'un contenait un couvre-pied plié et un unique chaudron, l'autre, semblait-il, une simple couverture rapiécée, en loques, mais propre. Ce poids, même léger, dépassait les forces du vieillard. Trop âgé pour travailler en temps ordinaire, il devait en avoir perdu l'habitude ces dernières années. Sa respiration était sifflante et il trébuchait, s'efforçant de ne pas trop s'éloigner de ceux qui marchaient devant lui, de crainte d'être laissé en arrière, sa vieille face ridée toute tendue, en proie à une sorte d'angoisse pantelante.

Soudain, il dut s'arrêter. Il déposa sa charge avec une extrême douceur et s'effondra sur le sol, la tête dans les mains, les yeux fermés, haletant désespérément. Malgré son état d'inanition un peu de sang lui monta aux joues, en taches sombres. Un marchand de nouilles chaudes vêtu de haillons installa son outillage auprès de lui et lança le cri de son métier. La lumière de l'étal tombait sur la silhouette affalée du vieillard. Un passant s'arrêta et marmotta :

– Il ne me restera pas de quoi nourrir les miens, même avec de simples nouilles, j'en jurerais, si je donne encore une aumône aujourd'hui. Mais voilà ce pauvre vieux. Il me faut avoir confiance dans la journée prochaine et lui faire cadeau de la pièce d'argent que j'ai gagnée aujourd'hui pour demain. Si mon vieux père vivait, elle eût bien été pour lui.

Il se fouilla et sortit une pièce d'argent de sa ceinture usée; après un instant d'hésitation et de balbutiements il y ajouta une monnaie de cuivre.

– Voici, vieux père, fit-il avec une sorte d'amer enjouement. Je veux vous voir manger des nouilles.

Le vieillard leva lentement la tête. A la vue de l'argent, il ne tendit pas la main.

– Monsieur, dit-il, je n'ai pas mendié. Nous possédons de bonnes terres, et grâce à elles nous n'avons jamais eu de famine semblable. Mais cette année le fleuve est monté; dans ce cas-là les hommes ont beau avoir des champs, ils meurent de faim. Monsieur, il ne nous reste pas même la semence. Nous l'avons mangée. Je leur ai dit : Nous ne pouvons pas manger la semence. Mais ils étaient jeunes, ils avaient faim, ils l'ont mangée.

– Prenez, fit l'homme.

Et il laissa tomber l'argent dans la blouse ouvragée du vieillard, puis poursuivit son chemin avec un soupir.

Le marchand préparait son bol de nouilles et cria :

– Combien en prendrez-vous, mon vieux?

Cette question ranima le vieillard. Il chercha fébrilement ce qu'il avait sur ses genoux, et lorsqu'il vit les deux pièces, l'une en argent et l'autre en cuivre, il répondit :

– Un petit bol me suffira.

– Ne pouvez-vous pas manger davantage? demanda le marchand étonné.

– Ce n'est pas pour moi.

Le marchand interloqué ouvrit de grands yeux, mais étant un homme simple, il n'ajouta rien, prépara le bol et le tendit :

– Le voici, fit-il, et il regarda pour voir à qui il était destiné.

Le vieillard se leva avec un grand effort, prit le bol entre ses mains tremblantes et se dirigea vers l'un des paniers. Puis, pendant que le marchand l'observait, il écarta la couverture et l'on aperçut la figure amoindrie d'un petit garçon, couché, les yeux fermés. Il paraissait mort, mais lorsque le vieillard lui releva la tête et approcha de ses lèvres le bord du bol, l'enfant se mit à avaler faiblement la nourriture chaude jusqu'à ce qu'il eût tout pris. Le vieillard lui murmurait sans cesse :

– Là, mon cœur, prends mon petit...

– Votre petit-fils? demanda le marchand.

– Oui, répondit le vieillard. Le fils de mon fils unique, qui a été noyé avec sa femme, quand les digues se sont rompues, pendant qu'ils travaillaient nos terres.

Il recouvrit tendrement le petit, puis assis sur ses talons, il passa sa langue soigneusement autour du bol et enleva toute trace de nourriture, ensuite, comme s'il eût mangé, il rendit le bol au marchand.

– Mais il vous reste la pièce d'argent! s'écria l'homme en haillons, de plus en plus étonné lorsqu'il vit que le vieillard ne commandait rien d'autre.

Celui-ci secoua la tête :

– C'est pour payer la semence, dit-il. Dès que j'ai vu l'argent, j'ai compris que j'achèterais de la semence. Ils l'ont mangée, et que sèmerons-nous dans nos terres?

– Si je n'étais pas si pauvre moi-même, observa le marchand, je vous aurais peut-être donné un bol. Mais faire un cadeau à quelqu'un qui a de l'argent...

Il secoua la tête, intrigué.

– Je ne vous le demande pas, frère, répondit le vieillard, je sais bien que vous ne pouvez pas comprendre. Si vous possédiez des terres, vous sauriez qu'elles doivent être ensemencées, sans quoi il y aura de nouveau famine l'an prochain. Je ne peux pas faire mieux pour mon petit-fils que d'acheter des graines à semer en terre – oui, même si je meurs et que d'autres plantent, la terre doit être ensemencée.

Il reprit sa charge, ses vieilles jambes tremblaient, et fouillant du regard, avec effort, la longue rue droite, il avança d'un pas trébuchant.

PÈRES ET MÈRES

Au-dessus de la surface des eaux qui inondent le pays d'un horizon à l'autre, se dresse une bande de terre sèche sur laquelle s'échelonnent de petits tas qui semblent provenir d'un naufrage. Ils se composent de quelques bancs de bois, d'une table rustique, d'un bahut et d'un chaudron de fer posé sur une assise d'argile creuse, noircie de fumée. Mais ces chaudrons restent froids depuis des semaines, car il n'y a plus de combustible pour faire du feu. Les flots ont tout pris.

Chacun de ces tas représente ce qui subsiste d'un foyer et d'une ferme. Le reste est sous les flots où dorment aussi les moissons; tout ce qu'on a planté et qu'on ne récoltera jamais. Quelques êtres humains se groupent autour des biens qu'ils ont pu sauver : un homme, une femme, des enfants, presque jamais de vieillards. En général la famille ne se compose que des parents et de leurs enfants. Un sourd conflit existe entre le père et la mère, et un horrible silence tombe entre eux. De quoi s'agit-il?

Voici un père, un jeune fermier, qui lance des regards moroses à sa femme. Ils ont dû se marier très tôt, car ils ont beau avoir cinq enfants, l'aîné n'a guère plus de huit ans, on ne donnerait au père que vingt-six ou vingt-sept ans et la mère est encore moins âgée. Le père, très brun, de tempérament vigoureux, a considérablement maigri. Il ressemble à ces cultivateurs qu'on rencontre un peu partout dans les campagnes, un homme qui met son orgueil à avoir des champs bien labourés, des tas de grain jaune et des produits de bonne qualité; il s'en montre fier, car ce sont les fruits de son labeur et il éprouve une satisfaction à se sentir actif et capable. Son visage paraît bon, bien que grave et un peu dur; et cette expression de bonté subsiste malgré l'amertume actuelle. Ses yeux sont honnêtes, mais pleins de désespoir.

La mère ne le regarde qu'en secret, puis détourne aussitôt les yeux. Elle a été une jolie campagnarde aux joues rondes. Ses pieds sont libres et sans sa maigreur son corps robuste serait bien fait. A présent ses yeux se sont creusés, ses cheveux noirs ont pris une teinte rousse et le vent les a emmêlés, car elle ne les peigne plus depuis bien des jours. Elle passe sans cesse sa langue sur ses lèvres sèches pour les humecter, mais c'est en vain.

Elle est très occupée. Elle surveille continuellement ses enfants. Deux d'entre eux ne la quittent jamais. L'un est suspendu à son sein qui n'est plus qu'un pauvre morceau de peau flétrie et vide. Cependant la pâle créature que la mère presse contre elle doit quand même y trouver de la consolation car elle gémit moins fort pendant un instant. La femme tient aussi dans ses bras une petite fille de deux ans, toute ratatinée, immobile et silencieuse. Les trois autres enfants ne remuent guère, mais dès que l'un d'eux se traîne à l'écart ou s'approche du bord de l'eau, la mère l'appelle avec des cris et elle n'est contente que lorsqu'elle les a tous à portée de sa main.

La nuit, son inquiétude redouble. Elle s'empêche de dormir, les garde près d'elle. Vingt fois, elle sort de sa torpeur pour les effleurer rapidement de ses doigts. Sont-ils tous là, tous les cinq? Où est l'autre fille? Oui, la voilà. Le compte y est. Au plus léger mouvement du père elle lui demande d'un ton âpre :

– Que fais-tu, qu'est-ce qui ne va pas?

Parfois l'homme éclate en imprécations. Elle sait

pourquoi il l'injurie et ne répond jamais. Elle garde ses enfants près d'elle et les compte inlassablement dans l'obscurité.

Le matin elle s'efforce de paraître affairée, comme si elle avait beaucoup de nourriture à préparer. Elle puise de l'eau froide à la rivière et la mélange dans une calebasse à un peu de la farine qui leur reste. Elle essaie de dire d'un ton enjoué :

— Il y a plus de farine, vraiment, que je ne pensais, nous en aurons encore pour bien des jours.

Elle s'arrange de manière à ce que la plus grosse part aille au père, et en proie à une sorte d'effroi, elle impose silence aux lamentations des deux aînés, tout en lançant des coups d'œil à son mari qui les regarde tous d'un air sombre, sans rien dire. Elle se réserve la plus petite portion et l'avale à grand bruit. Chaque fois qu'elle le peut, elle s'abstient sous prétexte qu'elle n'a pas faim ou souffre d'une douleur interne, et dès que l'homme tourne le dos, elle s'empresse de nourrir les deux derniers, en secret.

Mais le père ne s'y laisse pas prendre. Il s'emporte dès qu'il s'en aperçoit et lui crie :

— Je ne veux pas que tu te laisses mourir de faim, même pour sauver la vie de l'un d'eux.

Il ne se montre satisfait que lorsqu'il la voit porter le bol à ses lèvres. Elle absorbe le contenu à petites gorgées, avec affectation, pour donner l'impression qu'il y en a davantage.

Mais ces manœuvres n'empêchent pas l'homme de constater à quel point les provisions sont minces, ni d'entendre les plaintes de ses enfants qui réclament à manger. Ils n'écoutent pas toujours leur mère qui veut les faire taire, et ils éclatent en pleurnicheries. Autrefois ils étaient gras et roses, rien ne leur manquait. Ils ne comprennent pas pourquoi l'inondation a envahi le pays, et ils estiment que leur père devrait trouver le moyen d'y remédier.

Lui va s'asseoir au bord de l'eau et se bouche les

oreilles pendant que ses fils pleurent. C'est alors que le visage de la mère se fige d'épouvante et qu'elle supplie ses fils et leur murmure :

– Ne poussez pas votre père à bout. Taisez-vous, taisez-vous.

Ils la regardent; en voyant son visage ils flairent un danger inconnu et la peur les réduit au silence.

C'est que l'atroce et muette querelle se poursuit entre les parents. Chaque jour la farine diminue dans le panier et l'inondation est stationnaire. Chaque nuit, dans l'obscurité, la mère compte ses enfants.

Mais il est impossible de se priver éternellement de sommeil. Une nuit vient où son corps sevré de nourriture s'endort sans qu'elle s'en aperçoive... Ses bras ont beau être étendus sur ses enfants, elle n'entend pas lorsque le père remue et parle à voix basse aux deux petites filles silencieuses. Elles le suivent, confiantes, à une certaine distance. Bientôt il revient seul en trébuchant et se recouche dans le noir. Une ou deux fois il pousse un lourd soupir qui lui échappe comme un gémissement.

A l'aube grise, la mère s'éveille tout à coup. Elle est terrifiée, car même avant d'avoir repris conscience elle sent qu'elle a dormi. Ses mains cherchent ses enfants à tâtons. « Où sont les deux autres? » Elle crie, se dresse sur ses pieds, soudain devenue forte. Elle se précipite sur son mari, s'agrippe à lui, hurle :

– Où sont les deux petites?

Il reste blotti sur le sol, la tête ployée sur ses genoux relevés et ne répond pas.

La mère est hors d'elle; elle pleure comme une démente, secoue l'homme par l'épaule et crie :

– Je suis leur mère, je suis leur mère!

Les cris réveillent tout le monde dans ce misérable campement. Mais pas une voix ne s'élève. Chacun sait de quoi il s'agit. Ce débat est le même partout. La femme pousse d'horribles gémissements et dit d'une voix entrecoupée :

– Une mère n'aurait jamais pu faire une chose pareille, il n'y a que les pères qui n'aiment pas leurs enfants et qui regrettent le peu de nourriture qu'on leur donne.

Alors seulement l'homme sombre se décide à répondre. Il relève le front de dessus ses genoux, regarde la femme dans la pénombre grise, et dit entre ses dents :

– Crois-tu donc que je ne les aimais pas? (Il détourne la tête et au bout d'un moment il dit encore :) Elles n'ont plus faim.

Puis, brusquement, il se met à pleurer sans bruit, et en face de ce visage contracté, la mère elle-même se tait.

LE BON FLEUVE

Toute sa vie, la petite Lan Ying l'avait passée entre son père, sa mère et ses trois plus jeunes frères au bord du fleuve qui leur venait en aide de bien des manières, aussi l'appelaient-ils le bon fleuve bien que son nom fût Yangtse ou Fils de l'Océan. Ses eaux se gonflaient au printemps à la suite des fontes des neiges provenant d'une centaine de montagnes au milieu desquelles il prenait sa source. Cette question de source préoccupait Lan Ying pendant ses heures de rêverie, tandis qu'elle surveillait le filet à poissons de son père. Le fleuve à ses pieds coulait si large, profond et jaune, sous le grand filet tendu entre les perches de bambou, qu'elle trouvait incroyable qu'il eût commencé par n'être qu'un mince filet d'eau dégringolant d'une falaise rocheuse, ou un simple ruisseau paresseux traversant un désert de sable. Sa seule manière de l'imaginer était de songer à son frère, né trois ans auparavant. Elle le trouvait si petit, si différent d'un homme, et pourtant elle savait qu'il se développerait, de même que le fleuve qui avait grandi au point de mériter ce nom de Fils de l'Océan.

Assise auprès du filet, Lan Ying attendait patiemment l'heure de tirer sur la corde pour le relever et ses yeux se fixaient au delà. Elle ne voyait de la rive opposée qu'une raie de vert limpide. Par les matinées brumeuses on ne l'apercevait même plus et Lan Ying aurait aussi bien pu se croire au bord d'un océan boueux. Elle passait presque toutes ses journées auprès du grand fleuve qu'elle finissait par considérer comme un être vivant. Son père n'était pas pêcheur de profession. En sa qualité de fermier, il cultivait du riz et du blé dans des champs d'un arpent ou deux qui bordaient la rive et remontaient à l'intérieur des terres vers la colline sur laquelle le hameau était construit. Lan Ying y vivait avec les siens et quelques autres familles de cultivateurs. Tous avaient des filets que les enfants ou les vieux grands-pères trop âgés pour travailler aux champs venaient surveiller. Le poisson rapportait quelques sous, à dépenser les jours de fête; il payait l'encens à brûler devant les dieux et même des vêtements; de plus il fournissait une chair excellente.

Lan Ying se leva brusquement de son petit escabeau de bambou et tira de toutes ses forces sur la corde. Le filet remonta lentement. Parfois il était vide, ou bien il contenait un peu de menu fretin qu'elle recueillait à l'aide d'une grande cuiller à long manche. De loin en loin il s'y trouvait un gros poisson. Cette fois-ci quelques gardons étincelaient seuls dans le filet. Elle se pencha pour les ramener. Sa mère les fixerait un à un par des éclats de bambou sur une planche recouverte d'un morceau de natte. Une fois séchés au soleil et salés, ils seraient excellents à manger avec le riz du matin. Lan Ying abaissa doucement le filet et s'assit de nouveau.

Parfois le temps lui paraissait très long dans sa solitude. Elle venait aussitôt son premier déjeuner et ne rentrait qu'à midi. Mais elle préférait cette occupation à celles qu'on impose en général aux enfants des fermes riveraines. Elle aimait mieux cela que de mener paître le buffle, et de rester à califourchon toute la journée sur son dos poilu et dur, comme le faisait son second frère, ou de garder les canards dans les petites anses le long du rivage à la place de l'aîné. Le mouvement du fleuve lui tenait compagnie. Les bateaux glissaient devant elle, et les bandes de canards sauvages descendaient en masse le courant, balancés sur l'eau. Il y avait toujours quelque chose à voir. Les embarcations étaient très variées, depuis les petits bateaux de pêche jusqu'aux jonques à voile dont les yeux peints sur la proue la dévisageaient, et de loin en loin des vaisseaux étrangers défilaient, affleurant l'eau, et ceux qui marchaient à la vapeur lançaient des jets de fumée. Elle les détestait, et le fleuve les haïssait aussi. Sur leur passage il se gonflait chaque fois de vagues furieuses qui s'agitaient d'avant en arrière et menaçaient de faire chavirer les barques; les pêcheurs criaient et invectivaient les bateaux étrangers. En constatant la colère du fleuve Lan Ying se fâchait elle aussi et se précipitait pour maintenir son filet en place. Elle y trouvait souvent du poisson que la frayeur y précipitait; et Lan Ying, à la vue des grosses bêtes argentées qui se débattaient entre les mailles, rendait grâce au fleuve qui lui envoyait cette belle proie. C'était un bon fleuve. Il leur procurait la nourriture du sol et la chair de ses eaux. Lan Ying qui vivait à ses côtés le considérait en quelque sorte comme un dieu et à force de le contempler, jour après jour, elle apprit à lire sa face et à connaître son humeur quotidienne.

C'était en effet le seul livre qu'elle pût déchiffrer, car elle ne songeait nullement à aller en classe. Il n'y avait pas d'école dans le hameau, mais seulement en ville, où se trouvait le marché et où Lan Ying accompagnait sa mère une fois par an. C'était jour de foire et de congé, cependant elle avait lancé un regard curieux dans la salle, avec ses bancs vides, ses tables et ses images pendues aux murs. La première fois elle avait demandé à sa mère :

– Que fait-on ici?

Et la mère avait répondu :

– Ils apprennent dans des livres.

Lan Ying ignorait ce qu'est un livre, et elle demanda, très intriguée :

– As-tu appris quand tu étais enfant?

– Non, vraiment! s'écria sa mère. Quand aurais-je trouvé du temps pour ces sornettes? J'ai mon travail. Il n'y a que les paresseux qui vont à l'école – les citadins et les gens de cette espèce. Il est vrai que mon père avait songé à y envoyer mon frère à cause du qu'en-dira-t-on. Il était orgueilleux et il pensait que cela ferait bien si quelqu'un dans la famille savait lire et écrire. Mais au bout de trois jours mon frère se lassa de rester assis et il supplia pour ne pas retourner en classe. Il pleura et bouda tellement que mon père le laissa tranquille.

Lan Ying réfléchit un moment et demanda encore :

– Est-ce que tous les gens de la ville apprennent dans les livres, même les filles?

– J'ai entendu dire que c'était la nouvelle mode, dit la mère en déplaçant la charge de coton qu'elle avait filé et allait vendre au marché. Mais à quoi cela sert-il pour une fille, je me le demande. Cela ne change pas ses travaux : la cuisine, la couture, filer et veiller au poisson; une fois mariée elle continue et en plus elle porte ses enfants. Les livres ne procurent aucun secours à une femme.

Et elle hâta le pas car elle sentait peser la charge sur son dos. Lan Ying se pressa un peu; elle aperçut de la poussière sur ses souliers neufs, se baissa pour les épousseter et oublia les livres.

Elle n'y songea pas davantage lorsqu'elle revint au bord de l'eau. Les livres en effet n'avaient rien à faire dans sa vie auprès du bon fleuve. Relever le filet et l'abaisser de nouveau, rentrer chez elle le soir et faire brûler l'herbe dans le four d'argile sous les deux chaudrons de fer dans lesquels chauffait le riz du souper, puis manger ce riz avec un peu de poisson si le fleuve s'était montré généreux ce jour-là, courir rincer les bols au bord de l'eau et revenir avant la nuit noire pour se faufiler dans son lit; puis, une fois couchée, écouter le murmure du flot fuyant entre les joncs. Sa vie habituelle n'était composée que de cela. Les jours de fête ou de foire apportaient seuls un peu de diversion mais simplement pour quelques heures.

Une vie semblable était monotone, mais pleine de sécurité. Parfois Lan Ying entendait son père raconter qu'en ville, où il allait souvent vendre ses choux et son grain, on parlait de famine dans le Nord, causée par la sécheresse, et il ajoutait invariablement :

— Vous voyez combien c'est beau de vivre auprès d'un bon fleuve! Qu'il pleuve ou non, cela ne fait rien, nous n'avons qu'à tremper nos seaux dans la rivière et à y puiser l'eau pour nos champs. Notre bon fleuve nous l'amène de cent vallées, et nous nous moquons bien de la pluie.

A ces mots Lan Ying songeait que leur vie était la meilleure qu'on pût avoir sur terre, et dans un si bel endroit, où les champs restent fertiles, les saules demeurent verts et les roseaux continuent à pousser dans les profondeurs, très touffus et bons à brûler. Tout cela, le fleuve le leur procurait. Non, jamais elle ne s'en écarterait, tant qu'elle vivrait.

Mais un certain printemps le fleuve se transforma. Qui aurait pu prévoir ce changement? C'était le premier depuis tant d'années toujours semblables. Lan Ying, assise auprès du filet, assista à cette transformation. Il est vrai qu'en cette saison les eaux avaient l'habitude de grossir et de monter le long des berges d'argile. Seulement cette fois-ci l'eau jaune tournoyait en roues énormes qui se précipitaient contre les bords avec une telle violence que des blocs entiers frémirent, se détachèrent de la terre ferme et s'enfoncèrent dans le fleuve qui les happa triomphalement. Le père de Lan Ying vint enlever le filet et le mettre dans une anse de crainte que le sol sur lequel sa fille était assise ne cédât et qu'elle ne fût entraînée. Pour la première fois de sa vie, Lan Ying avait un peu peur du fleuve.

Et les eaux demeurèrent à l'époque où elles se retirent d'habitude. Les neiges des sommets étaient fondues cependant; on atteignait l'été et avec le vent chaud, le fleuve aurait dû s'étaler tranquille et uni sous le ciel brillant. Loin de se calmer, il se précipitait, comme alimenté par un océan secret et inépuisable. Des marins descendant des gorges supérieures, leurs embarcations maltraitées par les rapides gonflés, parlaient d'averses torrentielles durant des jours et des semaines, alors que la saison des pluies était passée. Les gaves des montagnes et les petites rivières, grossies de la sorte, se déversaient dans le fleuve et le maintenaient débordant et furieux.

Le père de Lan Ying recula encore un peu le filet et la jeune fille, lorsqu'elle se trouva seule, évita de regarder le fleuve. Les yeux fixés sur les champs, elle lui tourna le dos; elle avait vraiment peur à présent.

Car c'était un fleuve cruel. Tout le long des brûlants mois d'été il ne cessa de monter; chaque jour un pied, deux pieds. Il se répandit sur les champs de riz, couvrit les tiges à demi poussées et détruisit tout espoir de récolte. Il gonfla les canaux, les ruisseaux et les fit déborder. On ne parlait que de digues rompues, de murailles d'eau qui se précipitaient dans les riches et profondes vallées, d'hommes, de femmes et d'enfants entraînés et engloutis.

Le père de Lan Ying ramena le filet tout à fait en arrière car la petite anse débordait à son tour. Il le recula plus d'une fois, maudissant le fleuve et marmottant :

– Notre fleuve est devenu fou!

Il dut finir par attacher la poignée du filet à l'un des nombreux saules entourant l'aire qui servait aussi de cour à la maison de Lan Ying. L'eau montait jusque-là et le petit village composé d'une demi-douzaine de maisons de terre aux toits de chaume n'était plus qu'un îlot entouré des flots jaunes du fleuve. Tout le monde dut se mettre à pêcher car il n'était plus question de cultures.

Il semblait impossible que le fleuve dépassât ce

niveau. La nuit, Lan Ying pouvait à peine dormir; le courant venait si près de son lit. Au début elle n'arrivait pas à croire qu'il se rapprocherait encore. Mais elle lisait l'effroi dans les yeux de son père et il était évident que l'eau continuait à monter. Avant-hier n'atteignait-elle pas le milieu de l'aire? Oui, elle gagnait encore. Dans trois jours, elle serait dans la maison.

— Il faut aller sur la digue la plus retirée, déclara le père de Lan Ying. Une fois déjà, à l'époque du père de mon père, j'ai entendu dire que la même chose s'était passée, et ils durent tous se réfugier sur cette digue que l'eau n'atteint pas une fois en cinq générations. C'est une malédiction que cela tombe de notre vivant.

Le plus jeune des garçons se mit à hurler, effrayé tout à coup. Tant que le toit de leur maison abritait leurs têtes et que ses murs les entouraient, il trouvait simplement étrange de se voir environné d'eau et de se sentir perché comme sur un bateau. Mais il ne supportait pas l'idée de partir et d'aller vivre le long d'une digue. Lan Ying pleura par sympathie, attira son frère à elle, et lui appuya la tête contre sa poitrine.

— Est-ce que je pourrai emmener ma chèvre noire? demanda-t-il au milieu de ses sanglots.

Tout bébé, il avait choisi cette chèvre noire parmi les deux ou trois que gardait son père.

— Nous les emmènerons toutes, répondit celui-ci d'une voix forte.

Et lorsque sa femme demanda : « Mais comment leur faire traverser cette étendue d'eau? » il dit simplement :

— Il faudra bien y arriver car elles nous serviront de nourriture.

Donc, ce même jour, le père enleva la porte de dessus ses gonds de bois, la lia, y fixa les lits de bois et la table et attacha ce radeau rudimentaire à la petite barque qu'il possédait. Lan Ying, sa mère et les trois garçons montèrent sur le radeau. Maintenu par une corde, le buffle dut suivre à la nage ainsi que les canards et les quatre oies. Les chèvres grimpèrent auprès de la famille. Lorsqu'ils quittèrent la maison, le chien jaune s'élança derrière eux, et Lan Ying s'écria :

– Oh mon père, regarde, Lobo veut venir avec nous!

Mais le père secoua la tête et continua à ramer :

– Non, dit-il, Lobo doit se tirer seul d'affaire, à présent, et se procurer sa nourriture, s'il demeure en vie.

Cela sembla cruel à Lan Ying, et son frère aîné déclara :

– Je lui donnerai la moitié de mon bol de riz.

Le père cria alors d'une voix qui paraissait courroucée :

– Du riz! Quel riz! L'inondation en fait-elle pousser?

Les enfants gardèrent le silence. Ils ne comprenaient pas mais ils se sentaient effrayés; le riz ne leur avait jamais manqué. Le fleuve du moins leur en donnait tous les ans. Lobo se fatigua et nagea de plus en plus lentement, s'éloignant toujours davantage. Il vint un moment où on ne distingua plus sa tête jaune des flots de même couleur qui l'entouraient.

A travers les milles de cette étendue d'eau, ils atteignirent la digue intérieure. Elle se dressait comme une crête contre le ciel et paraissait être un paradis de sécurité. De la terre, de la bonne terre sèche! Le père de Lan Ying attacha son radeau à un arbre et ils grimpèrent sur la digue.

Mais beaucoup de gens étaient arrivés avant eux. Tout le long de la jetée se voyaient des huttes faites de nattes, des meubles qu'on avait sauvés : des bancs, des tables, des lits, et le terrain était couvert de monde. Car cette digue intérieure elle-même n'avait pas tenu complètement contre l'eau. Depuis un siècle le fleuve ne l'attaquait plus et en beaucoup d'endroits les gens avaient oublié la menace et cessé d'entretenir solidement ce rempart. Le fleuve s'était frayé une voie à travers les points faibles, balayant même les bonnes terres en arrière. Après quoi la digue ressembla à une île; elle demeurait ferme, et une foule venue de partout s'y accrochait.

Non seulement les êtres humains s'y réfugiaient, mais aussi les bêtes sauvages; les rats des champs et les serpents y affluèrent. Partout où les arbres émergeaient, les serpents grimpaient et se suspendaient aux branches. Au début les hommes s'attaquèrent à eux, les massacrèrent, et jetèrent leurs corps dans l'eau. Mais les serpents continuaient à monter, et on finit par les laisser faire, se bornant à tuer les plus dangereux.

Lan Ying vécut là avec sa famille, l'été et l'automne. Le panier de riz qu'ils avaient apporté était mangé depuis longtemps. Le buffle était mort. On s'en était nourri et Lan Ying avait vu son père se retirer à l'écart et s'asseoir au bord de l'eau, après avoir tué l'animal. Elle s'était approchée et il l'avait rabrouée d'un ton bourru. Sa mère l'avait appelée aussitôt et lui avait dit tout bas :

– Ne va pas auprès de lui en ce moment. Il se demande s'il pourra labourer plus tard, sans son buffle.

– Et comment fera-t-il? dit Lan Ying étonnée.

– Comment, en effet? répéta la mère, l'air farouche en dépeçant la viande.

Il semblait vraiment impossible que le bon fleuve eût fait tout cela. Ils avaient mangé les chèvres avant le buffle et le petit garçon n'osa même pas se plaindre de la disparition de sa bête bien-aimée. A présent ils avaient l'hiver devant eux.

Le jour prévu finit par arriver : la nourriture était épuisée. Que devenir? Ils n'avaient que les filets de pêche. Mais le fleuve n'envoyait pas de gros poissons dans les eaux stagnantes de l'inondation. Il restait seulement des crevettes et des crabes qui grimpaient lentement le long des remblais boueux. Partout c'était la même chose. Chaque famille vivait repliée sur elle-même, préservant son dernier morceau, n'avouant à personne ce qu'elle possédait encore. Et ceux qui avaient de minces réserves les mangeaient en secret, la nuit, de crainte d'être forcés de les partager. Mais ces maigres vivres disparurent bien vite et il ne resta réellement cette fois que les crevettes et les crabes, qu'on dut avaler crus, faute de combustible. Au début Lan Ying s'y refusa – elle préférait mourir de faim. Son père ne dit rien, et il se contenta de la regarder avec un sourire assez sombre, quand après avoir jeûné un jour, elle choisit dans le tas une crevette qui ne bougeait plus.

– Au moins je ne les mangerai pas vivantes, murmura-t-elle.

Les journées se succédèrent. L'hiver approchait avec ses vents froids et ses nuits de gelée subite. Quand il pleuvait, trempés jusqu'aux os, ils se pressaient les uns contre les autres, comme des moutons. Mais il pleuvait rarement et le lendemain ils séchaient leurs vêtements au soleil. Lan Ying devint très maigre, si maigre qu'elle avait toujours froid. Elle examinait tous les siens : ses frères, décharnés eux aussi, ne parlaient pas et ne jouaient jamais. Seul l'aîné se dirigeait lentement vers le bord de l'eau, quand son père l'appelait pour l'aider à pêcher la ration de crevettes. Lan Ying vit la figure ronde de sa mère se creuser et pâlir, ses mains rouges, avec des fossettes aux articulations, prendre l'aspect de mains de squelette. Malgré tout, la mère gardait sa bonne humeur et répétait souvent :

– Quelle bénédiction d'avoir des crevettes et d'être tous assez vigoureux pour résister!

Il est vrai que beaucoup de réfugiés sur la digue étaient morts. Il n'y avait plus de foule, et ceux qui restaient ne manquaient pas de place.

Aucun bateau n'apparaissait. Lan Ying, qui demeurait assise par habitude à contempler l'eau, songeait à tous ceux qu'elle avait vus passer devant elle dans une de ses journées de pêche. Cela semblait appartenir à une autre vie. Avait-elle jamais mené une existence différente de celle-ci? N'était-ce pas tout ce qui subsistait d'un monde, cette petite poignée de gens perchés sur ce morceau de terre, parmi les flots?

Parfois les hommes parlaient faiblement entre eux, comme s'ils sortaient d'une longue maladie, car personne n'avait conservé son timbre de voix habituel. Ils s'entretenaient de ce qu'ils feraient lorsque l'eau se retirerait, comment ils se procureraient des animaux pour atteler à leurs charrues, et le père de Lan Ying répétait toujours d'un air sombre :

– Je m'attellerais bien moi-même à ma charrue, et je suis certain que ma vieille s'y mettrait pour une fois; mais à quoi bon labourer s'il n'y a pas de semence à donner à la terre? Et où en prendre? Il n'en reste plus un seul grain!

Lan Ying se mit à rêver à la venue des bateaux. Sûrement quelque part dans le monde il y avait encore des gens qui possédaient du grain. Si elle voyait arriver un navire! Chaque jour elle examinait les eaux plus attentivement. S'il en venait un, songeait-elle, il contiendrait au moins un être humain qu'on pourrait appeler pour lui dire : « Sauvez-nous, car nous mourons de faim ici, nous n'avons mangé que des crevettes crues depuis bien des jours. »

Et si lui-même ne pouvait pas les secourir, il retournerait du moins et préviendrait quelqu'un. C'était leur seul espoir. Elle se mit à prier le fleuve d'envoyer un bateau. Chaque jour elle le priait, mais rien ne venait. Il est vrai qu'une fois elle aperçut la forme d'une petite embarcation à l'horizon, à l'endroit où l'eau jaune paraît sombre contre le ciel bleu, mais l'apparition se fondit avec le ciel sans se rapprocher.

Cette vue cependant l'avait réconfortée. La chose pourrait bien se reproduire. Elle demanda timidement à son père :

– Si un bateau arrivait...

Mais il ne la laissa pas poursuivre. Il l'interrompit avec tristesse :

– Mon enfant, dit-il, qui peut savoir que nous nous trouvons là. Nous sommes à la merci du fleuve.

Elle n'ajouta rien, mais elle n'en continua pas moins son guet vigilant.

Un jour, elle aperçut tout à coup une embarcation se profiler, noire et nette, contre le ciel. Elle l'observa sans mot dire et attendit, de crainte que la vision ne s'évanouît comme la première. Mais celle-ci demeura. Elle grandit; on la distingua de mieux en mieux. Lan Ying patienta encore. Enfin le bateau fut assez près pour lui permettre de voir qu'il contenait deux hommes. Elle alla trouver son père. Il dormait comme le faisaient les autres quand ils le pouvaient, pour oublier les tiraillements de leur ventre. Elle le secoua, un peu essoufflée elle saisit sa main pour le réveiller. Elle se sentait défaillir et elle était trop faible pour crier. Il ouvrit les yeux.

– Un bateau arrive, dit-elle, en respirant avec peine.

Il se leva, sans forces lui non plus, si bien qu'il en devenait maladroit et trébuchait. Il examina la surface des eaux. Une embarcation était là, elle approchait réellement. Le père retira sa veste bleue et la secoua d'un geste débile; ses côtes nues ressortaient comme celles d'un squelette. Les hommes du bord appelèrent. Mais pas un de ceux qui se trouvaient à terre ne put répondre, tant leur faiblesse était grande.

Le bateau aborda. Les hommes l'amarrèrent à un arbre et s'élancèrent sur la digue. Lan Ying les dévisagea et songea qu'elle n'en avait jamais vu de semblables; si gras, si bien nourris. Ils parlaient d'un ton jovial – que disaient-ils?

– Oui, nous avons de la nourriture. Pour tout le monde, parfaitement. Nous recherchions des gens dans votre cas. Depuis combien de temps êtes-vous ici? Quatre mois. Quelle pitié! Tenez, mangez ce riz que nous apportons cuit! Oui, oui, il y en a d'autre! Et voici de la farine de froment – mais n'allez pas trop vite.

Souvenez-vous qu'il faut manger très peu tout d'abord, et davantage ensuite.

Lan Ying ouvrit de grands yeux lorsqu'ils se précipitèrent dans le bateau et revinrent chargés de gruau de riz et de pains de farine de blé. Elle tendit la main malgré elle, sa respiration était courte comme celle d'un animal épuisé. Elle ne se rendait compte de rien, sinon qu'elle pouvait enfin manger – qu'il fallait qu'elle mangeât. L'un des hommes rompit un pain et lui en donna un morceau. Elle y enfonça les dents et s'assit brusquement sur le sol, oubliant tout, l'esprit concentré sur ce morceau de pain qu'elle tenait. Chacun en fit autant et ainsi ils mangèrent. Lorsqu'il n'y eut plus personne à servir, les deux hommes se détournèrent comme s'ils ne pouvaient pas supporter la vue de ces affamés en train de se nourrir. Personne ne parlait.

Non, il y eut un long silence jusqu'à ce que l'un d'eux, n'osant pas se hasarder à manger davantage observât :

– Voyez ce pain, comme il est blanc! Je n'ai jamais vu de blé donner du pain aussi blanc!

Ils regardèrent tous et c'était vrai; ce pain était blanc comme de la neige. L'un des hommes du bateau expliqua :

– C'est du pain, dit-il, fait avec une farine qui vient d'un pays étranger... Ils ont appris là-bas ce que le fleuve avait fait et ils nous ont envoyé cette farine.

Chacun examina les morceaux qui restaient, et les hommes chuchotaient entre eux, admirant la blancheur et le bon goût de ce pain; il semblait qu'ils n'en avaient jamais mangé de meilleur. Le père de Lan Ying leva la tête tout à coup :

– Je voudrais avoir un peu de blé pour mes terres quand les eaux se retireront. Je n'ai pas de semence.

Et l'autre répondit de bon cœur :

– Vous en aurez, vous en aurez tous!

Il disait cela inconsidérément, comme s'il s'était

adressé à un enfant, car il ignorait ce que cela signifiait pour des fermiers, de s'entendre dire qu'ils pourraient semer de nouveau. Mais Lan Ying était la fille d'un cultivateur et elle comprit. Elle regarda furtivement son père et elle vit qu'il avait détourné la tête et gardait un sourire fixe, mais ses yeux étaient remplis de larmes. Elle aussi en sentit monter dans sa gorge, qui l'étranglaient, elle se leva et tira la manche de l'un des hommes. Il abaissa son regard vers elle et lui demanda :

– Qu'y a-t-il, ma petite?

– Le nom, murmura-t-elle, quel est le nom du pays qui nous a envoyé ce beau froment?

– L'Amérique, répondit-il.

Elle se traîna un peu plus loin et, incapable de continuer à manger, elle restait assise à regarder les flots et tenait le précieux morceau de pain. Elle le tenait serré bien qu'on lui en eût promis d'autre. Elle se sentit soudain défaillir, la tête lui tournait. Elle en prendrait un peu plus quand elle le pourrait, mais très peu à la fois. Ce bon pain! Elle contempla le fleuve, sa frayeur disparue. Bon ou mauvais, ils avaient de nouveau du pain. Elle murmura tout bas :

– Il ne faut pas que j'oublie ce nom : l'Amérique!

TABLE DES MATIÈRES

ROMANS-TEXTE INTÉGRAL

ALLEY Robert
517* Le dernier tango à Paris

APOLLINAIRE Guillaume
704* Les onze mille verges

ARNOTHY Christine
343** Le jardin noir
368* Jouer à l'été
377** Aviva
431** Le cardinal prisonnier
511*** Un type merveilleux

ARSAN Emmanuelle
770**** Laure

ASHE Penelope
462** L'étrangère est arrivée nue

AURIOL Jacqueline
485** Vivre et voler

BARCLAY Florence L.
287** Le Rosaire

BARNARD Christiaan
729**** Les hommes ne meurent jamais

BAUM Vicki
566** Berlin Hôtel
716**** Ballerina
771** Solitude (Ulle)

BENZONI Juliette
601*** Marianne, une étoile pour Napoléon - 1
602*** Marianne, une étoile pour Napoléon - 2
603**** Marianne, et l'inconnu de Toscane
604**** Marianne, Jason des quatre mers
605**** Toi, Marianne
606*** Marianne, les lauriers de flammes - 1
607*** Marianne, les lauriers de flammes - 2
730**** Les reines tragiques

BIBESCO Princesse
77* Katia
502** Catherine-Paris

BLATTY William Peter
630**** L'exorciste

BLIER Bertrand
543*** Les valseuses

BORY Jean-Louis
81*** Mon village à l'heure allemande

BOULLE Pierre
530** Les oreilles de jungle

BRESSY Nicole
374* Sauvagine
706* L'éclaircie

BUCK Pearl
29*** Fils de dragon
127*** Promesse
570**** La vie n'attend pas
616** Le sari vert
738* Une histoire de Chine
782** La première femme de Yuan

CARLISLE Helen Grace
513** Chair de ma chair

CARS Guy des
47** La brute
97*** Le château de la juive
125** La tricheuse
173*** L'impure
229** La corruptrice
246** La demoiselle d'Opéra
265** Les filles de joie
295** La dame du cirque
303** Cette étrange tendresse
322** La cathédrale de haine
331** L'officier sans nom
347*** Les sept femmes
361** La maudite
376** L'habitude d'amour
Sang d'Afrique :
399** I. L'Africain
400** II. L'amoureuse
Le grand monde :
447*** I. L'alliée
448*** II. La trahison
492*** La révoltée

516** Amour de ma vie
548**** Le faussaire
615**** La vipère
639**** L'entremetteuse
696**** Une certaine dame
736*** L'insolence de sa beauté
765** L'amour s'en va-t-en guerre

CARTLAND Barbara
727** Les belles amazones
751** La naïve aventurière
758** L'irrésistible amant
783** Contrebandier de l'amour

CASTILLO Michel del
105** Tanguy

CESBRON Gilbert
6** Chiens perdus sans collier
38* La tradition Fontquernie
65*** Vous verrez le ciel ouvert
131** Il est plus tard que tu ne penses
365* Ce siècle appelle au secours
379** C'est Mozart qu'on assassine
454* L'homme seul
478** On croit rêver
565* Une sentinelle attend l'aurore
634*** Je suis mal dans ta peau

CHAIX Marie
597** Les lauriers du lac de Constance

CLANCIER Georges-Emmanuel
Le pain noir :
651*** I. Le pain noir
652*** II. La fabrique du roi
653**** III. Les drapeaux de la ville
654*** IV. La dernière saison

CLAVEL Bernard
290* Le tonnerre de Dieu
300* Le voyage du père
309*** L'Espagnol
324* Malataverne
333** L'hercule sur la place
457* Le tambour du bief
474* Le massacre des innocents
499** L'espion aux yeux verts
522**** La maison des autres
523**** Celui qui voulait voir la mer
524**** Le cœur des vivants
525**** Les fruits de l'hiver
590** Le seigneur du fleuve
611* Victoire au Mans
658* Pirates du Rhône
742*** Le silence des armes

CLELAND John
711*** Les mémoires de Fanny Hill

CLERC Michel
750**** Bakchich

COLETTE
2* Le blé en herbe
106* L'entrave
153* La naissance du jour

COTTE Jean-Louis
540**** Hosanna
560*** Les semailles du ciel
582** La mise à prix
726*** Colonne de fer

CURTIS Jean-Louis
312** La parade
320** Cygne sauvage
321** Un jeune couple
348* L'échelle de soie
366*** Les justes causes
413** Le thé sous les cyprès
514*** Les forêts de la nuit
534*** Les jeunes hommes
555** La quarantaine
586*** Le roseau pensant
624* La Chine m'inquiète
692** Un miroir le long du chemin

DAUDET Alphonse
34* Tartarin de Tarascon
414* Tartarin sur les Alpes

DAVENAT Colette
641** Deborah : Le printemps des amours - 1
642** Deborah : Le printemps des amours - 2
643** Deborah : L'amour aux cent facettes - 1
644*** Deborah : L'amour aux cent facettes - 2
645*** Deborah : Paris des passions - 1
646*** Deborah : Paris des passions - 2
647*** Deborah : Le complot d'Irlande
648**** Deborah : L'ombre de la hache

DHOTEL André
61** Le pays où l'on n'arrive jamais

DICKEY James
531** Délivrance

DOFF Neel
766*** Jours de famine et de détresse

DUCHE Jean
572*** L'histoire de France racontée à Juliette - 1
573*** L'histoire de France racontée à Juliette - 2

DURRELL Gerald
593** La forêt ivre

DUSOLIER François
687**** Sphinxi

FAURE Lucie
341** L'autre personne
467** Le malheur fou
583* Mardi à l'aube

FLORIOT René
408** Les erreurs judiciaires
526** La vérité tient à un fil

FRISON-ROCHE
715** La peau de bison
775*** La vallée sans hommes

GALLO Max
506**** Le cortège des vainqueurs
564* Un pas vers la mer
662** L'oiseau des origines

GENEVOIX Maurice
76** La dernière harde

GODEY John
592*** Les pirates du métro

GOLON Anne et Serge
667*** Angélique, marquise des Anges - 1
668*** Angélique, marquise des Anges - 2
669*** Angélique, le chemin de Versailles - 1
670*** Angélique, le chemin de Versailles - 2
671*** Angélique et le roy - 1
672*** Angélique et le roy - 2
673*** Indomptable Angélique - 1
674*** Indomptable Angélique - 2
675*** Angélique se révolte - 1
676*** Angélique se révolte - 2
677*** Angélique et son amour - 1
678*** Angélique et son amour - 2
679*** Angélique et le Nouveau Monde - 1
680*** Angélique et le Nouveau Monde - 2
681*** La tentation d'Angélique - 1
682*** La tentation d'Angélique - 2
683*** Angélique et la Démone - 1
684*** Angélique et la Démone - 2

GRADY James
709* Les trois jours du Condor

GRANDMAISON Henri de
780** Le papivore

GREENE Graham
55** L'agent secret

GROGAN Emmett
535**** Ringolevio

GROULT Flora
518* Maxime ou la déchirure

GUARESCHI Giovanni
1** Le petit monde de don Camillo
426** Don Camillo à Moscou
561* Don Camillo et les contestataires

HAEDRICH Marcel
536* Drame dans un miroir

HAWKESWORTH John
717** Maîtres et valets - 1
718** Maîtres et valets - 2
719** Maîtres et valets - 3
720** Maîtres et valets - 4

HILTON James
99** Les horizons perdus

HURST Fanny
261*** Back Street

KIRST H.H.
188**** La fabrique des officiers
386** Il n'y a plus de patrie

KONSALIK Heinz
497**** Amours sur le Don
549**** Brûlant comme le vent des steppes
578*** La passion du Dr Bergh
610** Erika Werner, chirurgienne
655*** Mourir sous les palmes
686** Aimer sous les palmes
755** Deux heures pour s'aimer

KOSINSKI Jerzy
270** L'oiseau bariolé

LABORDE Jean
421** L'héritage de violence

PEUCHMAURD Jacques
528** Le soleil de Palicorna
591** Soleil cassé

PEYREFITTE Roger
17*** Les amitiés particulières
86* Mademoiselle de Murville
107** Les ambassades
416** Notre amour
430** Les clés de Saint Pierre
438** La fin des ambassades
455** Les fils de la lumière
473* La coloquinte
487** Manouche

REID P. R.
661** Colditz

RENARD Jules
11* Poil de carotte

RENAUDIN Edmée
584* Edmée au bout de la table

ROBBE-GRILLET Alain
546* L'année dernière à Marienbad

ROBBINS Harold
733**** L'empire des rêves

ROSSI Jean-Baptiste
354** Les mal partis

SAGAN Françoise
461* Un peu de soleil dans l'eau froide
512* Un piano dans l'herbe
553* Des bleus à l'âme
702* Un profil perdu

SAINT-ALBAN Dominique
Noële aux Quatre Vents
441** I. Les Quatre Vents
442** II. Noële autour du monde
443** III. Les chemins de Hongrie
444** IV. Concerto pour la main gauche
445** V. L'enfant des Quatre Vents
446** VI. L'amour aux Quatre Vents
Anne, jour après jour :
635*** 1 - Anne, jour après jour
636*** 2 - Le château de la mer
699*** 3 - Les marronniers du Ranelagh
749** Les étangs de Hollande

SAINT-LAURENT Cécil
703*** La bourgeoise

SALMINEN Sally
263*** Katrina

SCHREIBER Flora Rheta
777**** Sybil

SCHWEITZER Albert
596* Souvenirs de mon enfance

SEGAL Erich
412* Love Story

SELINKO A. M.
489** J'étais une jeune fille laide

SIMON Pierre-Henri
83** Les raisins verts

SMITH Wilbur A.
326** Le dernier train du Katanga

SUSANN Jacqueline
690*** Une fois ne suffit pas - 1
691*** Une fois ne suffit pas - 2
781** Dolorès

TODD Olivier
698*** Les canards de Ca Mao
757**** L'année du crabe

TROYAT Henri
10* La neige en deuil
La lumière des justes :
272** I. Les compagnons du coquelicot
274** II. La Barynia
276** III. La gloire des vaincus
278** IV. Les dames de Sibérie
280** V. Sophie ou la fin des combats
323* Le geste d'Eve
Les Eygletière :
344*** I. Les Eygletière
345*** II. La faim des lionceaux
346*** III. La malandre
Les héritiers de l'avenir :
464** I. Le cahier
465** II. Cent un coups de canon
466** III. L'éléphant blanc
488** Les ailes du diable
559** La pierre, la feuille et les ciseaux
619** Anne Prédaille
762** Le Moscovite

763** Les désordres secrets
764** Les feux du matin

VEILLOT Claude
472** 100 000 dollars au soleil

VIALAR Paul
57** L'éperon d'argent
337** L'homme de chasse
372** La cravache d'or
417* La maison sous la mer
501** Mon seul amour
623** Le fusil à deux coups

VILALLONGA José-Luis de
493* Fiesta
507** Allegro barbaro
554* L'homme de sang
599* Les gens de bien
620* Les ramblas finissent à la mer
632* L'heure dangereuse du petit matin
705* L'homme de plaisir

WOODIWISS Kathleen E.
772**** Quand l'ouragan s'apaise

WOUK Herman
Le souffle de la guerre :
575**** 1. Natalie
576**** 2. Pamela
577**** 3. Le vent se lève

XAVIERE
538* La punition
544* O gué vive la rose

XENAKIS Françoise
491* Moi, j'aime pas la mer

XXX
571** La fille de Fanny Hill

ÉDITIONS J'AI LU
31, rue de Tournon, 75006-Paris

diffusion

France et étranger : Flammarion - Paris
Suisse : Office du Livre - Fribourg
Canada : Flammarion Ltée - Montréal

« Composition réalisée en ordinateur par IOTA »

IMPRIMÉ EN FRANCE PAR BRODARD ET TAUPIN
7, bd Romain-Rolland - Montrouge.
Usine de La Flèche, le 08-11-1977.
6867-5 - Dépôt légal 4e trimestre 1977.
ISBN : 2 - 277 - 11782 - X